中國語言文字研究輯刊

十六編

許學仁 主編

第5冊

古漢語名詞轉動詞研究

吳佳樺 著

花木蘭文化事業有限公司

國家圖書館出版品預行編目資料

古漢語名詞轉動詞研究／吳佳樺 著 -- 初版 -- 新北市：花木
蘭文化事業有限公司，2019〔民 108〕
目 4+206 面；21×29.7 公分
（中國語言文字研究輯刊 十六編；第 5 冊）
ISBN 978-986-485-695-4（精裝）
1. 漢語語法
802.08   108001141

ISBN-978-986-485-695-4

9 789864 856954

中國語言文字研究輯刊
十六編　第 五 冊　　　　ISBN：978-986-485-695-4

古漢語名詞轉動詞研究

作　　者　吳佳樺
主　　編　許學仁
總 編 輯　杜潔祥
副總編輯　楊嘉樂
編　　輯　許郁翎、王　筑　美術編輯　陳逸婷
出　　版　花木蘭文化事業有限公司
發 行 人　高小娟
聯絡地址　235 新北市中和區中安街七二號十三樓
　　　　　電話：02-2923-1455／傳眞：02-2923-1452
網　　址　http://www.huamulan.tw 信箱　hml810518@gmail.com
印　　刷　普羅文化出版廣告事業
初　　版　2019 年 3 月
全書字數　160919 字
定　　價　十六編 10 冊（精裝）　台幣 28,000 元

古漢語名詞轉動詞研究

吳佳樺 著

作者簡介

吳佳樺，台灣師範大學華語文教學研究所碩士，中正大學語言所博士。曾任二林高中國文教師、海外華裔青年語文研習班華語教師、哈佛大學北京書院暑期語言教師，現職斗六高中國文教師。研究領域以認知語意學、古漢語教學、華語教學爲主，尤以漢語的語意轉變現象爲關注焦點。

提　要

　　本文以認知框架的概念探討名動轉變過程中詞彙意義的建構。分析古漢語名詞轉動詞現象主要從三方面著手：一、從句法結構探討動詞選擇的論元和名動轉變的語意類型；二、從事件框架和參與者的互動，分析動詞的語意轉變現象；三、從語意認知策略推論名詞如何產生動詞意義。句法結構的分析幫助我們建立動詞所呈現的事件框架，而事件框架中的參與者能夠幫助我們進一步推導名詞到動詞的語意建構過程。

　　根據語料呈現，同一名詞可能產生不同的動詞意義。以戰爭框架和醫療框架爲例：名詞「軍」具有「駐紮軍隊、駐紮、以軍隊攻打、組編」等動詞意義；名詞「兵」具有「以兵器砍殺、拿取兵器、以軍隊進攻」等動詞意義；名詞「藥」可描述「用藥敷塗、使～服藥、服藥、治療、用藥治療」等動詞意義；而名詞「醫」則具有「擔任醫生、治療」等動詞意義。我們無法單憑動詞的句法分布決定動詞意義，必須進一步討論動詞所選用的論元限制。

　　因此，本文嘗試將動詞所涉及的論元結構，以事件框架的概念加以呈現，根據動詞所凸顯的框架視角進一步解釋詞彙的語意轉變現象。我們發現，動詞意義轉變在於框架中不同認知視角的選取，當事件框架中相關的參與者被凸顯，動詞所描述的事件關係即隨之改變。例如動詞「兵 v1」除了凸顯呈現在表面結構的參與者「部屬」和「敵軍」外，也將併入到動詞中的參與者「兵器」一併凸顯，構成「以兵器砍殺」的事件關係。

　　本文的第三個議題是探討名詞轉變爲動詞的語意建構過程。文中以事物的屬性結構爲基礎，分析名詞如何取用屬性結構中相關的語意面向，藉由轉喻策略（Metonymy）產生不同的動詞意義。我們發現，名詞轉變爲動詞在意義上受到不同事件框架影響，敘述者會根據框架中所突顯的參與者，取用名詞屬性結構中和該事件相關的語意面向，藉由「部分代表整體」的轉喻策略描述和參與者相關的事件關係，產生動詞的用法和意義，是屬於同一屬性結構中的概念映攝。這解釋了名詞爲何能產生不同的動詞意義，動詞所描述的事件關係會隨著事件情境與框架視角的改變有所微調，大多不是辭典中已約定俗成的詞條定義。

　　由此可知，縱使詞類轉變的意義多變，但建構在語言背後的認知框架卻極爲相似。如果從人類認知事物的角度出發，藉由事件框架的概念輔助理解動詞的語意轉變現象，可以使古漢語學習者更有系統地掌握名動轉變所描述的事件關係。

目次

第一章　緒　論

1.1 引　言

　　同一個詞有不同的詞性和用法，在語言表達上是很普遍的現象。例如文學作品中「老子都不老子了」這句口語（胡適 1956），前面的「老子」當名詞使用，意指父親，但後面的「老子」當動詞使用，強調父親管教兒子的行為，整句話意思是「作父親的都無法管教我了」。我們發現名詞「老子」在不同句法環境中可以做動詞使用，強調詞彙中不同面向的語意特質，這樣的表達方式和使用者當下的情境以及認知背景有著密不可分的關係。

　　名詞轉變為動詞的用法，在英語和古漢語中是極為普遍的語言現象（Clark & Clark 1979；Liu 1991, 1992；Mei 1989, 2008a, 2008b & 2012；McCawley 1971；Huang 1997, 2014；程杰 2010），而且名詞通常會隨著所在的句法環境和語言情境轉變成意義不同的動詞（Clark & Clark 1979；Tai 1997；程杰 2010）。例如英語名詞「water」做動詞使用時：「my mouth waters」描述嘴和水的關係，動詞意義是「流口水」。「my eyes water」描述眼睛和水的關係，動詞意義是「流眼淚」。「I water the flower」描述我、水和花的關係，動詞意義是「澆水」。而「I water the horse」則描述我、水和馬的關係，動詞意義是「給……喝水」。

　　至於漢語詞彙「水」，同樣以名詞用法爲典型，在古代漢語中也可作動詞使用。例如「非能水也。」《荀子・勸學》意指此人不善於游泳，動詞「水」的意義是游泳，描述人和水的關係。又如「剝陰木而水之。」《周禮・秋官》意指人用水浸漬木頭，動詞「水」的意義是浸泡，描述人、木頭和水的關係。再如「圍晉陽而水之。」《戰國策・趙策》，此句意指人用河水淹沒晉陽城，動詞「水」的意義是以水淹沒，描述人、晉陽城和水的關係。而「江南水。」《續資治通鑒》則指江南地區發生水災，動詞「水」的意義是發生水災，描述水和地點「江南」的關係。由上述例子可知，當古漢語名詞「水」出現在不同的結構和語言情境中，也可以轉變成動詞，具有「游泳」、「浸泡」、「以水淹沒」或「發生水災」等動詞意義。

　　由此可知，這些語言中名動轉變的現象是豐富而多元的，詞彙本身可能存在著不同的語意面向，但詞彙所在的句法環境和語言情境往往才是輔助意義凸顯的關鍵。在本論文中，我們將以人類共同的認知運作模式爲基礎，探索古漢語中的名動轉變現象，透過不同的框架視角瞭解動詞意義如何轉變，進一步推論名詞到動詞的語意延伸脈絡。

1.2 語料選擇

　　本文所採用的語料年代大致介於先秦（西元前 221 年以前）到兩漢間（到西元前 206 年～西元 8 年），所謂「先秦」，指的是秦朝統一天下以前的歷史階段，以春秋戰國時代爲主。從中國的商代、周代到東漢時期是古漢語發展的早期階段，一般而言可稱之爲上古漢語或古漢語（王力 1980：43-44；Xu Dan 2006, 2014；Wang 2015；姚鎮武 2015：08）。相較於中古時期及近代漢語，研究顯示古漢語是一個以言談或語境爲基礎的語言（discourse-based language），詞句意義的解讀往往必須仰賴適當的言談或語篇情境作爲輔助（王力 1980；Wang Kezhong 1986；Herforth 1987；LaPolla 2015）。出現在此時期文本中的詞句或文字描述方式是一種綜合性極高的語言，介詞（如于、於、乎、之、以）的發展較有限，藉由大量的名詞和動詞互相轉化，來表達近乎無限的語意關係（姚鎮武 2015；王力 1980；Takashima 1973；Wang Kezhong 1986）。以左傳爲例，其同形字作爲名詞和動詞使用的比率約爲 6：4（申小龍，1995），

而且其中有許多動詞是從名詞概念轉變而來的，如「衣、妻、冠、藥、醫、石、館、舍、帥、軍」等，這顯示名詞轉變爲動詞在古漢語中是相當普遍的現象。

　　然而，這並不意味著此時期的語言是缺乏固定語序和功能詞的電報體語言（telegraphic speech），王力（1980）、Xu Dan（2006, 2014）、LaPolla（2015）認爲古漢語仍舊存在著基本的「主詞－動詞－受詞」語序，也會使用表處所和工具的介詞詞組，受詞提前的結構則必須伴隨著受詞是代詞或疑問代詞的條件。此外，上古漢語的處所和工具介詞（于、以）所帶的介詞詞組位置較爲彈性，可置於動詞前後，西周以後表處所的介詞詞組則慢慢固定在動詞之後（王力 1980：368-371）。確定了古漢語基本的語序和介詞詞組位置，可以進一步幫助我們判定名詞轉變爲動詞的句法環境。

　　除了界定本論文所採用的語料年代範圍之外，考量本論文主要進行以語意爲本的名動轉變分析，因此我們進一步將語料主題設定在和「戰爭」、「醫療」相關的文本內容上。基於先秦到兩漢時代的歷史背景，許多文本對於戰爭和醫療事件多所著墨，例如從《黃帝內經》、《周禮》、《史記》、《左傳》、《春秋公羊傳》、《戰國策》、《莊子》、《荀子》、《墨子》等著作中可以觀察到許多戰事佈局、君臣對話與戰爭場面的描述，也可以觀察到醫療用藥的細節，以及和醫生、病人行爲相關的事件描述，因此成爲選擇語料時主要的參考文本。

　　至於語料收集的方式和過程，本文主要藉由語料庫與文本的相互參照，從描述「戰爭」或「醫療」主題的篇章中大量蒐集名詞轉變爲動詞的例子，歸納出名動轉變可能呈現的語意類型。在分析的過程中，我們先觀察古文中具有名動轉變用法的詞彙，如「軍」、「兵」、「城」、「館」、「舍」、「盟」、「藥」、「醫」、「疾」、「灸」等名詞，這些都曾在描述戰爭或醫療事件的文本中做動詞使用。找出這些語料所呈現的名動轉變現象後，我們必須進一步找出語料所呈現的規則，因此本文以中央研究院《上古漢語標記語料庫》（黃居仁、譚樸森、陳克健、魏培泉 1990）爲基礎，搜尋這些名詞做動詞使用的例句，初步歸納名詞轉變爲動詞的語意類型。然而，語料庫所提供的例句數量畢竟有限，不足以作爲分析判斷的主要依據，因此我們必須回歸文本，從相關的篇章段落中一一過濾相關的語料，才能提供足夠的證據進行後續的文本分析。

在我們所蒐集到的語料中，又以「軍」、「兵」、「藥」、「醫」這幾個名詞轉變為動詞的語料數量較為豐富，所呈現的語意類型也較為多變，因此本文中將以這些詞彙所呈現的名動轉變例句作為主要的分析依據。

1.3 古漢語的名詞與動詞

傳統語言學中定義詞類的方式，是從一個詞的構詞特徵（morphological property）及其在句法結構（syntactic structure）中的位置分佈來判定。因此原本常作為名詞的字詞很可能藉由特殊的構詞特徵及其在句法結構中的位置改變，進而改變了詞性。字詞原本的意義對於詞類判定並不具有決定性的作用。以英文常用的名詞「author」和動詞「publish」為例：

（1）John published the book.

（2）John authored the book.

例（1）中的「published」前面是主詞「John」，後接受詞「the book」，且其構詞特徵是「publish」的變化形，藉由語言測試也可證明「publish」前面可加上助動詞「must」、「should」、「did」和否定詞「not」，因此可以判定為動詞。再看例（2），雖然「author」本身多以名詞的身份出現，但是從句子中「author」所出現的位置及加上後綴（suffix）「-ed」的構詞特徵可知，在此時「author」的語法功能及構詞方式和「publish」相近，必須被視為動詞。

詞類劃分的規則從英文到現代漢語，因應不同的語言系統本身而在規則上有所調整，不過仍建立在構詞特徵及句法結構分佈的基礎上。Tai（1997）根據 Chao（1968）、Li & Thompson（1981）、Tang（1979, 1989）、Tsao（1990）及 MacCawley（1992）提出現代漢語名詞和動詞在句法分佈及構詞上的特徵如下（* 代表不合語法）：

（3）名詞的句法分佈特徵：

    a. 可以被「數詞＋量詞」的結構修飾，如「一本書」。

    b. 可以被表從屬「的」修飾，如「我的書」。

    c. 不能被否定詞「不」修飾，如「*不書」。

    d. 不能做為成分 A 出現在「A 不 A」問句結構中，如「*書不書，飯不飯」。

e. 不能被「都」修飾，如「*都書」。

f. 不能被其他 VP 修飾語修飾，如「*很書」、「*也書」、「*慢慢兒書」。

（4）名詞的構詞特徵：

a. 可以加上前綴「阿」或「老」，如「阿婆」、「老王」。

b. 可以加上後綴「子」、「頭」或「兒」，如「兒子」、「石頭」、「枕頭」、「花兒」。

（5）動詞的句法分佈特徵：

a. 可以被否定詞「不」修飾，如「不來」。

b. 可以被「都」修飾，如「都來」。

c. 可以被修飾語修飾，如「很喜歡」、「也喜歡」、「慢慢兒走」。

d. 可以被動量詞修飾，如「來一次」、「踢一腳」。

e. 可以出現在「A 不 A」問句結構中，如「來不來」。

f. 不能被「數詞＋量詞」的結構修飾，如「*一個踢」、「*一個打」。

（6）動詞的構詞特徵：

a. 可以加上後綴的時貌標記「著」、「了」、「過」，如「吃著」、「吃了」、「吃過」。

b. 可以和其他動詞形成動補結構（resultative verb construction）如「打死」，或是在結構中插入「不」、「得」，如「打得死」、「打不死」。

以上論及構詞特徵的部分，名詞雖然可透過前綴「阿、老、小」或後綴「子、頭、兒」的添加判定該詞詞類，但現代漢語中名詞的前後綴並非詞彙派生規則中的必要成分，因此當沒有添加前後綴的名詞變成動詞使用時，便只能仰賴詞彙在句法上的分佈來判斷。在詞彙派生的規則中，我們稱這種沒有明顯構詞標記的詞類轉換方式叫做零形派生（zero-derivation）（Lyons 1977, Sander 1988, Liu 1991, Tai 1997）。

進一步討論古漢語名詞和動詞在句法分佈及構詞上的特徵。馬建忠《馬氏文通》（1961）對動詞及名詞的定義中並沒有提及構詞和句法分佈上的特徵差異，而是概括說明兩種詞類所具有的語意特質。王力（1979）、楊伯峻與何

樂士（1992）和楊劍橋（2010）進一步從語意類型爲古漢語的名詞與動詞劃分小類，名詞可以包含普通名詞、專有名詞、時間名詞和方位（處所）詞；動詞可以包含動作動詞、心理動詞、存在動詞、及判斷（繫）動詞，由此可知大部分描述古代漢語的語法書很少從名詞與動詞的構詞和句法分佈特徵做有系統的歸納整理。

有鑒於此，爲了從構詞和句法分佈特徵上更明確地區分出古漢語名詞及動詞的差異，本論文參酌王力（1980）、楊伯峻與何樂士（1992）及李林（1996）等對於古漢語詞類語法特點的整理，按照傳統語言學劃分詞類的方式作了如下的特徵歸納：

（7）古漢語名詞的句法分佈特徵：

    a. 前後都可加數、量詞，如「一言九鼎」、「邑六十」、「兵車百乘」。

    b. 前面可加指代詞「是」、「其」、「此」，如「是人」、「其人」、「此地」。

    c. 一般不受副詞、助動詞、介賓短語修飾。

    d. 常作爲句子的主語（subject）、受詞（object）、還可以作修飾語（modifier）、狀語（adjunct）和補語（complement）。

（8）古漢語名詞的構詞特徵：

    a. 類似詞頭的前附成分，名詞前可加「有」、「阿」作爲前綴，如「有虞氏」、「阿姊」、「阿奴」，但並非必要條件。

    b. 類似詞尾的後附成分「子」，如「童子」、「眸子」、「婢子」等，但也非必要條件。

（9）古漢語動詞的句法分佈特徵：

    a. 可受副詞「其」及否定副詞「不」、「弗」、「毋」、「勿」、「未」所修飾。

    b. 可以被「皆」修飾，如「眾人皆罪」。

    c. 可以被修飾語修飾，也就是受副詞、介詞組修飾，如「怒甚」、「亦喜」、「清風徐來」。

    d. 動詞前可以有能願動詞，如「可」、「能」、「足」、「得」、「欲」、「敢」、「肯」作狀語。

e. 可以被動量詞修飾，如「三省吾身」、「三思後行」、「圍之數匝」、「椎鼓數十通」。

f. 存在動詞主要是「有」或「無」，一般而言帶有賓語。

g. 繫詞雖然沒有明顯的動作性，卻具有及物動詞的共同特點，也就是帶有賓語，並和賓語一起表述對主語的的判斷。

（10）古漢語動詞的構詞特徵：

a. 可以結合使役動詞和動作動詞的意義構成「使動動詞」（cause-motion verb），如「朝秦楚」（使秦國、楚國前來朝貢）的動詞「朝」意指「使～朝」。

b. 多數動詞沒有時貌標記作為後綴，但能以時間副詞表動作的改變、進行或結束，如「方興未艾」、「千呼萬喚始出來」、「始見成效」。

比較古漢語和現代漢語在名詞、動詞上的構詞特徵，最不同的地方在於古漢語動詞沒有時貌標記（如「著」、「了」、「過」）作為後綴，古漢語通常藉由時間副詞或程度副詞來標記動作的改變、進行或結束。此外，現代漢語必須藉由使役動詞「使」、「令」、「命」、「要」和動作動詞構成「使動結構」（使～V），如「使她哭泣」、「命部下跟隨」，但古漢語則將兩個動詞意義結合在單一動詞中，形成所謂的「使動動詞」（cause-motion verb），如「泣孤舟之嫠婦」的動詞「泣」意指「使～哭泣」、「從數騎出」的動詞「從」意指「命～跟隨」，如構詞特徵（10a.）所述。歸納上述，Lui（1991：5, 22）認為古漢語在詞素組合上比現代漢語更為孤立，如前文所述零形派生（zero derivation）的規則在古漢語中十分常見，因此我們很難單憑構詞特徵具體區分古漢語的名詞和動詞。

在句法上的分佈特徵上，Liu（1991：157）據其研究歸納出古漢語主要區分名詞及動詞的詞組結構：名詞通常出現在「[修飾語－中心語]_{名詞組}」（[modifier-head]_{NP}）的結構中；而動詞則經常出現在「[中心語－受詞]_{動詞組}」（[head-object]_{VP}）的結構中。再比較古漢語和現代漢語的句法分佈特徵，可以發現無論是名詞前後的數量詞、副詞「都」與「皆」的用法，或者是能願動詞的類型，古漢語和現代漢語都有其語意限制以及使用上的差距。例如：古漢語的數量詞位置不定，可以置於名詞前後；古漢語名詞前面很少用表從屬「的」

修飾，但是代詞「其」具有表從屬的修飾功能；古漢語的動詞可受副詞「其」、否定副詞「弗」、「勿」、「毋」修飾，這在現代漢語中較爲少見；古漢語中表總括的數量副詞「皆」可與動詞一同出現，在現代漢語中則是數量副詞「都」與動詞一同出現。

1.4 古漢語的名動轉變現象

1.4.1 名動轉變的結構

比較現代漢語和古漢語在名詞、動詞的構詞特徵及句法分佈上的差別後，我們進一步要探討古漢語名詞轉變爲動詞的句法環境。前人判定名詞轉變爲動詞的方式，主要是根據名詞在句法位置上的改變（馬建忠 1961，呂叔湘 1954，Dobson 1974，Liu 1991：7）。王力（1989：340）提到判定名動轉變的準則是由「上下文決定」的，要決定名詞是否當動詞使用，除了參照整個句子的意思，同時還要注意名詞在句中的位置，名詞前後的句法成分，以及名詞和這些句法成分所構成的句法關係。因此我們進一步要問的是古漢語名詞放置在哪些句法位置時容易轉變爲動詞呢？根據王力（1989）、楊伯峻與何樂士（1992）和許威漢（2002）對於名動轉變現象的整理，我們大致能掌握產生名動轉變的句法環境如下：

（11）名詞在助動詞「能」、「欲」、「可」、「足」之後轉變爲動詞，如「能**水**」、「可**藥**」、「左右欲**兵**之」。

（12）名詞在副詞「其」或否定副詞「不」、「勿」等之後轉變爲動詞，如「不**藥**而癒」、「衛靈公不**君**」、「勿**藥**有喜」。

（13）名詞在助詞「所」字之後轉變爲動詞，如「是以令吏人完客所**館**」、「衣吾之所**蠶**」。

（14）名詞在介詞組前後，以該介詞組爲補語時，名詞容易轉變爲動詞，如「晉師**軍**於盧柳」、「鷦鷯**巢**於深林」。

（15）兩個並列名詞，前後名詞構成主語和謂語的關係，用於敘述句及命令句時，後者轉變爲動詞，如「大楚興，陳勝**王**」。

（16）兩個並列名詞，後者可爲代詞或普通名詞，當前後名詞構成謂語結

構或使動結構時，前者轉變爲動詞，如「范增數**目**項王」、「齊威王欲**將**孫臏」。

（17）名詞和動詞（動詞詞組）之間以連接詞「而」銜接，兩個並列結構共同作謂語時，該名詞容易轉變爲動詞，如「**衣**冠而見之」、「楚以故不能過榮陽而**西**」，其中「而」作爲連接詞常用來連接動詞或形容詞，一般不連接名詞。

簡而言之，古漢語中的名詞在下列情況中容易轉變成動詞：一、名詞前有副詞或否定副詞時，名詞容易被視爲動詞；二、名詞後有介詞詞組時，名詞也容易被視爲動詞；三、並列名詞彼此構成主語和謂語的關係時，後者會被視爲動詞；四、並列名詞彼此構成謂語結構或使動結構時，前者會被視爲動詞；五、連接詞「而」若銜接名詞與動詞組形成對稱結構，名詞也容易被視爲動詞。本論文結合上述討論並參照 Liu（1991：159）歸納古漢語中容易產生名動轉變的句法環境，嘗試用（18）、（19）和（20）的句法規則來描述古漢語的名動轉變現象如下：

（18）名詞 → 動詞／（主詞）（副詞）（介詞組）_____（受詞）（介詞組）

（19）a. 名詞 → 動詞／ 動詞組　而_____

　　　b. 名詞 → 動詞／ _____名詞　而　動詞組

　　　c. 名詞 → 動詞／ 名詞_____　而　動詞組

（20）名詞 → 動詞／ 所_____

（18）、（19）和（20）呈現了古漢語名詞轉變爲動詞的句法環境。其中規則（18）的介詞詞組可以置於副詞或受詞後面兩個位置，因爲古漢語介詞詞組的位置尚未固定於動詞後（王力 1980：368-371）。換言之，名詞之所以能夠轉變爲動詞，主要是因爲名詞被放在動詞的句法環境，或是在連接詞「而」前後，與動詞詞組對等的句法位置上，因此產生了動詞的用法。大部分的古漢語名動轉變現象是依據語言情境而產生的特殊使用方式（ad hoc uses）（程杰 2010：02），且其構詞特徵不會因此而產生變化（Lui 1991：4-5, 115-116），但詞彙意義則會因出現的句法結構和語境而有所調整。

1.4.2 名動轉變的語意問題

瞭解如何判定古漢語的名詞和動詞，也掌握名詞在哪些句法環境可轉變

爲動詞後，我們發現要探討古漢語的名動轉變現象，最困難的不是名動轉變的構詞特徵缺乏變化，也不是名詞轉變爲動詞的句法環境難以確立，而是如何掌握動詞所代表的意義。因爲當名詞轉變爲動詞，其動詞意義會隨著不同的句法環境而改變。如例（21）和（22）中名詞「軍」轉變爲動詞的情況所示：

（21）及昏，楚師*軍*於邲，晉之餘師不能*軍*，宵濟，亦終夜有聲。〈左傳·宣公十二年〉

　　譯文：到了黃昏的時候，楚國駐紮軍隊於邲，晉國的餘兵不能再成個隊伍了，趁夜渡過黃河，也是整個夜晚都有聲音喧鬧。（李宗侗 1971）

（22）繞角之役，晉將遁矣，析公曰：『楚師輕窕，易震蕩也。若多鼓鈞聲，以夜*軍*之，楚必遁。』晉人從之，楚師宵潰。〈左傳·襄公二十六年〉

　　譯文：繞角的戰役，晉軍就要逃跑了，析公說：「楚軍輕佻，容易被動搖。如果多擊軍鼓的聲音，在夜裡全軍進攻，楚軍一定逃跑。」（王守謙、金秀珍、王鳳春 2002：1382 台灣古籍出版有限公司）

　　例（21）和例（22）中名詞「軍」出現的句法環境都不相同。例子（21）中第一個名詞「軍」出現在主語「楚師」和介詞詞組「於邲」之間，第二個名詞「軍」出現在否定副詞「不能」之後，例子（22）的名詞「軍」則出現在介詞詞組「以夜」和受詞「之」之間。我們發現，雖然這三個名詞都出現在規則（18）中動詞的位置，可以被視爲動詞，但他們所描述的動詞意義卻不一樣，無法相互取代：例（21）中第一個動詞「軍」的意義是「駐紮」，描述楚國軍隊和駐紮地點的關係；第二個動詞「軍」的意義是「組編、陳列」，描述晉國餘軍本身的動作。例（22）中動詞「軍」的意義則是「以軍隊攻打」，描述晉國將帥、晉國軍隊和敵軍的關係。再以名詞「兵」轉變爲動詞的情況來說明，如例（23）和（24）所示：

（23）（子南）執戈逐之，及衝擊之以戈，子晳傷而歸告大夫……子產執子南而數之曰「……*兵*其從兄，不養親也。」〈左傳·昭公元年〉

　　譯文：（子南）拿著長戈去追趕子晳，追到通行的大道上，子南用長戈擊他，

子晳著了傷後回家去告訴諸大夫……子產便使人拘執子南並責備他說：「……用兵器對付堂兄，這是不奉養親屬。」（王守謙、金秀珍、王鳳春 2002：1539-40，台灣古籍出版有限公司，李宗侗 1987：1045）

（24）今燕之罪大而趙怒深，故君不如北**兵**以德趙，踐亂燕，以定身封，此百代之一時也。」〈戰國策・楚〉

譯文：如今燕國的罪大而趙國對它則非常憤恨，所以您不如引兵北上，對趙國表示友好，討發無道的燕國以確定自己的封邑，這是幾百年難逢的機會阿。（繆文遠、繆偉、羅永蓮 2012：485，北京：中華書局）

例（23）和例（24）中名詞「兵」出現的句法環境也不相同。例子（23）中名詞「兵」出現在受詞「其從兄」之前，也就是規則（18）中動詞的位置，因此被視為動詞。例子（24）中名詞「兵」則出現在方位名詞「北」之後，藉由連接詞「以」和後面的動詞詞組「德趙」形成對稱結構，符合規則（19）中動詞的句法環境，因此也可被視為動詞。我們發現，雖然名詞「兵」在上述句法環境中都做動詞使用，但動詞所描述的意義並不相同，例（23）中動詞「兵」意指「用兵器砍殺」，描述部屬、兵器和敵人的關係；例（24）中動詞「兵」意指「以軍隊進攻」，描述君王和軍隊的關係，兩者的意義無法相互取代。

另一種名動轉變的情況是，即使名詞出現在相同的句法環境中，因為前後主語和受詞的內容不同，所構成的動詞意義就可能不一樣。如例（25）和（26）中名詞「藥」轉變為動詞的情況所示：

（25）凡療獸瘍，灌而劀之，以發其惡，然後**藥**之，養之，食之。〈周禮・天官冢宰下〉

譯文：凡是治療畜獸瘍病，需用湯藥灌洗患處，及用砭石刮去其腐肉，使惡毒盡淨，然後敷藥、調養、再行餵食。（杜祖貽、關志雄 2004）

（26）今有醫於此，和合其祝藥之于天下之有病者而**藥**之，萬人食此，若醫四五人得利焉，猶謂之非行藥也。〈墨子・非攻中第十八〉

譯文：假如現在有個醫生在這裡，他拌好他的藥劑給天下有病的人服藥。一萬個人服了藥，若其中有四、五個人的病治好了，還不能說這是可通用的藥。（李漁叔，1900，1977；李振興 1996）

　　例子（25）和（26）中名詞「藥」都出現在受詞「之」的前面，也就是規則（18）中動詞的位置，因此被視爲動詞。然而，我們發現例句中兩個名詞「藥」雖然都被視爲動詞，所呈現的句法特徵也相同，他們所描述的動詞意義卻不一樣。例（25）中動詞「藥」的意義是「用藥敷塗」，描述醫生、藥物和疾患處的關係；例（26）中動詞「藥」的意義則是「使～服藥」，描述醫生、藥物和病人的關係，兩者的意義也無法相互取代。

　　此外必須特別說明的是，無論古漢語或現代漢語都具有代詞省略（pro-drop）的特色，例如當我們問對方「你衣服洗了沒？」對方回答「洗了。」其中「洗了」的回答事實上是無需出現包含回指主語和受詞的代詞，因此我們將漢語稱之爲「代詞省略」的語言。又如例（22）的「以夜軍之」、例（23）的「兵其從兄」、例（25）的「然後藥之」，這幾句的主語都被省略，分別指晉均將帥（例22）、子南（例23）和獸醫（例25）。換言之，本文的分析雖然以單一句法結構爲主，但有些論元（參與者）在單句結構中表面上消失了，事實上是因爲上下文已提及這樣的概念而省略，因此本文提供上下文的目的是爲了確認這些論元（參與者）本身存在的必然性，並確立動詞所具有的語法特徵，並不會因此影響對單一句法結構的分析。

　　由例（22）到（26）的討論可知，研究古漢語的名動轉變現象除了探討詞彙所在的句法分布，更重要的是名詞轉變爲動詞後所描述的意義。動詞意義會隨著動詞所帶的論元和當下的事件情境而轉變（Liu 1991：159）。這意味著意義不只存在於詞彙本身，詞彙本身也同時具備不同的語意面向，隨著動詞的論元和前後文語境的改變，進而誘導出不同的動詞意義（Evans & Green 2006；江曉紅 2009）。換言之，我們無法單純按照辭典上所條列的內容，或者根據成分分析法（componential analysis）從名詞固定的語意成分中掌握名詞轉變爲動詞的意義，而是必須回到名詞轉變爲動詞所在的句法分布和事件情境。

1.5 研究議題與章節安排

　　關於漢語名動轉變的研究，過去討論大多偏重名詞在構詞特徵、句法位置上的改變，或者根據名詞的語意角色標記名動轉變的類型。一般而言，語言學界對漢語或古漢語名動轉變現象的討論主要從三個方面切入：第一種是從構詞

規則探討漢語的名動轉變現象（Tai 1997）；第二種是從句法結構和語意角色探討漢語和古漢語的名動轉變現象（Mei 1989, 2008a, 2008b & 2012；Liu 1991；Chan & Tai 1995；Huang 1997, 2014）；第三種是從語意認知策略探討漢語的名動轉變現象（Liu 1991；高航 2009；張輝、盧衛中 2010）。

　　以上三方面的討論主要集中在討論名詞如何與動作意義產生繫聯，但並未進一步討論名詞爲何能在不同句法環境和事件情境中轉變成動詞，進而產生不同的動詞意義。因此我們嘗試拋出下列議題，期待能藉由本文對古漢語語料的分析得到一些解釋：第一、除了根據（18）、（19）和（20）的句法規則來判定名動轉變現象外，我們如何進一步解釋名動轉變所衍生的語意轉變現象？第二、從認知語言學的角度，我們如何解釋原生名詞和這些轉類動詞之間意義的關連性？第三、在名詞轉類爲動詞的過程中，詞彙意義發展的脈絡是否有其規則可尋？本論文希望能另闢蹊徑，提出事件框架理論來分析名動轉變所產生的語意轉變現象，並進一步探討名詞到動詞的語意延伸過程，以及背後所運用的認知策略。

　　本文各章節的安排如下：第二章爲文獻回顧，首先從構詞特徵、句法結構及語意認知策略簡述前輩學者對於名動轉換現象的研究，再進入本文分析理論的探討；第三章探討古漢語詞彙「軍」在戰爭框架中的名動轉變現象，以及詞彙意義延伸的認知策略；第四章同樣以戰爭框架爲基礎，探討古漢語詞彙「兵」的名動轉變現象以及詞彙意義延伸的認知策略；第五章則以醫療框架爲主，探討古漢語詞彙「藥」、「醫」的名動轉變現象和詞彙意義延伸的脈絡。第六章爲結論，推論古漢語名動轉變在意義發展上的典型路徑，以及語意延伸背後普遍遵循的認知規則，希望能爲古漢語詞類轉變現象提供更全面和具體的解釋。

第二章　名動轉變的文獻回顧

2.1 前　言

　　名動轉變現象一直是語言學界探討的重要議題，相關文獻研究曾分別從構詞特徵（Lyons 1977；Sanders 1988；Tai 1997）、句法結構（Hale & Keyser 1991, 1993, 2002；Mei 1989,2008a, 2008b & 2012；Huang 1997, 2014）、語意結構（McCawley 1971）、名詞的語意角色（Clark & Clark 1979；Liu 1991；Chan & Tai 1995），以及名動轉變的認知語意（Langacker 1987, 1990；Radden & Kövecses 1999；Dirven 1999；江曉紅 2009；高航 2009）等方面進行探討。本章節將回顧前輩學者對於此議題的分析，並進一步提出事件框架和詞彙屬性結構的理論基礎，希望能從事件框架的概念觀察古漢語名詞到動詞的語意轉變現象，並從詞彙的屬性結構進一步推論名動轉變詞彙語意延伸的過程。

2.2 從構詞特徵分析名動轉換現象

2.2.1 名動轉變的構詞規則

　　從傳統生成語法學派的觀點，詞類變化在形式上涉及詞素的派生（morphological derivation），因此名動轉變可以根據特定的派生詞素來判斷。Lyons（1977）認爲不同語言中的詞彙往往透過添加前綴或後綴的方式改變其詞

彙屬性。在英文中，特別是後綴的詞素添加，往往會造成詞性的改變。舉例來說，名詞加上後綴「-ly」便成為形容詞，如「friend」加上後綴「-ly」變成形容詞「friendly」，而形容詞的加上前綴「un-」仍然還是保留了形容詞的屬性，只是改變了語意，如「friendly」表示友善的，而「unfriendly」表示不友善的。Lyons（1977：523）進一步提出英文中動詞轉變為名詞的構詞規則：

（1）V + VNq → Nq'（Lyons 1977：523）

根據 Lyons（1977：523）的說明，「VNq」代表使動詞名詞化的後綴（deverbal nominalizing suffixes），「Nq'」代表具有特定詞綴的名詞。當動詞加上後綴「VNq」時，就會轉變成帶有特定詞綴的名詞「Nq'」，如動詞「arrange」加上後綴「-ment」變成名詞「arrangement」，動詞「pay」加上後綴「-ment」變成名詞「payment」。從規則（1）可以發現，詞綴「VNq」具有使詞性改變的功能，當動詞加上這類典型詞綴，母語者便能很自然地將之歸入名詞詞類中，並在語言結構中改變其使用位置。

然而，規則（1）並無法解決某些較缺乏功能性詞綴的語言所面臨的詞類轉變現象，例如漢語、泰語、越南語和馬來語等分析型的語言（analytic language）。除此之外，英文本身的字詞除了仰賴詞綴改變詞性外，尚有豐富的字群並不需要透過規則（1）中的詞綴添加來改變詞類，如「release」、「attempt」、「answer」、「doubt」這一類動詞轉變為名詞，並不需要藉由特定詞綴來改變其詞性。Lyons（1977：523）認為這類詞彙的詞類轉變是規則（1）的一個次類，其派生規則如（2）所示：

（2）Vp + Ø → Nq

在規則（2）中，「Vp」代表特定類型的動詞，如「release」、「attempt」、「answer」、「doubt」等，「Ø」（空集合）的概念代表左邊和右邊的形式相同，而「Nq」相對於前面提到的「Nq'」（帶有特定詞綴的名詞），指的是沒有詞綴添加的一類名詞。Lyons（1977：522）認為即使是這一類動詞，仍需藉由一個隱性後綴「Ø」的添加才能轉變為名詞，和其他動詞名詞化的過程一樣。Lyons 將這個不添加後綴而派生出不同詞類的規則或過程視為「零形派生」（zero derivation），或者稱之為詞類上的「轉類」（conversion）。規則（2）的零形派生只是規則（1）中的一個特殊類型。上述討論雖然是說明動詞到名詞的派生

規則，但也提供了我們判定漢語中名詞轉變爲動詞的依據，可以根據零形派生的規則推論名詞需藉由一個隱性後綴「Ø」的添加才能轉類爲動詞。

另一方面，Sanders（1988）也將零形派生（zero derivation）視爲是屈折語（inflectional language）詞彙派生規則中一條特殊規則。Sanders（1988）認爲藉由零形派生而轉類的詞彙，就像相同形式卻擁有不同詞性的 A 和 B，其中一者必定擁有較典型的意涵，進而發展出另一個意義較不典型的詞類。如「answer」這個詞，作爲動詞必定比作爲名詞表現出更加典型的意義，而「water」作爲名詞必定比作爲動詞表現出更加典型的意義。形式相同的 A 和 B 雖然詞類不同，意義上必有關聯。因此 Sanders 嘗試藉由客觀的詞彙派生標準「顯性類比原則」（overt analogue criterion），根據一個語言運用在其他詞彙形式上的典型派生規則，來類推詞彙 A 和 B 的轉類方向，決定兩者間誰是最典型的，也就是最原始的詞類，如例（3）和例（4）所示：

（3）a.　I'll answer that again : This is my final answer.

　　　b.　I'll announce that again : This is my final announcement.

（4）answer$_V$: [answer$_V$ Ø]$_N$ = annouce$_V$: [announce$_V$ ment]$_N$

（Sanders 1988：156）

以英文爲例，我們可以根據例（3）中的兩個例句比對動詞「announce」和「answer」出現在相同句子中所呈現的構詞特徵，來判斷「announce」和「answer」詞類派生的方向是從動詞到名詞。再透過例（4）中比對動詞「announce」的名詞化過程，我們知道詞彙「answer」也是以動詞爲典型，進而透過零形派生的規則轉類爲名詞。然而，以顯性類比原則來決定詞類轉變的方向有個前提，就是此規則只存在於具有明顯詞綴派生的屈折語中，如英文中詞性的轉變原本也是仰賴詞綴添加作爲標記，亦即 Lyons（1977）所提及的規則（1）。

爲了解決其他非屈折語言無顯著詞綴來標記詞彙轉類的現象，Sanders（1988：172）再提出另一個輔助規則來幫助詞類演變方向的判定：相對顯著標記原則（a principle of relative markedness），找出兩個相同形式但不同詞類的詞彙 A 和 B，判定何者在語言使用上較爲無標（unmarked），何者較爲有標（marked）。根據該詞的常用義即可判別，其中較爲無標的詞彙便具有較爲典型的意涵，其所屬的詞性也是該詞最原始的類型。然而，即使如此，面對漢語不

少詞彙「本義」已非「常用義」的情況，顯性類比原則及附加的相對顯著標記
準則仍然無法解決詞類發展方向：亦即到底是從名詞轉類成動詞，還是從動詞
轉類爲名詞的問題。Sanders 因此指出，要分析漢語的詞類轉變現象，除了形式
上的規則外，還需訴諸功能性的解釋（the interpretation of function）：亦即詞彙
經過語言使用後所產生的功能（word's function）。同樣形式的詞彙若在詞類 B
表現的功能越多，延伸性越廣，相較於功能意義少的詞類 A，B 則明顯屬於轉
類後的詞彙，因爲詞類 B 的意義預設（presuppose）或蘊含（entail）了詞彙 A
的意義，詞類發展的方向應是由 A 到 B（Sanders 1988：173）。

　　回到漢語的構詞規則，Tai（1997）將漢語中的名動轉變現象視爲一種零
形派生，並根據 Aronoff（1976）提出的構詞規則（word-formation rule）來描
述名動轉變在語意上的轉變過程，對先前 Sanders（1988）的假設提出更進一
步的分析。例（5）是名詞轉變爲動詞，也就是漢語動詞化（verbalization）的
零形派生規則：

（5）漢語的構詞規則（動詞化）

$$[_nX] \rightarrow \{ _v[_vX] \text{-}\emptyset \}$$

　　語意轉變：代表具體事物的名詞 X 轉變成描述與該名詞相關的動態事件

（Tai 1997：455）

　　Tai 認爲名動轉變是將原本代表人、事、物的具體概念轉換成對抽象關係
的描述，說話者或書寫者刻意運用名動轉變來強調與該名詞相關的動態事件。
名詞能夠轉變成動詞，是因爲名詞內部的詞彙結構中原本就存在了動詞詞根
（verb root），因此這些從名詞轉變來的動詞事實上具有和名詞相連的語意成
分，在名動轉變的過程中，名詞內部的動態語意成分被活化，並且藉由底層結
構的語意合併（conflation）呈現出完整的事件概念。也就是說，詞類轉變必須
考慮詞彙內部的語意成分，但語言使用者會事先在詞彙成形的階段先處理好語
意合併的問題（McCawley, 1971）。因此表面上看似是詞彙形式規則的演變，事
實上詞類的轉變決定於詞彙結構內部動態語意成分的活化與合併。

　　將名動轉變現象訴諸人類認知的運用，似乎才能理解人類藉由變化詞性來
表達語言的邏輯。Tai 認爲英語中之所以有大量新創的名動轉變現象（Clark &
Clark, 1979），是因爲動詞意義的形成會受到句法環境和整體語境的影響，因此

產生了不同的動詞意義，如英文「(to) water」會根據詞彙的句法環境和前後語境產生「澆水」、「使～濕潤」、「浸泡」、「噴灑」等不同的動詞意義。又例如現代漢語中的新詞彙「宅」：

（6）王男說他今天下午一直在自「宅」打電動。

（7）李女也說她常常看見王男「宅」在家裡打電動。

由上述例（6）可知，「宅」當名詞時表達具體「房屋、住處」的意義，在例（6）中意指王男的家，而例（7）的「宅」前面是主語「王男」，後面由介詞詞組帶入名詞「家」，因此可作動詞使用。動詞「宅」根據規則（5）可知其語意轉變為描述與名詞「宅」相關的動態事件，但我們仍須根據主詞和介詞片語才能掌握動詞主要描述「王男」和「家」的互動關係，強調王男窩居在家的狀態，作為李女陳述打電動事件的背景情境。因此要討論名詞「宅」變成動詞的意義，除了根據漢語的構詞規則（5），還必須考慮動詞所在的句法環境，以及敘述者的語境背景。

2.2.2 理論分析的優勢及侷限

從構詞特徵來解釋名動轉變現象，主要是根據傳統的詞彙派生規則決定詞類發展的方向。然而單純從構詞特徵討論名動轉變現象，優點是在某些語言中可以從詞綴的派生很快速的判定詞彙發展的方向，但也很容易面臨一個困境，就是有名詞到動詞的轉變不一定訴諸形式上的表現。如同前述，許多英文的轉類動詞在形式上和名詞一模一樣。再考慮分析型語言如漢語，名動轉變一樣缺乏詞綴作為標記。

Tai（1997）參酌了語意面向的考量，對漢語名詞和動詞的判斷方式和詞類轉變規則提供了解決的辦法。他使用構詞規則來判定名動轉變的方向，並結合認知觀點的詮釋，提出名詞描述的是具體事物，動詞則描述事物間的抽象關係，因此名詞在轉變為動詞的過程中，名詞內部的動態語意成分必須被活化，才能用以描述抽象的事件關係。但針對我們目前要探討的議題而言，仍然會面臨下面的問題：名詞轉變為動詞的語意，會根據名詞所出現的句法環境而改變，動詞的多義性無法透過這條規則做有系統的闡釋。因為規則中只點出了名詞具有動詞的語意成分，卻無法說明名詞內部結構中的動態語意

成分是如何被活化的，哪些動態語意成分在這個句子中可以被活化，哪些不可以。因此下一小節將進一步從句法層面來討論詞彙轉類的研究。

2.3　從句法結構和衍生語意學分析名動轉變現象

2.3.1　輕動詞移位假設

除了從構詞特徵分析詞類轉變現象，1970～1980 年代生成語法學派也開始嘗試從句法結構位置的改變分析名動轉變現象。Hale & Keyser（1991, 1993, 2002）以動詞組外罩假設（VP-shell hypothesis）解釋名詞轉變為動詞在句法結構上的運作過程。當名詞轉變為動詞時，動詞所帶的論元，如受事者（theme）或地方名詞（loaction），會位移到句法結構「輕動詞」（light verb）的位置，進而轉變成動詞。

Mei（1989, 2008a, 2008b, 2012），Huang（1997），程杰（2010）則以現代漢語和古代漢語為例，解釋名詞論元與輕動詞結合轉變為動詞的過程。他們假設當名詞論元上移到輕動詞的位置，會先與輕動詞或元動詞〔註1〕（proto-verbs）結合才能產生動詞的意義。這些輕動詞的具體意義虛化但仍具有動詞的句法功能，可以指派語意角色並投射出論元位置，如「做」（do）、「使」（cause）、「是」（be）、「成為」（become）等。藉由輕動詞的句法理論可以解釋古漢語中的名動轉變現象，如「藥」意指服藥，「軍」意指「駐軍」，「衣」意指穿衣，「妻」意指「嫁～為妻」，「將」描述「使～為將」等等。他們認為輕動詞隱藏在句法結構的底層，能和上移到輕動詞位置的名詞結合，描述和該名詞相關的動詞意義。

Huang（2014）採用多數漢藏學者的說法，以名詞併合（noun-incorporation）和動詞移位（verb-movement）來解釋古漢語中的名動轉變現象和使動結構。Huang（2014：29）假設古漢語的輕動詞位置存在一個前綴（prefix）「*s-」（梅廣 2015：360）〔註2〕，這個前綴具有「做」（do）、「使」（cause）、或「認為」

〔註 1〕程杰（2010：102）將輕動詞（light verb）分為兩種不同的類型，一是分析輕動詞的句法功能，仍稱之為輕動詞；一是分析輕動詞的語意功能，可稱之為元動詞（proto-verb）。

〔註 2〕漢藏語學者認為原始漢語的輕動詞是一個詞綴「*s-」，此形式可上推至原始漢藏

（consider）等意義和動詞的句法功能，在深層結構中能夠促發（trigger）名詞上移到動詞組的中心語（VP-head）位置和輕動詞詞綴併合，轉變成動詞組。由輕動詞詞綴促發名詞上移和語意合併的過程，即是運用了變形語法中所謂的「去名詞化規則」（denominalization）。下面以例（8）和圖 2.1 說明古漢語「飯」的名動轉變現象：

（8）諸母漂，有一母見信飢，飯信。——史記・淮陰侯列傳

　　譯文：有幾位大娘漂洗絲棉，其中一位大娘看見韓信餓了，就拿出飯給韓信吃。（郝志達、楊鍾賢 2007）

圖 2.1：名詞「飯」上移併入輕動詞詞綴「做～」（*s-DO）
成為動詞（Huang 2014：29）

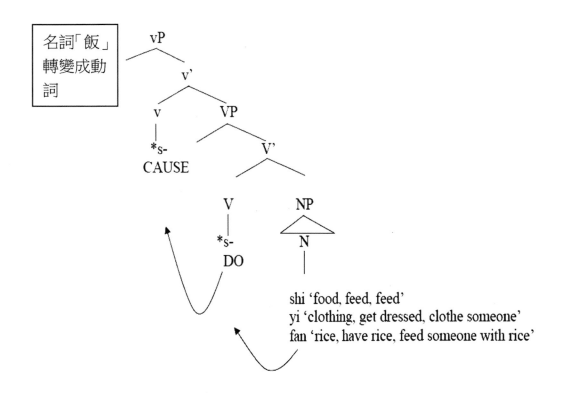

　　如例句（8）及圖 2.1 所示，例句中「飯信」一句省略主語「母」，意思是這位大娘使韓信吃飯。當名詞「飯」轉變為動詞，名動轉變的過程是在句法結構底層運作的。輕動詞詞綴「*s-DO」帶有「做」的動作意義和動詞的句法功能，促發名詞「飯」從名詞組（NP）的位置併合到動詞組中心語（the head of V'）

　　語，可能帶有某種語音特質，如聲母的清濁交替。

的位置，使名詞「飯」轉變爲動詞，描述「吃飯」的動詞意義。如果動詞「飯」再移位到更上層的動詞組中心語（the head of v'）的位置和輕動詞詞綴「*s-CAUSE」結合，動詞「飯」將產生使動用法，描述「使～吃飯」的動詞意義。

2.3.2 衍生語意學和名動轉變的動詞語意

McCawley（1971）從「衍生語意學」（generative semantics）的觀點，提出句子是由語意成分（semantic unit）組成的語意結構（semantic structure），因此當同一動詞出現在不同的語意結構中，動詞所結合的語意述語（semantic predicate）也會隨之改變，進而產生不同的動詞意義。這些語意述語可能包含「意圖」（DO）、「使動」（CAUSE）、「起動」（BECOME）、「狀態」（BE）等意義，藉由變形語法規則（transformation rule）在底層結構（underlying structure）中運作，可以呈現動詞在不同語意結構中所代表的動詞意義。他強調，當我們用變形語法處理特殊句式時，必須根據動詞在句法結構中的位置進一步探討句子的語意結構。換言之，句法結構會影響句子語意結構的組成，進而使動詞產生不同的意義和用法。如（9）和（10）的例子所示：

（9）Sally persuaded Ted to bomb the Treasury Building.（Surface structure）

（10）Sally 'does' something 'causing' Ted to 'intend' to bomb the Treasury Building.（Deep structure meaning）

（McCawley 1971：29-30）

例（9）意指 Sally 說服 Ted 炸掉 the treasury building。在例（9）的表層結構中，動詞「persuade」（說服）作爲主要子句的動詞，包含了「DO」、「CAUSE」、「BECOME」和「INTEND」這幾個語意述語在底層結構中，構成「說服」的動詞意義。我們從例（10）所呈現的底層結構觀察到整個句子的語意成分可以拆解爲：主語 Sally「做了」說服的動作，「致使」Ted「成爲」「意圖」炸掉 the treasury building 的人。動詞「persuade」藉由語意述語「DO」、「CAUSE」、「BECOME」和「INTEND」的結合說明了主語 Sally 說服 Ted 產生炸掉建築物的企圖，而後面 Ted 炸掉建築物的事件則以不定詞子句帶入。McCawley（1971：36-40）認爲英文的名動轉變現象也可以藉由句子的語意結

構來解釋，名詞可以藉由結合相關的語意述語如「HOLD」構成動詞的語意結構，產生動詞的意義和用法。以英文名詞「nail」來說明，如例（11）所示：

（11）He nailed the boards together.（McCawley 1971：38）

McCawley 認爲「nail」是可作爲工具使用的名詞，和「HOLD」（握住）的動作方式意義相連，可以出現在「用手握住某個東西去修理」的語意結構中。在語意結構底層中名詞「nail」和語意述語「HOLD」相結合，藉由（12）和（13）兩個步驟得到及物動詞「nail」的表層形式：

（12）步驟一：

　　　Nail（名詞）＋HOLD → 及物動詞

　　　藉由謂語上移（Predicate Raising）將名詞移位到動詞組的中心語位置。

（13）步驟二：

　　　藉由刪除規則（Deletion rule）把 HOLD 刪掉，剩下的成分就是和名詞同形的動詞。

在名動轉變的過程中，McCawley 認爲動詞意義和句子的語意結構安排密切相關。因此當我們從句法結構觀察到名詞移位到動詞組中心語的位置時，必須進一步考慮可以和該名詞產生意義繫聯的相關語意成分，才能掌握名詞所轉變而成的動詞意義。換言之，名動轉變議題除了涉及名詞在句法結構上的移位外，從語意結構的層面可以幫助我們瞭解動詞意義的形成過程。

2.3.3　句法結構和詞彙語意的互動

試圖結合句法結構和詞彙語意的互動，最具代表性的是 Clark & Clark（1979）和 Tai & Chan（1995）對「去名詞化動詞」（denominal verbs）的討論，所謂去名詞化動詞即指由名詞轉變而成的動詞。他們分別對英文、現代漢語及東亞語言中的去名詞化動詞進行分類，從原生名詞（parent noun）在句中的格位（case role）或語意角色（thematic role）解釋動詞的意義來源，爲名動轉變現象提供一個解釋的管道。Clark & Clark（1979）根據原生名詞在句中的格位將英文的去名詞化動詞分成八類，其中工具類動詞（instrument verbs）是最常見的類型，意指在工具格的原生名詞轉變爲動詞（如「bicycle into town」）。其餘七類分別爲：原生名詞在受事格的放置動詞（locatum verbs）（如「paint the ceiling」）、原生名詞在處所格的處所動詞（location verbs）（如「ground the planes」）、原生名詞在施事格的施事動詞（agent verbs）（如「butcher the cow」）、原生名詞在目的格的目的動詞（goal verbs）（如「powder the aspirin」）、原生名詞在介詞組中描述時間範圍的延時／持續動詞（duration verbs）（如「summer in France」）、原生名詞在經驗格的經驗動詞（experience verbs）（如「witness the accident」）、原生名詞在來源格描述起點或事物原型的賓源動詞（source verbs）（如「piece the quilt」）。而根據 Tai & Chan（1995：70-71）的研究，去名詞化動詞在現代漢語、粵語及閩語中最典型的類型是工具動詞，其次是目的動詞，較爲少見的是放置動詞和處所動詞。

前述研究的語料以英文、粵語、閩語和現代漢語爲主，而 Liu（1991）則以古漢語語料爲主，從名詞格位探討名動轉變現象。Liu（1991：5-7）認爲古漢語的名動轉變是一種缺乏構詞標記（morphological markers）的零形轉類現象（zero conversion）。古漢語相較於現代漢語，更傾向是一個單音節語言（monosyllabic language），大多數詞彙都只具有一個音節，名詞做動詞使用的情況不少，由於缺乏構詞標記，除了從句法結構討論名動轉變現象，還必須進一步探討名詞到動詞在語意上的轉變。Liu（1991：161）認爲當名詞轉變爲動詞時，名詞雖然移位到動詞的句法位置，所描述的動詞意義卻仍然保有名詞原本的語意。換言之，當名詞的用法消失，其名詞語意並不會消失，而是移入到動詞的語意中，稱之爲語意漂移（semantic drifts）。動詞意義的形成是因爲名詞移入到動詞中的語意被標記（marked）或凸顯，因此構成包含名詞語意在內的動詞意義，如名詞「館」轉變成動詞時意思是「住在館舍」；名詞「妻」轉變成動詞時意思是「嫁爲妻」；名詞「軍」轉變成動詞時可做「駐紮軍隊」之意；名詞「城」轉變成動詞時則意指「築城」等。

此外，Liu（1991：131-142）也根據 Clark & Clark（1979）和 Tai & Chan（1995）的分析將古漢語名動轉變的語料歸納爲施事動詞、工具動詞、處所動詞、放置動詞等類型。綜合上述分析，我們試圖找出古漢語中較典型的名動轉變類型，發現單就〈左傳〉中出現的例子，以「放置動詞」、「處所動詞」、「施事動詞」、「目的動詞」及「工具動詞」這五類範疇的語料具有較多對應例證的動詞：如名詞「書」在「不書即位」（不將即位之事記載史書）中轉變爲放置動詞，而名詞「軍」在「晉軍函陵」（晉國駐紮軍隊在函陵）中也轉變爲放置動詞；

名詞「館」在「館於虞」（宿於虞地的館舍）中轉變爲處所動詞，而名詞「塹」在「塹而死」（掉入塹中而死）中也轉變爲處所動詞；又如名詞「兵」在「士兵之」（兵士用武器砍殺他）中轉變爲工具動詞，而名詞「肘」在「左右肘之」（屬下用手肘頂撞他）中也轉變爲工具動詞；再如名詞「君」在「君陳蔡」（統治陳蔡）中轉變爲施事動詞，而名詞「醫」在「醫不三世」（擔任醫生不超過三個世代）中也轉變爲施事動詞；最後如名詞「妻」在「妻之」（嫁之爲妻）中轉變爲目的動詞，而名詞「將」在「欲將孫臏」（使孫臏爲將）中也轉變爲目的動詞。在這些語料中，最典型且例證最多的仍屬工具動詞，其次爲目的動詞，再次爲處所動詞，較少的兩類爲放置動詞和施事動詞。

2.3.4　理論分析的優勢及侷限

　　本節論述了語言學者們注意到名動轉變所涉及的面向，不單只是詞彙本身的構詞特徵，更牽涉到詞彙所在的句法位置和語意結構。如 Mei（1989, 2008a, 2008b, 2012），Huang（1997, 2014）和程杰（2010）根據輕動詞移位假設分析句法結構中的名動轉變現象；McCawley（1971）從句子的語意結構分析名詞如何產生動詞意義和用法；Clark & Clark（1979）、Chan &Tai（1995）和 Liu（1991）則從原生名詞所在格位歸納動詞的類型，並認爲當名詞移位到動詞的位置時，名詞移入到動詞中的語意被標記（marked）或凸顯，因而使動詞意義包含名詞的具體概念在其中。

　　從原生名詞所在格位或語意角色歸納動詞類型，不僅可以幫助我們理解原生名詞和句中其他論元的關係，也有助於動詞意義的建構，因爲當名詞以不同的語意角色移位到動詞的位置上，所轉變的動詞意義必不相同。仔細深究這些從名詞轉變而來的動詞，可以發現動詞與原生名詞在語意上必然呈現某種繫聯關係，因此名詞可以藉由移位和輕動詞或語意述語結合，產生動詞的意義。此外，原生名詞在句中的格位也會影響動詞的意義和用法，例如位於處所格的名詞較容易轉變成處所動詞，構成「在某地做某事」的動詞意義，而位於工具格的名詞則會轉變成工具動詞，構成「用某物做某事」的動詞意義。這些意義繫聯關係絕對不是任意且隨機的，的確爲我們分析名動轉變的語意規則提供了有趣的觀察與分析基礎。

　　當然，如果針對我們目前的議題，前文所述的分析方式不免也面臨一些侷

限：第一，動詞組外罩理論（VP-shell hypothesis）只解釋了原生名詞在述語結構中的名動轉變現象，並未解釋原生名詞在主語位置的名動轉變現象。第二、從句法結構分析名動轉變現象，可能產生同一句法結構中，名詞因爲事件情境不同而轉變成描述不同意義的動詞。第三，從名詞所在格位討論名動轉變的類型，同一名詞可能受制於不同的句法結構，而轉變成不同意義的動詞。

先說明第一點侷限所在，Jackendoff（2005：53-56）認爲我們固然可以從動詞組外罩理論（VP-shell hypothesis）解釋名動轉變的現象，也就是受事者或地方名詞從動詞組中位移到輕動詞的位置，進而產生動詞的用法。然而，轉變爲動詞的名詞卻並不一定侷限在受事者或地方名詞，我們仍可以找到名詞在主語位置卻轉變成動詞的用法，如英文的 butcher、nurse、father、mother、waitress 等名詞當動詞使用。

第二點侷限承接第一點而來，動詞組外罩理論僅能解釋名動轉變的句法現象，卻無法解釋當名詞做動詞使用，所呈現的句法結構相同，所描述的動詞意義卻可能完全不同的情況。如下文例（14）所示：

（14）Mary carpeted her van.

    a. Mary covered（the floor of）her van with carpet.

    b. Mary threw carpet at her van.

    c. Mary put her van on（the）carpet.

    d. Mary put her van in the carpet.   （Jackendoff 2005：55）

例（14）中名詞「carpet」作動詞使用，前後論元分別爲「Mary」和「van」，當同一個句子出現在不同的語境中，動詞「carpet」所描述的意義就不同：（14a.）是用地毯鋪蓋，（14b.）是丟擲地毯，（14c.）是放～在地毯上，（14d.）是將～裹在地毯中。由此可知，我們無法從單一句法結構決定「carpet」做動詞使用的意義，名詞結合輕動詞「DO」或「CAUSE」轉變爲動詞的分析方式（Mei 1989, 2008a, 2008b & 2012, Huang 2014），無法幫助我們區別動詞「carpet」所描述的四種動詞意義，或者進一步解釋「carpet」爲何不能轉變成其他的動詞意義，例如「wash her van on the carpet」、「steal the carpet from her van」，或者是「drive her van on the carpet」等。我們認爲，雖然動詞描述的是論元「Mary」和「van」的關係，但動詞由名詞「carpet」轉變而來，我們還必須考量名詞「carpet」和

這兩個論元可能構成的關係，以及上下文語境所描述的事件主題，是「Mary」要裝修她的廂型車，還是要展示她的廂型車，又或者是以地毯包覆、保護她的廂型車。動詞的語意需憑藉原生名詞所在格位和整體語境來決定。

最後再說明第三點的侷限，Clark & Clark（1979）、Chan &Tai（1995）和Liu（1991）從名詞所在格位討論名動轉變的類型，固然能幫助我們掌握動詞的意義，但並未進一步探討同一名詞爲何可以從不同的格位轉變成動詞，產生不同動詞意義。換言之，同一名詞可能從施事格、受事格、工具格或處所格等不同的格位轉變成動詞，當名動轉變的語意類型隨著名詞在句中的格位而轉變時，我們便無法具體地掌握名動轉變的語意延伸規則。如名詞「carpet」在例（14）中可以是放置動詞、工具動詞，甚至是處所動詞；名詞「water」可以轉變爲放置動詞，如「my eyes watered」意指眼睛流淚，但也可以轉變爲工具動詞，如「water the field」，意指用水灌溉田地。

此外，我們還可能遇到原生名詞位於同樣的受事格或工具格，轉變爲動詞後卻描述不同動詞意義的情況，如例（14c.）和（14d.）中名詞「carpet」都轉變爲處所動詞，但所描述的意義卻不一樣；又如古漢語名詞「藥」轉變爲工具動詞時，可能具有「用藥敷塗」或「用藥治療」兩種不同的動詞意義。還有一種情況是名詞轉變爲動詞後，動詞意義中不再保留名詞的語意，因此我們也無從判定原生名詞的所在格位，進而將其歸類，如動詞「藥」在「藥傷補敗」一句中解釋爲「治療」而非「用藥治療」；動詞「軍」在「楚師軍於邲」一句中解釋爲「駐紮」而非「駐紮軍隊」，在「晉之餘師不能軍」一句中解釋爲「組編」而非「組編軍隊」。上述這些問題在後面章節中將有更深入的討論。

由此可知，從句法結構、語意結構或原生名詞的格位分析名動轉變現象，仍然存在著上述侷限。名詞會根據所在結構、前後論元和整體語境轉變成描述不同意義的動詞，因此我們無法只根據動詞所出現的單句結構決定動詞的意義。若是單以名詞所在格位區分名動轉變後的動詞類型，也可能會產生類型相同但意義不同的動詞。因此，我們如果要具體掌握同一名詞產生不同動詞意義的普遍規律，瞭解名詞容易和哪些動作意義產生聯繫關係，就必須進一步去瞭解名詞產生動詞意義背後的認知運作過程。

2.4 從認知語意分析名動轉換現象

2.4.1 動名轉變與認知視角的凸顯

Langacker（1987a：183-213，244-274，1987b：53-94，1991：18-19，2008：103-112）根據認知語言學中凸顯（profile）的原則劃分名詞和動詞。他認為名詞所凸顯的是事物（thing），概念範疇的中心是有定界的實體，強調存在於空間中的人、東西、事物（Langacker 1987b：58-69，1991：18，2008：104-108）；動詞所凸顯的是事物間的關係（relation），概念範疇的中心是動作，強調時間軸上事物的互動關係或動作過程（Langacker 1987b：69-92，1991：19，2008：108-112）。

Langacker（1987b：92）同時也提到，動詞可以轉變為抽象名詞，主要在於釋解（construal）方式不同。而「釋解」之意，即是我們用不同的認知視角來描述同一情境的能力（Langacker 2007：41，李福印 2008：337）。表面上看來，雖然動詞和抽象名詞的語意極為相似，但兩者在認知背景中所凸顯的意象（images）並不一樣，因此造成詞類和用法上的區別。動詞本身凸顯了事物的動作過程（process），一旦轉變為名詞，思維意象轉而凸顯包含物體和動作過程的抽象範圍（abstract region），試圖將動作過程的某一片段具體化，如英文的「an explosion」、「a jump」、「a throw」、「a yell」、「a kick」、「a walk」、「hope」、「fear」、「love」、「desire」，這些名詞都是由動詞轉變而來，藉由不同的釋解方式產生名詞的用法。

以「explode」為例，動詞「explode」和名詞「explosion」都用來描述爆炸事件，一般人認為這兩個詞彙無法藉由相同的語意「爆炸」來區別其詞性，然而 Langacker（1987b：92）卻認為兩者在語意上仍有區別。這兩個詞彙雖然都描述爆炸事件，但認知概念中所凸顯的意象並不相同。動詞「explode」凸顯的是時間軸上個體間的互動關係，而名詞「explosion」則凸顯上述時間軸上的某一個片段，將這個片段的抽象概念加以具體化（reification）。下圖 2.2 中的（a）和（b）分別說明了動詞和由動詞轉變的名詞在認知概念上的區別，圖 2.2（a）代表描述動作過程的動詞，所凸顯的意象是在特定時間範圍中和爆炸事件相關的物體一連串的動作過程。橢圓虛線代表隱藏在動作過程中的一個時間片段，由相關物體的瞬間狀態所構成。下面的直線箭頭則代表事件發生的時間軸。圖

2.2（b）代表使動作過程中某一個時間片段具體化的名詞。此時所凸顯的意象從時間軸和物體轉移到橢圓虛線上，代表動作過程中的一幕靜止畫面，具體呈現了爆炸瞬間的整個事件狀態：

圖 2.2：動詞名詞化的概念轉換過程（Langacker 1987b：93）

（a）VERB　　　　　　　　　　　（b）NOMINALIZATION

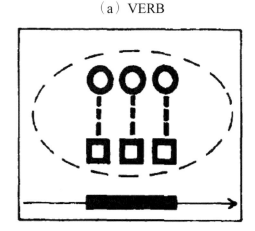 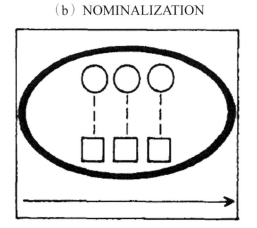

進一步根據圖 2.2 來說明動詞名詞化的概念轉換過程。圖 2.2（a）代表的是「VERB」（動詞）的意象圖示（images schema）。在這個意象圖示中，主要凸顯的部分是一段連續的時間軸，和個別物體在時間範圍內一連串的動作過程，敘述者所關注的重心在物體的動作關係。這些物體是相互聯繫且共同運作的，因此動作過程中的每一個片段都可以拆解開來，時間片段就像一個隱形的範圍，因此用橢圓虛線來表示在此時間範圍中所有物體的瞬間動作。

圖 2.2（b）代表的是「NOMINALIZATION」（動詞名詞化）的意象圖示。當動詞轉變爲名詞時，物體動作的瞬間狀態被擷取，當下的時間片段從隱形的範圍成爲主要凸顯的部分，代表所關注的重心從物體個別的動作關係轉移到事件的整體狀態，具體呈現一個複合的謂語結構，在我們的認知概念中屬於更爲抽象的層次。

換言之，圖 2.2 說明了在相同的概念背景下，幫助我們區別名詞和動詞的關鍵是在不同認知意象的凸顯。上述討論雖然是以動詞轉變爲名詞的例子爲主，但筆者認爲名詞也可能運用認知策略中的凸顯原則產生動詞的意義和用法。Langacker（2008：69，119）提到在相同的認知背景下，動詞藉由轉換不同凸顯面向而轉變爲名詞的認知策略，也可視爲是一種轉喻（metonymy）手法的運用。在下一小結的討論中，我們將進一步討論轉喻策略在名動轉變過程中

所扮演的角色。

2.4.2 名動轉變的轉喻現象與類型

「轉喻」是人類理解事物、創造詞彙時不可或缺的認知能力。他說明人類在認知事物的過程中所展現的意義繫聯能力，藉由鄰近關係（relation of contiguity）的意義繫聯，讓我們能將百科知識與各種生活經驗有條不紊地組織在認知模型中（idealized cognitive models，ICM）（Radden & Kövecses 1999：17-19；Ungerer & Schmid 2006：115）。轉喻的具體定義，是指同一範疇中概念成分（conceptual element）、事物特質（property）、物體本身（entity）、或者是事件（event）的相互取代，是用相同範疇內的某一概念代表另一個概念的認知機制。在人類認知事物的過程中，我們傾向於關注具有顯著特質的人、事物、或關係並將之作為顯著的參照點（a salient reference point），進而去聯繫、指涉同一範疇內相關的概念、人或事物。以範疇映射的觀點來說，轉喻是來源（source）和目標（target）都在相同範疇內的概念映射（within-domain mapping）（Radden & Kövecses, 1999；Radden & Dirven, 2007）。

Radden & Kövecses Radden & Kövecses（1998：54-55，1999：36-38）將名詞轉變為動詞視為同一認知模型中的轉喻現象。他們認為，在特定的認知模型中，相關的參與者和事件本身必定有意義上的繫聯，因此由參與者代表整個事件的過程，可視為是一種轉喻的手法。以動作認知模型（action ICM）為例，動作認知模型中必包含了產生相關動作的參與者，這些和特定動作相關的參與者們可以藉由「部分代表整體」（PART FOR WHOLE）的轉喻策略來描述與之相關的動作，產生動詞的意義和用法。例如「to shampoo one's hair」是以工具代表動作（INSTRUMENT FOR ACTION）、「to author a book」是以施事者代表動作（AGENT FOR ACTION）、「to blanket the bed」是以受事者代表動作（OBJECT FOR ACTION）、而「to summer in paris」是以動作時間長度代表動作（TIME PERIOD OF ACTION FOR THE ACTION）、「to porch the nespaper」則是以終點或目的代表動作（DESTINATION FOR MOTION）等等。

Radden（1999：19）進一步指出，名詞轉喻為動詞不僅是在同一範疇中以參與者來代表與之相關動作而已。在轉喻的過程中，由於原本的動詞意義已由參與者取代，因此新動詞所描述的意義可能重新調整，如上文中動詞

「shampoo」描述的是「wash...with shampoo」之意而不是單純取代動詞「wash」的意思；動詞「author」描述的是「write...as an author」之意而非單純取代動詞「write」。詞性的改變表面上看似跨越了不同的詞類範疇，實則建立在同一個認知模型中，參與者們的互動使作為工具、施事者或受事者的名詞內部某些動作特質被凸顯，進而代表整個事件關係，產生動詞的用法和意義。如例（15）中的動詞「head」：

（15）He headed the ball into the goal.

　　　Action Schema: The player sends the ball into the goal with his head.

（Dirven 1999：278）

圖 2.3：N→V 結構與概念重組的轉喻模式（Radden 1999：19）

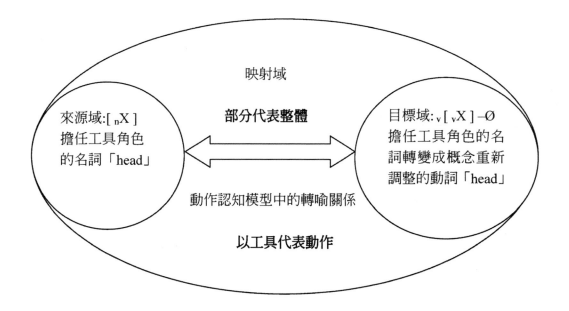

圖 2.3 中橢圓形的映射域代表例（15）中「球員以頭傳球達陣」的動作認知模型，左邊的來源域是原本作為名詞的「head」，在句中擔任工具角色；右邊的目標域是轉變為動詞的「head」，構詞特徵和名詞相同，描述「以頭頂球」的動詞意義。根據圖示可知，名詞在相同的映射域中藉由「以工具代表動作」的轉喻關係轉變為動詞，動詞意義不僅只描述「send」（傳遞）的動作，而是經過重新調整，描述施事者「the player」、工具「head」和受事者「the ball」的關係，轉變成「以頭頂（球）」的動詞意義。換言之，動詞意義的形成和我們認知概念中施事者對工具、受事者所採取的動作有關，在同一個球場傳球

的動作認知模型中，我們可以聯想到和「head」相關的球員傳球方式為「頂、撞」，因此以名詞「head」來代表用頭頂球的動作，產生動詞的意義和用法。像這樣以工具代表動作的名動轉變方式，可視為一種「以部分代表整體」的轉喻策略運用。

由上述說明可知，大多數名詞的具體概念會包含在轉變為動詞後所描述的動詞意義中，如「to shampoo」意思是用洗髮精洗，「to author」意思是以作者身份書寫，「to head the ball」是以頭傳球。Radden & Kövecses（1998：54）和 Ruiz & Lorena（2001：331-3）提出「以動作所涉及的物體代表動作」（OBJECT INVOLVED IN AN ACTION FOR THE ACTION）的轉喻策略解釋其中一種名動轉變現象，表示他們認為動詞所描述的事件關係中包含著原本名詞的具體概念。Peirsman & Geeraerts（2006：292）和 Geeraerts（2010：218）則從更上層的視角，將名動轉變視為「動作／事件／過程」（action/ event/ process）和「參與者」之間的轉喻關係。他們以容器基模的概念隱喻說明「動作／事件／過程」就像是一個容器（container），而「參與者」則是容器中的內容物（contents），包含在「動作／事件／過程」內的施事者（agent）、受事者（theme）、工具（instrument）、地點（location）甚至是時間（time）都可能藉由轉喻策略轉變成動詞，如「to author the book」是以事件中的施事者「author」來代表整個「著作書本」的事件；「to shampoo one's hair」是以事件中被操作的工具「shampoo」來代表整個「用洗髮精洗頭」的過程。換言之，人類對典型事件的認知模型（ICM）就像一個容器，而事件中的參與者則如同容器中的內容物，隨著事件情境的轉變被凸顯出來，進而代指整個與之相關的事件關係。

Dirven（1999）也將轉喻策略視為詞類轉變（conversion）時繫聯句法和語意層面的重要機制。他認為詞類轉變不僅僅涉及詞彙本身在構詞特徵和意義上的轉變，而是涉及整個句子核心概念的重新整合。因為動詞意義不僅和名詞本身相關，也和事件中的施動者（agent）產生密且的意義繫聯。例如動詞「to hammer」所凸顯的意義是施事者使用該工具所做出的「敲打動作」、動詞「to mother」所凸顯的意義是施事者「扮演母親」的行為。儘管他也認同當名詞轉變為動詞時，所承載的意義範疇遠大於名詞的主張，但他也提出動詞意義不一定包含名詞本身的說法，認為只要是和名詞相關的動作方式、動作目的或屬性狀態都可能單獨被凸顯，進而產生動詞的意義和用法（Dirven 1999：278-284；

Fillmore 2003：259）。例如下面的例（16）和例（17），動詞所描述的意義就不包含原本擔任施事者或工具角色的名詞「nurse」和「hammer」，僅取用和名詞相關的動作概念，「nurse」意指「治療」，「hammer」意指「敲打」：

（16）Cathy **nursed** her father's ailment.（Dirven 1999：284）

（17）He **hammerd** the nail into the wall with his shoe.（Dirven 1999：278）

2.4.3　理論分析的優勢及侷限

　　從認知語意層面的分析而言，Langacker（1987b）的創舉是將動詞轉變爲名詞背後抽象的認知過程圖像化，使之可以廣泛運用在各種語言系統的解釋上。正因爲詞類轉變是建立在人類的認知基礎上而來的，因此可以視爲一種語言表達的普遍共性。他藉由意象圖示中不同面向的凸顯，說明了動詞轉變成名詞的認知過程來自於我們對詞彙意義釋解方式的不同，爲動名轉變提供了認知背景上的分析與說明。雖然文獻中沒有進一步推論名詞轉變成動詞的認知過程，但從人類認知事物的共性來判斷，無論是名詞轉變爲動詞，還是動詞轉變爲名詞，都可視爲是同一意象圖示中不同面向的凸顯，認知背景雖然相同，但是兩者所聚焦的語意面向不同，因此產生了不同的意義和用法。此外，從Langacker（2008）將動詞轉變爲名詞視爲是一種轉喻機制可知，轉喻的認知策略也可能在名動轉變的過程中扮演重要角色，藉由相同認知背景中不同面向的意義繫聯，更能夠幫助我們掌握名動轉變的動詞意義。

　　然而從另一方面來說，Langacker 嘗試推論的是動詞轉變爲抽象名詞背後的認知過程，我們得到的是輪廓式的基本概念，至於動詞如何根據不同句法結構或語境轉變成名詞，進一步的細節仍有待深究。此外，反向探討名詞轉變爲動詞的過程和細節，以及動詞意義的形成，在上述文獻中也缺乏具體的分析。特別是動詞轉變的抽象名詞往往只有一種意義，但若是名詞轉變爲動詞的情況，所衍生的動詞意義往往不只一種。

　　而 Radden & Kövecses（1998, 1999），Dirven（1999），Ruiz & Lorena（2001），Peirsman & Geeraerts（2006），Radden & Dirven（2007）和 Geeraerts（2010）從轉喻機制說明詞類轉變背後的認知過程，的確針對名動轉變提供了具體分析及說明，從語意及認知層次爲我們清楚地建構了名詞與動詞間的語意繫聯關

係。另一方面，根據前文分析名動轉變的過程，我們也得到一些啓發，那就是研究語意轉變背後所運用的認知策略，必須要建立在語法及語意互動的架構下，從語法結構瞭解參與者間的互動關係，才能進一步討論詞類轉變的認知基礎。

　　儘管本小節最後一部分的分析探討了名動轉變背後所運用的認知策略，以及名詞和動詞間的意義繫聯關係，但文獻中所舉的例子主要按照名詞在句中的語意角色來分析名詞和動詞間的語意繫聯關係，並沒有進一步解釋同樣的名詞爲何能轉變成意義不同的動詞，用以描述不同的事件關係（如前文中列舉名詞 water、carpet、藥、軍作動詞的例子）。有鑒於此，本文的分析將建立在上述討論的基礎上，更有系統地分析名詞轉變爲動詞時，如何在不同的句法結構中藉由轉喻策略的運用轉變爲不同意義類型的動詞。換言之，本文希望能以上述文獻分析所提及的轉喻策略爲基礎，進一步探討名詞如何藉由轉喻策略的運用，轉變成意義不同的動詞，並嘗試推論名詞到動詞的語意延伸過程，在我們的認知背景中是如何運作的。

2.5 本文的分析理論和架構

　　歸納小節 2.1 到 2.4 的文獻討論，再觀察第一章中的語料現象可知，古漢語名詞轉變爲動詞並非體現在詞綴的添加或變化上，由於缺乏明顯的構詞特徵，因此我們必須從句法結構、語意變化和認知策略來探討此一現象。其中又以名詞在不同的語境和句法結構中做動詞使用，卻延伸出不同的動詞意義，這樣的現象引發我們進一步關注名動轉變的認知過程。

　　句法結構和衍生語意學的文獻探討幫助我們瞭解，名詞轉變爲動詞除了句法結構上的移位外，動詞語意的生成和句子的語意結構，以及名詞在句中的語意角色都有密切的關連。而認知語意的分析則藉由不同的釋解方式，如轉換詞彙語意凸顯的面向（alternatr profiling）或轉喻策略的運用，來說明名詞和動詞在語意上的關連性。在相同的認知模型下，動詞意義必涉及和名詞相關的動作，且句中的施動者也會影響動詞意義的詮釋。在前述文獻討論的基礎上，我們要進一步探討名詞爲何能做動詞使用，而且產生不同的意義和用法，則必須先從名詞轉變爲動詞的句法結構著手，歸納動詞所帶的論元，以及動詞所出現的事

件情境有何共性，如何影響動詞意義的詮釋，再進一步從認知層面去探討名詞到動詞的語意延伸過程。有鑑於前述文獻對動詞所出現的事件情境討論較少，因此本文將進一步帶入事件框架的概念幫助我們掌握名詞轉變爲動詞的意義。

　　事實上，除了可以從名詞出現的句法和語意結構決定名詞轉變爲動詞的意義外，文本或語境所帶入的背景框架原型（the prototype background frame）也可以幫助讀者根據實際的語言情境建構適當的詞彙意義（Fillmore 1982：117）。框架法可以被看做是一種描寫認知語境的方法，此語境不僅爲認知範疇提供背景，並且與認知範疇相聯繫（Ungerer & Schmid 2006：211-12）。Fillmore（1982：111）認爲從語意框架（frame semantics）理解詞彙意義的優勢，在於幫助我們超越詞彙本身有限的詞條，透過句法結構中動詞所帶的論元、上下文語境等各種意義成分的互動，從更廣闊的意義面向去掌握詞彙的多義性，推衍詞彙可能產生的新意義，甚至可以藉由普遍的認知原則創造新詞彙。此外，相較於單從語意角色討論名動轉變的語意類型，事件框架所能呈現的不僅只是動詞在單一句法結構所描述的事件關係，而是能以各種框架視角呈現不同句法結構中參與者的互動關係，有系統地解釋了名動轉變所構成的多義現象。

　　有鑒於此，本文將以 Fillmore（1977：103-05，1982：116，1985：223）的框架理論（frame theory）和張榮興（2015）所提出的事物屬性結構作爲分析的理論依據。從特定的事件框架（如買賣框架、戰爭框架、醫療框架）討論參與者間的互動，可以幫助我們更全面地瞭解名詞動詞化的多義現象；而深入詞彙的屬性結構拆解動詞所取用的語意面向，能幫助我們瞭解詞彙語意延伸的脈絡。

2.5.1　事件框架理論和動詞的語意轉變現象

　　Fillmore（1977，1982，1985）在 70 年代中期將框架理論有系統地引進語言學領域，用來解釋語言的句法、詞彙組合等現象。所謂的「框架」，是「特定而又統一的知識網絡或對經驗連貫、一致的圖解（Fillmore, 1985：223；張榮興，2012a：1000）」，也是「人類建立概念範疇時內心所建構好的認知圖像（Kövecses，2006）」。簡而言之，在日常生活當中有許多重複發生的經驗和情境，透過這些經驗知識不斷的累積，人的腦海中逐漸形成有系統的網絡，將重複發生的相關事件串連成一個整體、連貫而且統一的認知架構，此即「框架」的概念。

　　Fillmore 以日常生活中和買賣交易行爲相關的「商業事件框架（the COMMERCIAL EVENT frame）」爲例，將涉及商品買賣的典型參與者集合起來，建構一個和「交易」相關的事件框架（如圖 2.4）。根據我們的日常生活經驗，構成交易事件的商業行爲經常涉及買方（buyer）、賣方（seller）、商品（goods）、金錢（money）等參與者，這些參與者都包含在事件框架中，彼此的關係緊密相連。當我們經歷許多次的交易事件，心中便會將這些重複的概念慢慢累積固化，形成一個交易事件框架。久而久之，對買賣交易行爲已經習慣的我們，只要提到框架中某個參與者，其他相關參與者雖未被提到，也會一併被誘發（activated）出來，進而引導出與此框架相關的背景知識（Fillmore 1982；Radden & Dirven 2007；江曉紅 2009；張榮興 2012b：3；田臻 2014）。

圖 2.4：典型的商業事件框架（Fillmore 2003：229）

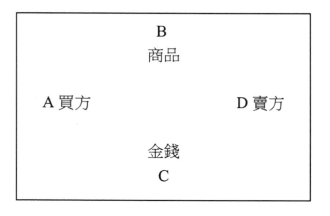

　　進一步說明框架和句法結構的關係。從認知觀點而言，「語法」即描述事件框架中參與者的互動關係。人類認知能力除了幫助我們建構典型事件的背景框架外，還能透過注意力（attention）的轉換或聚焦從不同的框架視角（viewing frame）或敘述者觀點（viewpoint）描述同一個事件。Talmy（2000：259）以位移事件（motion events）來說明「事件框架」（event-frame）的概念定義，他認爲認知框架中只有那些被誘發的主要參與者才能構成一個事件框架，至於其他未被誘發的參與者則被排除在事件框架之外。換言之，人們在使用特定動詞時通常會側重於事件的某一面向而忽視事件中的其他因素，從而決定了動詞對事件的觀察視角，產生同一事件框架中不同的事件關係描述（田臻 2014：70）。Fillmore（1977：87）則提出動詞決定了事件框架中參與者互動關係，任何一個動詞的意義和用法都有一個給定的視角或觀點

（perspective）。由此可知，敘述者選用不同動詞並指派相關參與者〔註3〕作爲其句法角色（syntactic roles），從而決定了事件框架中的句法視角（syntactic perspective）。同一個事件框架會隨著敘述者選用不同的動詞而決定其框架視角，並凸顯框架中不同面向的參與者。我們以出現在商業事件框架中的英文動詞「buy」（買）爲例，請看例（18）：

（18）David bought an old shirt form John for ten pounds.（Ungerer & Schmid, 2006：208）

例句（18）涉及商業事件中的「購買」框架，事件中包含買方（David）、商品（old shirt）、賣方（John）和金錢（ten pounds）四個參與者，但動詞 buy（購買）主要凸顯了「買方」和「商品」的關係，並指派買方作爲主詞、商品作爲受詞，而賣方和金錢則出現在介詞詞組中，屬於較不凸顯的部分（Less prominent parts）〔註4〕，爲整個購買商品的事件提供了背景訊息（Ungerer & Schmid 2006：209-211）。從相對的視角關係來看，當敘述者想要描述「出售商品」的商業事件，此時視角所關注的焦點便會聚焦在「賣方」和「商品」上。請看例（19）：

（19）John sold an old shirt to David for ten pounds.（Ungerer & Schmid, 2006：208）

例句（19）描述的是商業事件中的「出售」框架，事件中一樣包含買方（David）、商品（old shirt）、賣方（John）和金錢（ten pounds）四個參與者，但此時敘述者選用動詞「sell」（出售）來凸顯「賣方」和「商品」的關係，並指派賣方作爲主詞、商品作爲受詞，反之買方和金錢則後置於介詞詞組中，屬於較不凸顯的部分，爲整個出售商品的事件提供了背景訊息。

換個角度，如果今天敘述者想要描述的是商業事件中「支付金錢」的交易關係，此時視角所關注的焦點便會轉移到「買方」和「金錢」上。請看例（20）：

〔註3〕事件框架中所謂的參與者一般即指句法結構中的論元（argument），也就是後文的句法角色，從語意學的觀點而言則稱之爲論旨角色（thematic role）。

〔註4〕較不突顯的參與者或邊緣參與者（Less prominent parts）是指動詞所突顯的框架視角中那些只吸引我們一小部分注意力的參與者，通常是同一句法結構中的間接賓語或狀語（Ungerer & Schmid 2006:211）。

（20）David paid ten pounds to John for an old shirt.（Ungerer & Schmid, 2006：208）

例（20）描述的是商業事件中的「支付」框架，事件中一樣包含買方（David）、商品（old shirt）、賣方（John）和金錢（ten pounds）四個參與者，但敘述者選用「pay」（支付）來凸顯「買方」和「金錢」的關係，並指派買方作為主詞、金錢作為受詞，而賣方和商品則後置於介詞詞組中，變成較不凸顯的參與者，但仍然為整個支付金錢的事件提供了背景訊息。

藉由上述例子的說明可以幫助我們瞭解，每一個人的認知概念中都有一個典型的買賣交易框架存在，而敘述者對於動詞的選用將會影響到事件框架中視角的轉換，進一步凸顯該交易事件所涉及的核心參與者（當然也相對襯托出框架中其他已提及或甚至未提及的邊緣成分），並據此指派或標記這些參與者的句法角色，構成完整的語言形式（Fillmore 2003：231）。由此可知，語言形式本於認知概念的建構，這不是單一語言獨有的現象，不同語言系統都可能建構在相同的認知概念上。除了英文以外，我們再舉現代漢語為例，下面的例（21）、（22）和（23）分別使用了「買」、「賣」、和「付」三個動詞來凸顯框架中的不同面向，此交易框架包含了買方（張三）、賣方（李四）、商品（電視）和金錢（五萬塊）等參與者，我們根據圖 2.5、圖 2.6 和圖 2.7 來說明句法結構在框架中的表現形式。首先圖 2.5 呈現了例（21）中動詞「買」的框架視角：

（21）張三買了一台電視。

圖 2.5：例（21）動詞「買」的框架視角

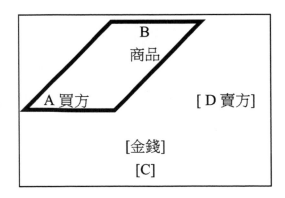

如圖 2.5 所示，例（21）使用了動詞「買」來凸顯「買方」（張三）和「商品」（電視）的關係，而賣方和金錢則隱含在框架中，沒有藉由語言形式表現出

來，因此把他們放到括號中〔註5〕（符號[ ]表示隱含在框架中的參與者）。再以例（22）和圖 2.6 呈現動詞「賣」的框架視角：

（22）李四賣了一台電視給張三。

圖 2.6：例（22）動詞「賣」的框架視角

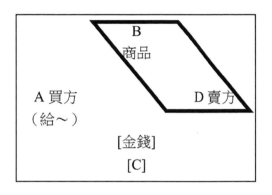

如圖 2.6 所示，例（22）使用了動詞「賣」來凸顯「賣方」（李四）和「商品」（電視）的關係。框架中除了被凸顯的賣方和商品外，也一併呈現介詞詞組所帶入的邊緣參與者張三（買方），至於金錢則被隱含在框架中，沒有藉由語言形式表現出來，因此放到括號中。而下面的圖 2.7 則呈現例（23）中動詞「付」的框架視角：

（23）張三為了這台電視付了五萬塊錢給李四。

圖 2.7：例（23）動詞「付」的框架視角

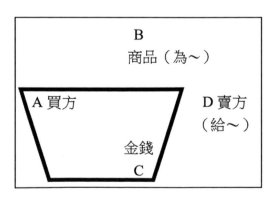

〔註5〕Ungerer & Schmid（2006:211）認為 Fillmore 的框架理論甚至注意到了商業事件框架中那些突顯度很低，在表層的句法結構上完全沒有呈現出來，只能作為認知背景或事件背景的參與者，並且把這些參與者放到[括號]中加以區別。

最後的例（23）是個很長的句子，主要子句是「張三付了五萬塊」。如圖2.7所示，動詞「付」凸顯了「買方」（張三）和「金錢」（五萬塊）的關係，但框架中除了被凸顯的買方和金錢外，也一併呈現了兩個介詞詞組所帶入的邊緣參與者電視（商品）和李四（賣方），是屬於框架中較不被凸顯但仍然存在的概念。

從圖2.5、圖2.6和圖2.7的框架圖示可知，不同動詞分別凸顯框架中不同面向的必要參與者，而介詞詞組則帶出框架中其他的邊緣成分，至於括號中的參與者雖然沒有呈現在語言形式上，仍然會在我們認知的交易框架背景中一併被誘發（activated）出來。

雖然以上的說明著重的是不同動詞在事件框架中的表現，但亦可以用來說明同一動詞在不同框架視角下所強調的事件關係。Fillmore（1982：117-122）認為詞彙意義和理解文本的心理過程緊密相連，說話者或作者所建構的事件框架（event frame）或情境基模（Scene schematization）開展了詞彙使用的多種方式（或意義），並誘導聽者或讀者從特定的框架視角去建構新的解讀空間（interpreter's envisionment）。要掌握或預測一個詞彙如何使用，詞彙背後典型的背景框架（the prototype background frame）遠比詞彙本身的瑣碎意義（details of the word's meaning）重要，因為背景框架中結合了詞彙的使用方式（uses of the word）和實際情境（real world situations）等細節。也就是說，在閱讀文本或理解話語的過程中，如果能先確立話題或文本內容所在的事件框架，身為讀者的我們較容易藉由事件框架中視角的轉換、參與者的加入或改變等因素，瞭解參與者間的動作關係所強調的意義面向。以出現在醫療框架的英文「nurse」作動詞使用的句子為例，如例（24）到例（29）所示：

（24）Mary *nursed* the injured person.（nurse: to tend）

（25）Mary *nursed* the person's wound/disease.（nurse: to cure, to remedy）

（26）Mary *nursed* the child for a week.（nurse: to care for）

（27）Mary *nursed* the crying child in her arm.（nurse: to clasp）

（28）Mary tried to *nurse* the baby with milk.（nurse: to feed）

（29）The baby *nursed* at Mary's breast.（nurse: to suckle）

上述六個例句皆使用動詞「nurse」來描述特定的醫療事件，所包含的參與者有提供醫療照護的「照護者」如 Mary，接受醫療照護的「受照護者」如「injured person」、「child」、「baby」，被醫治的「傷口」或「疾病」如「wound」、「disease」，「醫療照護用品」如「medicine」或「milk」，事件發生的「地點」如「her arm」、「Mary's breast」，事件發生的「時間」如「a week」等。當我們看到「nurse」這個詞彙，上述與之相關的參與者或相關概念都可能一併在醫療框架中被誘發（activated）出來，形成一個包含參與者「nurse」的典型醫療框架（Fillmore 1982；江曉紅 2009；張榮興 2012b）。如下圖 2.8 所示：

圖 2.8：動詞「NURSE」的典型醫療框架

```
[NURSE]（V）

    ・傷口          ・照護者        ・時間


    ・醫藥照護用品   ・受照護者      ・地點
```

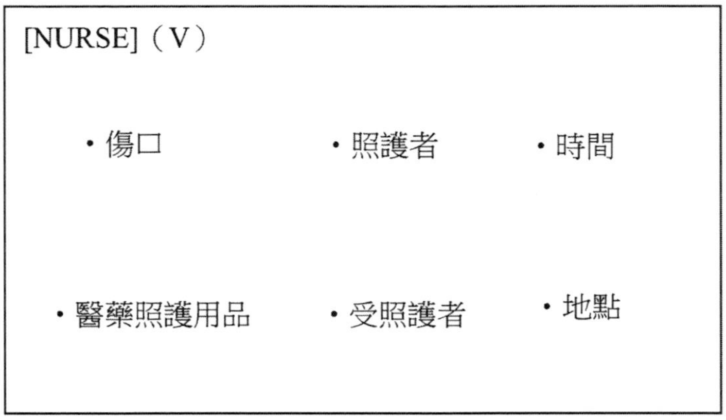

在多數情況下，敘述者會使用醫療框架中常見的動詞描述參與者之間的關係，然而當敘述者想要強調和「照護者」（nurse）相關的醫療行為時，原本在醫療框架中的「照護者」就可能藉由「參與者－動作（participant--action）」的轉喻策略（Peirsman & Geeraerts 2006：276, 292, 300-301），從具體的物質連結到與之相關的事件關係，例如「to tend」（護理）、「to cure」（治療）、「to care for」（照管）、「to clasp」（擁抱）、「to feed」（餵養）或是「to suckle」（吸吮），在同一框架範疇中用參與者來代表與之相關的事件關係（Radden & Kövecses 1999; Radden & Dirven 2007）。如同例句（28）到（33）所述，施行上述動作的主語 Mary 不一定是護士，但是她的行為必和護士在特定情境產生的典型動作方式或動作目的密切相關（Dirven 1999：284；Fillmore 2003：259）。

觀察例句（24）到（29），我們發現「nurse」的動詞意義會隨著詞彙所出現的語法結構和前後語境而有所調整，就像不同動詞分別凸顯框架中不同面

向的參與者一樣，名詞「nurse」變成動詞後所描述的六種動詞意義，也可以從框架視角的概念加以區別。如下圖 2.9 到圖 2.14 所呈現的框架圖所示，動詞「NURSE$_{V1}$」～「NURSE$_{V6}$」〔註6〕分別凸顯框架中不同面向的必要參與者，而介詞詞組則帶出框架中其他的邊緣成分，至於括號中的參與者雖然沒有呈現在語言形式上，仍然會在我們認知的醫療框架背景中一併被誘發（activated）出來。首先看圖 2.9 呈現了例（30）中動詞「NURSE$_{V1}$」的框架視角：

（30）Mary **nursed** the injured person.（nurse: to tend）同例（24）

圖 2.9：動詞「NURSE$_{V1}$」的框架視角分析圖

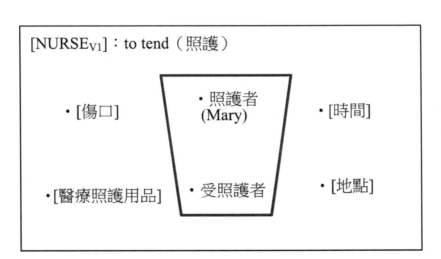

對照例（30）和圖 2.9 可知，在描述「to tend」（護理）的事件關係中，動詞「NURSE$_{V1}$」凸顯了「Mary」（照護者）和「injured person」（病人／受照護者）的關係，而其他參與者則隱含在框架中，沒有藉由語言形式表現出來，因此把他們放到括號中，以符號[ ]表示隱含在框架中的參與者（Ungerer & Schmid 2006：211），如傷口、醫療用品、時間、地點等。再看圖 2.10 呈現了例（31）中動詞「NURSE$_{V2}$」的框架視角：

（31）Mary **nursed** the person's wound/disease.（nurse: to cure, to remedy）
　　　同例（25）

〔註6〕以下將以 NURSE$_{V1}$、NURSE$_{V2}$、NURSE$_{V3}$、NURSE$_{V4}$、NURSE$_{V5}$、NURSE$_{V6}$ 分別描述例（24）到（29）中描述不同意義的動詞 Nurse。

圖 2.10：動詞「NURSEᵥ₂」的框架視角分析圖

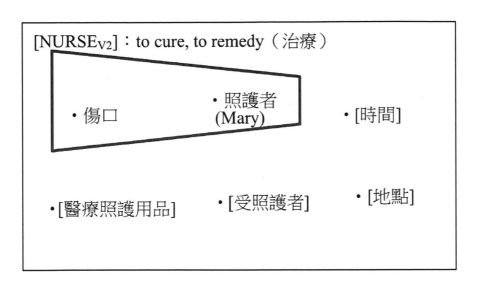

對照例（35）和圖 2.10 可知，在描述「to cure / to remedy」（治療）的事件關係中，動詞「NURSEᵥ₂」凸顯了「Mary」（照護者）和「person's wound/ disease」（傷口、疾病）的關係，而其他參與者則隱含在框架中，沒有藉由語言形式表現出來，因此把他們放到括號中，如病人、醫療用品、時間、地點等，以符號[ ]表示隱含在框架中的參與者。圖 2.11 則呈現了例（32）中動詞「NURSEᵥ₃」的框架視角：

（32）Mary ***nursed*** the child for a week.（nurse: to care for）同例（26）

圖 2.11：動詞「NURSEᵥ₃」的框架視角分析圖

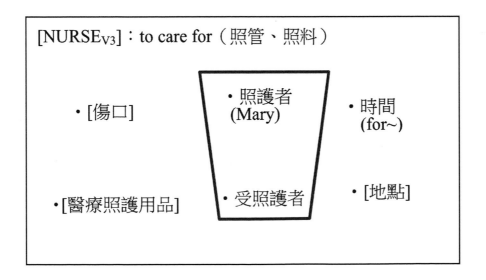

對照例（32）和圖 2.11 可知，在描述「to care for」（照料、照管）的事件
關係中，動詞「NURSE$_{v3}$」除了凸顯「Mary」（照護者）和「the child」（孩童
／受照護者）的關係外，也一併呈現介詞詞組所帶入的邊緣參與者「a week」
（時間）補充說明照顧小孩的時間長度，至於疾患處、醫療用品、地點等則
被隱含在框架中，沒有藉由語言形式表現出來，因此放到括號中，以符號[ ]
表示隱含在框架中的參與者。再看圖 2.12 呈現了例（33）中動詞「NURSE$_{v4}$」
的框架視角：

（33）Mary **nursed** the crying child in her arm.（nurse: to clasp）同例（27）

圖 2.12：動詞「NURSE$_{v4}$」的框架視角分析圖

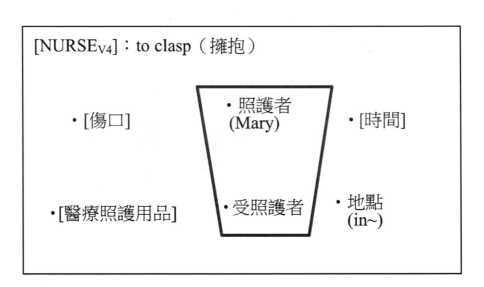

對照例（33）和圖 2.12 可知，在描述「to clasp」（擁抱）的事件關係中，
動詞「NURSE$_{v4}$」除了凸顯「Mary」（照護者）和「the crying child」（孩童／
受照護者）的關係外，也一併呈現介詞詞組所帶入的邊緣參與者「her arm」（地
點）補充說明事件發生的具體位置，至於疾患處、醫療用品、時間等則被隱
含在框架中，沒有藉由語言形式表現出來，因此放到括號中，以符號[ ]表示隱
含在框架中的參與者。圖 2.13 則呈現了例（34）中動詞「NURSE$_{v5}$」的框架
視角：

（34）Mary tried to ***nurse*** the baby with milk.（nurse: to feed）同例（28）

圖 2.13：動詞「NURSE_{V5}」的框架視角分析圖

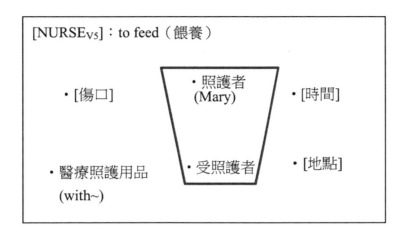

對照例（34）和圖 2.13 可知，在描述「to feed」（餵養）的事件關係中，動詞「NURSE_{V5}」除了凸顯「Mary」（照護者）和「the baby」（嬰兒／受照護者）的關係外，也一併呈現介詞詞組所帶入的邊緣參與者「milk」（醫療照護用品）補充說明用以餵養嬰兒的食物，至於疾患處、時間、地點等則被隱含在框架中，沒有藉由語言形式表現出來，因此放到括號中，以符號[ ]表示隱含在框架中的參與者。最後的圖 2.14 則呈現了例（35）中動詞「NURSE_{V6}」的框架視角：

（35）The baby ***nursed*** at Mary's breast.（nurse: to suckle）同例（29）

圖 2.14：動詞「NURSE_{V6}」的框架視角分析圖

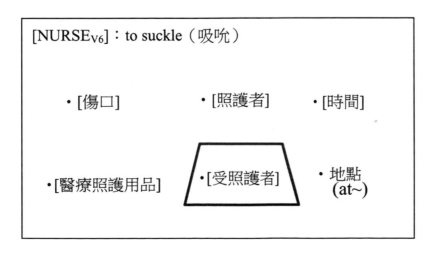

對照例（35）和圖 2.14 可知，在描述「to suckle」（吸吮）的事件關係中，動詞「NURSE$_{V6}$」主要凸顯「the baby」（受照護者）本身的動作，並以介詞詞組帶入邊緣參與者「Mary's breast」（地點）補充說明事件發生的具體位置，至於照護者、疾患處、醫療用品、時間等則被隱含在框架中，沒有藉由語言形式表現出來，因此放到括號中，以符號[ ]表示隱含在框架中的參與者。

換言之，從包含參與者「nurse」的醫療框架來討論，當名詞轉變成動詞，其動詞意義會隨著動詞所聚焦的框架視角而產生變化，若動詞主要凸顯照護者和病人的互動，就會構成「護理」（to tend）的事件關係；若動詞主要凸顯照護者和疾患處的互動，就會構成「治療」（to cure, to remedy）的事件關係；若動詞主要凸顯照護者和孩童在特定時間範圍內的互動，就容易構成「照顧、看管」（to care for）的事件關係；若動詞主要凸顯照護者和孩童在具體位置（她的手臂）的互動，就容易構成「擁抱」（to clasp）的事件關係；若動詞主要凸顯照護者、嬰兒和特定食物的互動關係，就會構成「餵養」（to feed）的事件關係；若動詞主要凸顯嬰兒在具體位置（Mary 的胸口）的動作，就容易構成「吸吮」（to suckle）的事件關係。

在這裡必須強調的是，我們並非單憑動詞「nurse」在每個例句中所凸顯的參與者來決定動詞的意義，因為動詞所在的事件情境，也會影響動詞意義的解讀。反之，上述分析是我們在已知動詞語意的前提下，進一步去探討動詞在特定的事件情境中，傾向於選擇哪些參與者來描述他們的互動關係，構成不同的動詞意義。

2.5.2 詞彙屬性結構和名動轉變的語意延伸過程

根據上述的推論可知，動詞之所以具有不同的意義，是因為敘述者從特定的框架視角切入，決定了動詞前後所凸顯的必要參與者，用以描述不同的事件關係。然而接下來我們要問的是，為何名詞可以產生這些動詞意義？更具體的問題是，名詞和所轉變的動詞在意義上的關連性是什麼？是否有其意義延伸的脈絡和背後的認知規則可循？

關於詞彙語意的構成，Pustejovsky（1995）主張可從詞彙的屬性結構（qualia structure）來分析詞彙語意的組成，Radden ＆ Panther（2004）則從概念框架（conceptual frame）的觀點來分析複合詞組成的動機與認知背景。

張榮興（2013, 2015：16-17）進一步融合兩者的觀點，根據屬性結構的分類重新把概念框架中的結構描繪出來，得到一個較為統一且廣泛性較高的架構，稱之為「事物的屬性結構」。在這個樹狀結構中包含了組成詞彙語意經常強調的典型面向：「外在形式」、「組成成份」及「動作」屬性。下圖 2.15「事物的屬性結構」模組所呈現的即為一個詞彙意義所隱含的概念框架：

Pustejovsky（1995），Radden ＆ Panther（2004）從屬性結構（qualia structure）和概念框架（conceptual frame）的概念來分析詞彙產生的動機和內部的語意組成，張榮興（2013, 2015：16-17）依照屬性結構重新把概念框架中的結構描繪出來，得到一個較為統一且廣泛性較高的架構，稱之為「事物的屬性結構」。在這個樹狀結構中包含了組成詞彙語意經常強調的典型面向：「外在形式」、「組成成份」及「動作」屬性。下圖 2.15「事物的屬性結構」模組所呈現的即為一個詞彙意義所隱含的概念框架：

圖 2.15：事物的屬性結構（張榮興 2015：17）

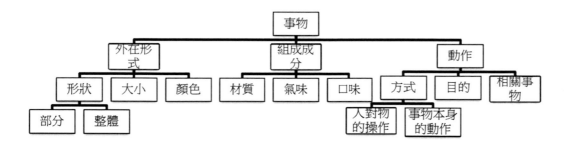

　　圖 2.15 的架構可以用來呈現人類腦海中和特定名詞相關的認知結構，並反應敘述者如何將詞彙不同面向的意義概念組織在一起。當然，真正和該名詞相關的概念框架可能更為龐大繁雜，我們只能盡可能將重要且典型的概念面向呈現出來。張榮興（2015）以事物的屬性結構來分析同一詞彙在不同手語中打法的差異，以「木瓜」為例，當我們為特定人、事或物命名為「木瓜」時，我們會根據對該事物的理解，將所有與之相關人、事、物、動作概念拉進這個相關的認知模組中，其中包含木瓜的外在形式，如木瓜的大小、顏色、整體的樣貌和切成部分的樣貌等，也包含木瓜的組成成分，如木瓜果肉的質地、氣味、吃起來的口感等，另外還包含了我們對木瓜採取的動作方式，如用刀切木瓜、吃木瓜、用湯匙挖木瓜果肉等。根據張榮興（2015：43）的分

析，台灣手語和澳門手語分別取用「木瓜」屬性結構中的不同語意面向，各自造出手語詞彙來描述木瓜的概念。台灣手語取半個木瓜的外在形式，結合人用湯匙挖木瓜的動作來打出「木瓜」這個詞彙，而澳門手語則藉由描繪木瓜整體的外在形式來打出「木瓜」這個詞彙。換言之，同一個概念「木瓜」在台灣手語和澳門手語的打法不同，是因為造詞策略不一樣，因而出現兩種表達形式。

上述雖然是以手語詞彙「木瓜」討論同一概念和其不同表達形式的連結，但我們亦可藉由事物的屬性結構來討論「同一表達形式」和「不同概念」的聯繫關係。例如前文所提的名詞「nurse」做動詞使用，在不同的句子中表達形式雖然相同，但所描述的概念卻不一樣。換言之，當我們為特定人、事或物命名為「nurse」時，我們會根據對該事物的理解，將所有與之相關人、事、物、動作概念拉進這個相關的認知模組中，包含「nurse」的外在形式、內在能力在整個認知世界中的分類，也包含「nurse」的動作方式、動作目的，以及和它產生動作關係的人、事、物等。當名詞「nurse」做動詞使用出現在不同的句子中時，我們可以藉由對詞彙「nurse」屬性結構的探討，瞭解同一個名詞如何產生不同的動詞意義。

接下來我們將以圖 2.15 的事物屬性結構為基礎，分析名詞轉變為動詞後所取用的語意面向，幫助我們掌握在不同框架視角下的動詞「nurse」，如何強調同一事物屬性結構中的不同部分，進而藉由轉喻策略產生不同的動詞意義。下圖 2.16～2.21 分別反映了動詞「NURSE$_{V1}$」到「NURSE$_{V6}$」在詞彙「nurse」屬性結構中所凸顯的語意面向，在各圖中分別以實線連結顯示。樹狀圖代表的是名詞「nurse」的屬性結構，當中的概念框架便是參考圖 2.14 所呈現的屬性結構。如圖 2.16 和例（36）所示：

（36）Mary ***nursed*** the injured person.（nurse: to tend）（同例（24）、（30））

圖 2.16：動詞「NURSEᵥ₁」在屬性結構取用的面向

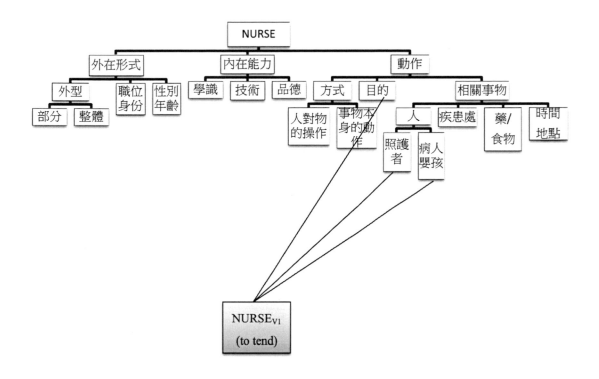

　　從圖 2.16 可知，「NURSEᵥ₁」（to tend）在屬性結構中取用了「動作目的」
和「動作相關事物」的語意面向。從動詞所凸顯的事件框架可知，動詞「NURSEᵥ₁」
（to tend）主要描述照護者護理病人的事件關係，屬性結構中和動作相關的「照
護者」和「病人」誘發照護者的照顧病人的動作目的，這些語意面向成為屬性
結構中被凸顯的語意成分，進而藉由轉喻策略代表與該名詞「nurse」相關的事
件關係，構成「照護」的動詞意義。

（37）Mary ***nursed*** the person's wound/disease.（nurse: to cure, to remedy）
（同例（25）、（31））

圖 2.17：動詞「NURSE$_{V2}$」在屬性結構取用的面向

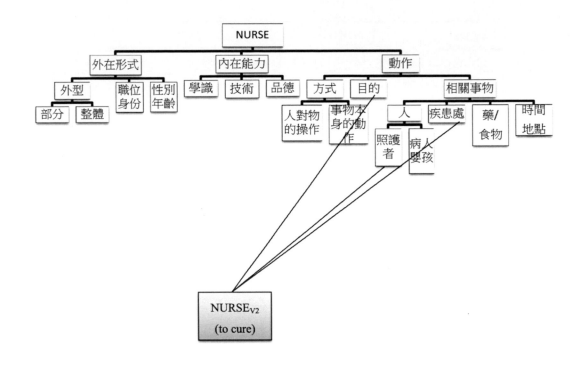

　　如例（37）和圖 2.17 所示，「NURSE$_{V2}$」（to cure）在屬性結構中也取用了「動作目的」和「動作相關事物」的語意面向，但是事件框架中不同的參與者仍會誘發不同的動詞意義。從動詞所凸顯的事件框架可知，動詞「NURSE$_{V2}$」（to cure）主要描述照護者治療疾患處的事件關係，屬性結構中和動作相關的「照護者」和「疾患處」誘發照護者的醫治、治療傷口或疾病的動作目的，這些語意面向成為屬性結構中被凸顯的語意成分，進而藉由轉喻策略（metonymy）代表與該名詞「nurse」相關的事件關係，構成「治療」的動詞意義。

（38）Mary **nursed** the child for a week.（nurse: to care for）（同例（26）、（32））

圖 2.18：動詞「NURSE v3」在屬性結構取用的面向

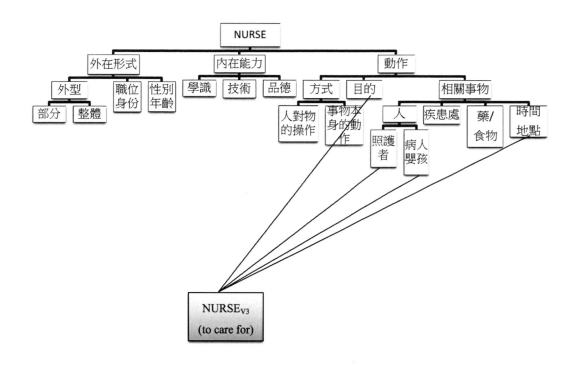

如例（38）和圖 2.18 所示，「NURSE v3」（to care for）在屬性結構中同樣取用了「動作目的」和「動作相關事物」的語意面向，但是涉及事件框架的參與者和上述動詞不同，仍會誘發不同的動詞意義。從動詞所凸顯的事件框架可知，動詞「NURSE v3」（to care for）主要描述照護者管理、照料小孩長達一星期的事件關係，屬性結構中和動作相關的「照護者」、「小孩」和「時間」誘發照護者的看管、照顧小孩的動作目的，這些語意面向成為屬性結構中被凸顯的語意成分，進而藉由轉喻策略代表與該名詞「nurse」相關的事件關係，構成「照顧、看管」的動詞意義。

（39）Mary **nursed** the crying child in her arm.（nurse: to clasp）（同例（27）、
（33））

圖 2.19：動詞「NURSE_{v4}」在屬性結構取用的面向

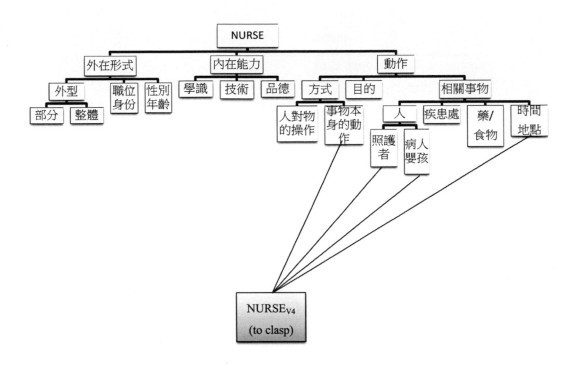

　　如例（39）和圖 2.19 所示，「NURSE_{v4}」（to clasp）在屬性結構中取用了「事
物本身的動作方式」和「動作相關事物」的語意面向。從動詞所凸顯的事件框
架可知，動詞「NURSE_{v4}」（to clasp）主要描述照護者將哭泣的小孩抱入懷中
的事件關係，屬性結構中和動作相關的「照護者」、「小孩」和「地點」（產生動
作的位置，如照護者的雙臂或懷抱）誘發照護者擁抱小孩動作方式，這些語意
面向成為屬性結構中被凸顯的語意成分，進而藉由轉喻策略代表與該名詞
「nurse」相關的事件關係，構成「擁抱」的動詞意義。

（40）Mary tried to **_nurse_** the baby with milk.（nurse: to feed）（同例（28）、
（34））

圖 2.20：動詞「NURSE~V5~」在屬性結構取用的面向

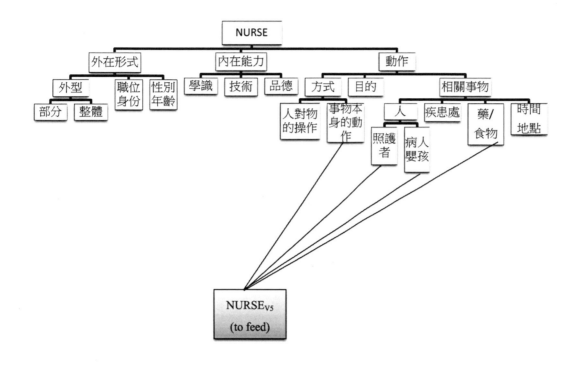

如例（40）和圖 2.20 所示，「NURSE~V5~」（to feed）在屬性結構中也取用了
「事物本身的動作方式」和「動作相關事物」的語意面向，但是事件框架中不
同的參與者仍會誘發不同的動詞意義。從動詞所凸顯的事件框架可知，動詞
「NURSE~V5~」（to feed）主要描述照護者用食物（牛奶）餵養嬰孩的事件關係，
屬性結構中和動作相關的「照護者」、「嬰孩」和「食物」誘發照護者餵養嬰孩
的動作方式，這些語意面向成為屬性結構中被凸顯的語意成分，進而藉由轉喻
策略代表與該名詞「nurse」相關的事件關係，構成「餵養」的動詞意義。

（41）The baby **nursed** at Mary's breast.（nurse: to suckle）（同例（29）、（35））

圖 2.21：動詞「NURSE$_{V6}$」在屬性結構取用的面向

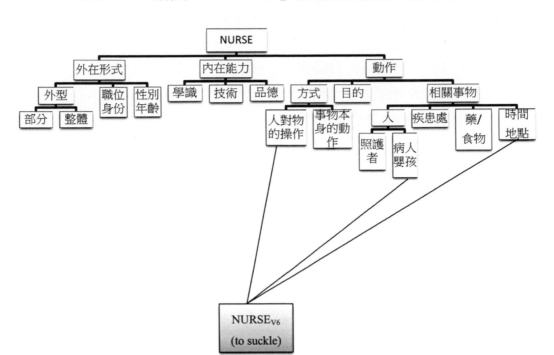

　　如例（41）和圖 2.21 所示，「NURSE$_{V6}$」（to suckle）在屬性結構中取用了「人對物的操作方式」和「動作相關事物」的語意面向。從動詞所凸顯的事件框架可知，動詞「NURSE$_{V6}$」主要描述嬰孩在照護者胸前吸奶的事件關係，屬性結構中和動作相關的「嬰孩」和「地點」（產生動作的位置，照護者的胸前）誘發嬰孩從照護者身上取得奶水的動作方式，這些語意面向成為屬性結構中被凸顯的語意成分，進而藉由轉喻策略代表與該名詞「nurse」相關的事件關係，構成「吸吮」的動詞意義。

　　總結上述，當名詞「nurse」出現在特定句法結構中做動詞使用，動詞所凸顯的參與者不同，在詞彙「nurse」的屬性結構中所誘發的語意面向也不一樣，因而構成不同的動詞意義。特別是該詞彙原本是名詞，取「外在形式」或「組成成分」的面向作為其典型意義，但因受到不同框架視角的誘發，在同一屬性結構的範疇下，轉而取用「動作」面向來描述非典型的動作關係，這些被誘發的動作面向超越了原本「nurse」單純作為名詞的概念而成為整個屬性結構中的顯著成分（salient element），進而運用轉喻策略（metonymy）描述與該名詞「nurse」

相關的事件關係，如照護、治療、照管、餵養……等，產生動詞的用法和意義
（Radden & Kövecses 1998；Ruiz & Lorena 2001）。

　　下圖 2.22 呈現了動詞「nurse」在屬性結構中取用的所有語意面向。從圖
2.22 的連結呈現可知，動詞「NURSE$_{V1}$」到「NURSE$_{V6}$」分別凸顯了「nurse」
屬性結構中不同的語意面向，進而藉由轉喻策略代表與之相關的事件關係。因
為事件框架中不同參與者的加入，影響了動詞取用的語意面向，所描述的事件
關係自然有所差異。不過，對於語言使用者來說，「nurse」的動作目的「護理、
治療、看管」是十分顯著的特質，因此最容易藉由轉喻策略產生動詞的用法。

圖 2.22：動詞「NURSE」在屬性結構取用的面向

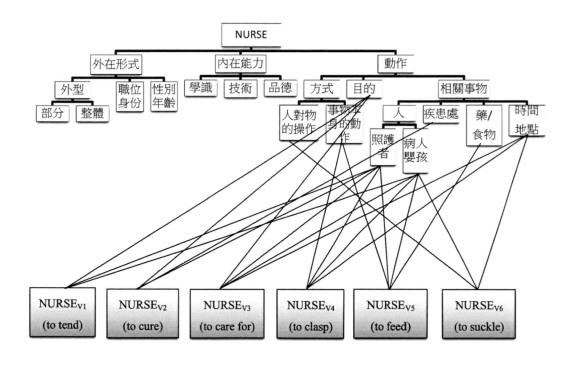

2.6 小　結

　　本章節的小節 2.1 到 2.3 從構詞特徵、句法結構及語意認知策略三個面向分
別討論學者們對於名動轉換的分析研究。總結各種利弊得失，我們理解到根據
不同的語言系統，名動轉換的過程可能涉及了構詞特徵的改變、句法結構的位
移、論元或參與者的互動關係改變、甚而是認知概念中對事物（名詞）和事件
（動詞）範疇的調整。在前述文獻討論的基礎上，本文希望能進一步從語意和
認知層面探討名詞轉變為動詞所呈現的多義現象，以及語意延伸背後的認知過

程。因此在小節 2.4 和 2.5 中，我們提出以框架理論搭配詞彙屬性結構的分析架構，希望能從句法層面延伸到語意層面，對動詞所呈現的事件框架進行探討，再從事件框架的分析延伸到概念建構的認知過程，瞭解名詞如何延伸出動詞的意義。

框架理論的分析必須建立在動詞所呈現的句法結構上。首先我們列舉同一名詞做動詞使用的各種句法結構，根據動詞所帶的名詞論元歸納在事件框架中的參與者類型，如買方、賣方、商品和金錢等，或者如照護者、病人、疾患處、藥物等，並根據這些參與者掌握動詞所在的典型事件框架，如商業事件框架、醫療框架、戰爭框架等，然後進一步探討在名動轉變的過程中，動詞所選擇的參與者如何影響動詞意義的詮釋。從框架理論分析名動轉變的多義現象，特色是在一個典型的事件框架下，去分析同樣的動詞如何從不同的框架視角描述特定的事件關係，這一層語用或閱讀的推理必須建立在句法結構的基礎上，也就是我們必須掌握動詞前後所凸顯的主要參與者，介詞詞組所帶入的次要參與者，甚至是沒有呈現在表層結構但卻隱藏在事件框架中的參與者，才能進一步去討論動詞所描述的事件關係。

然而，框架理論的分析主要用來解釋名詞做動詞使用的多義現象，但名詞如何能延伸出動詞的意義，這一部分涉及名動轉變背後的概念建構過程，必須要結合名詞本身的屬性結構，從我們對名詞所認知的概念框架（屬性結構）去探討動詞意義的建構。從詞彙屬性結構分析名詞轉變為動詞的語意延伸過程，是建立在人類對詞彙所建構的典型概念框架下，探討同一個名詞如何根據事件框架中不同參與者的加入，取用屬性結構中不同的語意面向，進而運用轉喻策略描述整個事件關係，產生動詞的意義。

在接下來的第三章到第五章中，我們將以漸進的方式從句法結構到語意框架，再從語意框架到認知概念的建構，逐一探討古漢語戰爭框架、醫療框架中較常出現的名動轉變現象，希望透過動詞語意特徵和認知策略的分析，來瞭解古漢語名動轉變現象的認知概念和表達策略。

第三章 戰爭框架中「軍」的名動轉變現象

3.1 引 言

第三章和第四章將以古漢語的「戰爭框架（the warfare frame）」爲基礎，分別探討戰爭框架中參與者「軍」、「兵」的名動轉變現象，其一是從事件框架探討名動轉變的語意轉變現象，其二是名動轉變所運用的語意認知策略。

古漢語詞彙「軍」的本義雖然和戰車圍繞成軍陣的事件狀態有關〔註1〕，但在先秦時期的用法仍以名詞爲典型〔註2〕，用以描述「部隊、軍隊、兵種」之意，如《周禮・夏官・序官》中提到「凡制軍，萬有二千五百人爲軍。」《國語・齊語》中也說明當時兵制是「萬人爲一軍」。可見「軍」在當時傾向於作爲集體名詞使用，泛指許多兵士所組成的一個團隊或單位。在《左傳》和《國語》中同

〔註1〕《說文解字・車部》：「軍，圜圍也。四千人爲軍。」「圜圍」意指用車子圍成一圈之意，或是以車子圍成營壘。古代打仗主要靠車戰，駐紮時，用戰車圍起來形成營壘，以防敵人襲擊。

〔註2〕根據教育部上古漢語標記語料庫所示，在 1501 筆出現詞彙「軍」的語料中，動詞僅佔約 70 筆，而名詞則超過 1340 筆以上，故我們據此判斷詞彙「軍」在先秦到漢代間以作名詞使用爲典型。

時也出現「軍」作爲「陣營、軍營」的名詞用法，意指軍隊所駐紮或休憩的地方。一直到漢代以後才有較多的文獻顯示名詞「軍」可用來指單一「士兵」（兵士）或「軍人」之意。對現代漢語使用者而言，「軍」大多只能做名詞使用，並且結合相關的意義成分形成複合詞，如「軍隊」、「軍營」、「軍事」、「軍火」、「敵軍」等。

然而，詞彙「軍」雖然以名詞用法爲典型，但在先秦時期也有動詞的用法，只是數量不如名詞多。當「軍」做動詞使用時，前後沒有明顯的詞綴標記。在詞彙派生的規則中，我們稱這種沒有明顯詞彙型態標記的詞類轉換方式叫做零形派生（zero-derivation）（Lyons 1977，Sander 1988，Liu 1991，Tai 1997）。根據語料的呈現，名詞「軍」可以活用爲動詞（楊伯峻、何樂士 1992；許威漢 2002），出現在特定的句法結構中，如在《左傳》中即出現名詞「軍」轉變爲動詞，分別描述「駐紮軍隊」、「駐紮」、「以軍隊攻打」、「攻打」甚而是「組編、陳列陣式」等事件關係〔註3〕。本章節的主要議題便是探討古漢語「軍」做動詞使用的語意轉變現象，以及名動轉變背後的語意認知策略。

分析「軍」的名動轉變現象主要分成三個層次，一是從句法結構探討名動轉變的語意類型，二是從事件框架與參與者的互動分析動詞的語意轉變現象，三是從語意認知策略推論名詞如何產生動詞的意義。爲了瞭解動詞「軍」所出現的句法結構和意義，章節 3.2 中分別列舉「軍」作動詞使用的語料進行分析，說明每一個例子的中心主旨，切入相關的句法結構進行討論，歸納動詞所選定的論元和所搭配的結構。爲了探討動詞「軍」在不同句法結構中的語意轉變現象，章節 3.3 藉由事件框架的概念呈現動詞所凸顯的參與者，也就是句法結構中動詞所帶的明確論元（explicit argument）和隱含論元（implicit argument），說明不同框架視角下參與者（論元）的互動如何影響動詞意義的詮釋。章節 3.4 進一步結合「軍」的詞彙屬性結構，藉由事件參與者誘發屬性結構中和事件相關的語意面向，探討詞彙「軍」動詞語意的構成以及語意延伸背後所運用的認知策略。藉由漸進的方式從句法結構到語意框架，再從語意框架到認知概念的建構逐一探討名詞「軍」的名動轉變現象，可以幫助我

〔註 3〕根據《漢語大詞典》、《教育部異體字字典》、《古漢語詞類活用辭典》的詞條，「軍」的主要意義是軍隊、兵種，也可做動詞使用描述「駐紮」、「屯兵」、「攻擊」、「攻打」、「編成軍隊」、「指揮軍隊」等事件關係（楊昭蔚、孔令達、周國光 1991：160）。

們更瞭解名詞到動詞的語意建構過程。

3.2 動詞「軍」的語意和句法結構分析

在本節中，我們將就動詞「軍」出現的句法結構討論其動詞的意義類型，不同於 Mei（1989，2008，2012）、Huang（1997，2014）、程杰（2010）從輕動詞綴的假設探討名詞在句法結構上的位移，本文主要根據動詞在不同結構中所描述的事件關係掌握其意義類型，並觀察動詞選用名詞論元的限制，爲下文的語意轉變分析先做鋪陳。

3.2.1 「軍 v1」意指駐紮軍隊

以下將論述我們如何根據動詞出現的句法結構和論元的類型決定「軍 v1」的意義。觀察下面的三個例子，可以發現名詞「軍」當動詞時（粗斜體字），如果出現在「名詞組　動詞　介詞組」或「名詞組　動詞　名詞組」的結構中，通常用以描述「駐紮軍隊」的戰爭事件，先以例（1）說明：

（1）晉侯秦伯圍鄭，以其無理於晉，且貳於楚也。晉*軍*函陵，秦*軍*氾南。
　　〈左傳·僖公三十年〉

　譯文：晉侯秦伯一同率兵圍攻鄭國，因爲他對晉文公無理而且有了二心，和楚國通好的緣故。晉國**駐紮軍隊**在函陵，秦國**駐紮軍隊**在氾南。（李宗侗 1971：397；郭丹、程小青、李彬源 2012：540）

例（1）描述晉侯和秦伯聯合攻打鄭國，戰爭前夕分別駐紮軍隊在函陵、氾南兩個地點。觀察動詞的句法特徵和所帶的論元，例（1）中晉*軍*函陵，秦*軍*氾南二句分別指晉侯駐紮軍隊在函陵，而秦伯駐紮軍隊在氾南。兩句包含了主語（晉、秦），分別指兩國的君王晉侯和秦伯，動詞後面帶入地方名詞（函陵、氾南）描述駐紮軍隊所在的地點。此外，動詞「軍」後面也可以藉由介詞詞組帶入地方名詞（王力 1980：332，2000：16，420），描述軍隊所駐紮的地點。如下面的例（2）和（3）：

（2）楚武王侵隨，使薳章求成焉，*軍*於瑕以待之。〈左傳·桓公六年〉
　譯文：楚王侵略隨國，派薳章去求和，**親自駐軍**在瑕等待。（李宗侗 1971：78-81）

（3）六月，丁卯，夜，鄭公子班自訾求入于大宮，不能，殺子印，子羽，
反**軍**于市。〈左傳・成公十三年〉

譯文：六月丁卯的夜裡，鄭國的公子班從訾這個地方想著進入鄭國的祖廟裡
頭，未能成功，就殺了鄭穆公的兒子子印同子羽，回來**把軍隊駐紮**到
市場裡。（李宗侗 1971：703-704）

在例（2）和例（3）中，楚武王軍於瑕以待之，意指楚武王駐紮軍隊在
瑕這個地方等待蒍章的交涉結果；鄭公子班反軍于市，意指鄭國的公子班進
攻鄭國祖廟未果，回頭駐紮軍隊在市場中。兩句包含了主語（楚武王、鄭公
子班），分別指兩國的君王或將帥，動詞後面以介詞「於、于」帶入地方名詞
（瑕、市），描述駐紮軍隊所在的地點。和動詞「軍 $v1$」一起出現的結構，如
表 3.1 所示：

表 3.1：動詞「軍 $v1$（駐紮軍隊）」的典型語法結構

NP	V	（Prep. [註4]）	NP
晉侯、秦伯、楚武王 鄭公子班	軍 $v1$（駐紮軍隊）	（于／於）	瑕、函陵、氾南、市

由上表 3.1 可以推知，動詞「軍 $v1$」在上述例子中傾向於選擇「君王、將
帥」這一類的論元置於動詞前，所涉及的「地點」則一般會以介詞詞組的形式
置於動詞後，如軍於瑕以待之，或者省略介詞直接置於動詞後，如晉軍函陵，
秦軍氾南。至於原本作為名詞論元的「軍」（軍隊）並沒有呈現在表面結構上，
但其具體概念卻實際存在語境中，是受君王或將帥操作的受事者（theme），能
夠和與之相關的動作「駐紮」產生意義繫聯（Clark & Clark 1979；Liu 1991；
Tai & Chan 1995）。

此外，動詞後帶入地方名詞，從前後語境來看，動詞「軍」所描述的事件
情境是在戰爭尚未觸發或已經結束之時，君王或將帥把軍隊安置在特定的處
所，主要陳述君王安置軍隊的所在位置。換言之，動詞意義必定和在某地處置

〔註4〕王力（1980：332，2000：16，420）認為古漢語常用的介詞（preposition）包含「以」、
「於（于）」、「之」等字，後接名詞構成介詞詞組。「以」相當於現代漢語中「拿、
把、用」之意；「於」相當於現代漢語中的「在、從、到、對」之意。因此本文將
「以」、「於」後接名詞的結構標記為介詞詞組。

軍隊的目的有關，因此在此結構中動詞「軍」可用來描述「駐紮軍隊」的動詞意義。

3.2.2 「軍 v2」意指駐紮

　　以下將論述我們如何根據動詞出現的句法結構和論元的類型決定「軍 v2」的意義。觀察下面的例（4）和例（5），可以發現名詞「軍」當動詞時（粗斜體字），如果出現在「名詞組　動詞　介詞組」或「名詞組　動詞　名詞組」的結構中，經常用以描述「駐紮」的戰爭事件：

（4）及昏，楚師*軍*於邲，晉之餘師不能軍，宵濟，亦終夜有聲。〈左傳‧
　　　宣公十二年〉

　　譯文：到黃昏時，楚軍**駐紮**在邲地。晉國的殘餘軍隊潰不成軍，乘夜渡河，
　　　　　通宵不斷有渡河的聲響。（王守謙、金秀珍、王鳳春 2002：788）

　　例（4）描述戰爭過後的黃昏時分，楚國軍隊駐紮在邲這個地方，而晉國的軍隊潰散，只能趁夜渡河。觀察動詞的句法特徵和所帶的論元，例（4）中楚師軍於邲一句包含了主語（楚國軍隊），動詞後面以介詞「於」帶入地方名詞（邲），描述駐紮軍隊所在的地點。此外，動詞「軍」後面也可直接加上地方名詞，描述軍隊所駐紮的地點。如下面的例（5）：

（5）鬬廉曰：「鄖人*軍*其郊，必不誡，且日虞四邑之至也。君次於郊郢，
　　　以禦四邑；我以銳師宵加于鄖，鄖有虞心而恃其城，莫有鬬志。若
　　　敗鄖師，四邑必離。」〈左傳‧桓公十一年〉

　　譯文：鬬廉說：「鄖國人**駐軍**在他們的都城的郊外，必然沒有戒備，並且每
　　　　　天只盼望四國軍隊的來臨。你去駐軍在郊郢以抵禦四國的軍隊，我用
　　　　　精銳的部隊趁夜向鄖國進兵。鄖國人心裡希望著四國來救，而且仗恃
　　　　　著靠近自己的都城，因次不會有戰鬥的意志。若是擊敗了鄖國的軍
　　　　　隊，四國必生離心。」（李宗侗 1971：97）

　　例（5）描述戰爭發生前夕，鬬廉說服楚將莫敖先瓦解鄖國軍隊來化解此次五國聯軍的戰爭。其中鄖人軍其郊一句意指鄖國軍隊駐紮在他們都城的郊外，此句主語（鄖人）是一個集合名詞，意指鄖國軍隊，動詞後面省略介詞（於），直接帶入地方名詞（其郊）描述駐紮軍隊所在的地點。和動詞「軍 v3」

一起出現的結構，如表 3.2 所示：

表 3.2：動詞「軍 v2（駐紮）」的典型語法結構

NP	V	（Prep.）	NP
楚師 郿人（郿國軍隊）	軍 v2（駐紮）	（于／於）	郿 其郊

由上表 3.2 可以推知，動詞「軍 v2」在上述例子中傾向於選擇和「軍隊」相關的論元置於動詞前，所涉及的「地點」則一般會以介詞詞組的形式置於動詞後，如楚師軍於郿，或者省略介詞直接置於動詞後，如郿人軍其郊。此外，「軍隊」（即楚師、郿人）在主語的位置，說明了敘述者主要藉由動詞「軍」強調軍隊和地點之間的事件關係，而軍隊的具體概念已經獨立出現在主語中。從前後語境來看，事件情境是在戰爭尚未觸發或已經結束之時，軍隊停留在特定的處所。換言之，動詞意義必和軍隊在某地停留的目的有關，因此在結構中動詞「軍」可用來描述「駐紮」的事件關係。

至於如何判定動詞意義是「駐紮」而非「駐紮軍隊」呢？事實上，動詞選擇的論元類型並不相同，動詞「軍 v1」主要描述君王（將帥）和軍隊、地點的事件關係，而動詞「軍 v2」則單純描述軍隊和地點的事件關係。動詞「軍 v1」前的論元大多是「君王、將帥」，而動詞「軍 v2」前的論元和「軍隊」的概念相關，可見動詞前所帶的論元類型也不一致。此外，由於軍隊的具體概念已經在主語中獨立出來，因此動詞「軍 v2」不同於「軍 v1」，並不需要將軍隊的概念含括進來，只要單純描述「駐紮」的動詞意義即可。

3.2.3 「軍 v3」意指以軍隊攻打

以下將論述我們如何從動詞所出現的句法結構和前後參與者決定「軍 v3」的意義。觀察下面的四個例子，可以發現名詞「軍」當動詞時（粗斜體字），如果出現在「名詞組　動詞　名詞組」、「名詞組　名詞組　動詞　名詞組」或「名詞組　介詞組　動詞　名詞組」等結構中，可以用來描述「以軍隊攻打」的戰爭事件，先以例（6）來說明：

（6）莫敖使徇于師曰：「諫者有刑！」及鄢，亂次以濟，遂無次。且不設備。及羅，羅與盧戎兩*軍*之，大敗之。〈左傳・桓公十三年〉

譯文：莫敖派人在軍中徧佈命令說：「凡諍諫的人就處以極刑。」軍隊到達鄢水邊，渡河的時候，行列大亂，於是全軍就不再有秩序，並且毫無戒備。到達羅國，羅國與盧戎（兩國將帥）**以軍隊兩面合攻**莫敖，完全把他擊敗。（李宗侗 1971：103-104）

　　例（6）描述莫敖用兵失當，羅國和盧戎兩國將帥聯合以軍隊攻打並擊敗他。其中羅與盧戎兩軍之一句意指羅與盧戎兩國將帥合力用軍隊攻打他，觀察動詞的句法特徵和所選擇的論元，主語是動詞前的羅和盧戎兩國將帥，受詞是動詞後面的敵軍（之），承接前文指的是莫敖的軍隊。此外，動詞「軍」的前後亦可加入時間名詞，或由介詞詞組帶入時間名詞。如下面的例（7）到例（9）：

（7）繞角之役，晉將遁矣，析公曰：『楚師輕窕，易震蕩也。若多鼓鈞聲，以夜**軍**之，楚師必遁。』晉人從之，楚師宵潰。〈左傳・襄公二十六年〉

譯文：繞角的戰役，晉軍就要逃跑了，析公說：「楚軍輕佻，容易被動搖。如果多擊軍鼓的聲音，在夜裡**全軍進攻**，楚軍一定逃跑。」晉國人聽從了，楚軍夜裡潰敗。（王守謙、金秀珍、王鳳春 2002：1382）

（8）戊午，鄭子罕宵**軍**之，宋、齊、衛皆失軍。〈左傳・成公十六年〉

譯文：戊午這天，鄭國子罕夜裡**領著軍隊來攻打**他們，宋齊衛三國全都亂了陣腳。（李宗侗 1971：734）

（9）文王聞崇德亂而伐之，**軍**三旬而不降，退修教而復伐之，因壘而降。〈左傳・僖公十九年〉

譯文：文王聽到崇國德行昏亂而去攻打（它），**打了三十天**，崇國不投降。退兵回國，修明教化，再去攻打，文王就駐紮在過去所築的營壘裡，崇國就投降了。（楊伯峻、徐提 1993：97）

　　例（7）中晉國**以夜軍之**，意指析公建議晉國將帥可以在入夜之時以軍隊攻打楚師；例（8）中鄭子罕宵軍之，意指鄭子罕在夜裡以軍隊攻打宋、齊、衛三國的軍隊；例（9）中周文王軍三旬而不降，動詞「軍」後面沒有受詞（之、崇侯），是因為前文已經提及，意指周文王以軍隊攻打崇侯長達三天，崇侯還

是不投降。三句中皆包含作爲主語的國家、將帥或君王（晉、鄭子罕、文王），以及作爲受詞的敵軍（楚師、宋齊衛軍、崇侯），當時間名詞置於動詞前，描述軍隊攻擊的時間點，當時間名詞置於動詞後，則描述帶兵作戰持續的時間長度。和動詞「軍 v3」一起出現的結構，如表 3.3 所示：

表 3.3：動詞「軍 v3（用軍隊攻打）」的典型語法結構

NP	（Prep.—NP）	V	NP	（NP）
羅與盧戎（兩國將帥） 晉人（晉國將帥） 鄭子罕 周文王	（宵） （以一夜）	軍 v3 （以軍隊攻打）	之（莫敖師、楚師、宋齊衛軍、崇侯）	
				（三句）

由此上表 3.3 可推知，動詞「軍 v3」在上述例子中傾向於選擇「君王、將帥」這一類的論元置於動詞前，「敵軍」置於動詞後，所涉及的作戰「時間」則會以介詞詞組的形式置於動詞前，如例（7）中的**以夜軍之**，或者省略介詞直接置於動詞前後，如例（8）中的**鄭子罕宵軍之**、例（9）中的**軍三旬而不降**。其中作爲名詞論元的「軍」（軍隊）並沒有呈現在表面結構上，但具體概念卻實際存在語境中，是君王、將帥或國家攻打敵軍時所憑藉的「作戰工具」（instrument），能夠和與之相關的動作「攻打」產生意義繫聯（Clark & Clark 1979；Liu 1991；Tai & Chan 1995），構成「以軍隊攻打」的動詞意義。

此外，觀察語料的前後語境可知，在描述以軍隊攻打的戰爭事件之前，多會提及當下的戰爭情勢，並於事件結束後陳述戰爭結果，動詞「軍」的前後通常會置入戰爭發生時間點或戰爭持續的時間長度，強調領導者攻打敵軍的時機或時間長度，而軍隊只是領導者所憑藉的工具。因此，結構中動詞「軍」用來描述「以軍隊攻打」的事件關係，比「駐紮軍隊」或「駐紮」之意更來的恰當。

3.2.4 「軍 v4」意指組編、陳列

以下將論述我們如何從動詞所出現的句法結構和前後參與者決定「軍 v4」的意義。觀察下面的三個例子，可以發現名詞「軍」當動詞時（粗斜體字），如果出現在「名詞組（否定副詞）動詞」的結構中，經常用以描述「組編、陳列」的戰爭事件，先以例（10）說明：

（10）及昏，楚師軍於邲，晉之餘師不能**軍**，宵濟，亦終夜有聲。〈左傳·
　　　宣公十二年〉

譯文：到黃昏時，楚軍駐紮在邲地。晉國的殘餘軍隊潰不**成軍**，乘夜渡河，
　　　通宵不斷有渡河的聲響。（王守謙、金秀珍、王鳳春　2002：788）

　　例（10）敘述楚晉兩軍作戰結束後，楚師駐紮軍隊在邲這個地方，晉軍
剩下的人馬則無法再重新組編或列陣以待，只能趁夜渡河撤退。其中*晉之餘
師不能軍*一句，意指晉國剩下的軍隊無法再組編起來，列陣以待。觀察動詞
的句法特徵和所選擇的論元，動詞前面的主語是軍隊（晉之餘師），以否定副
詞「不能」修飾動詞「軍」，動詞後面沒有受詞。同樣的結構請看例（11）：

（11）晉陽處父侵蔡，楚子上救之，與晉師夾泜而**軍**。〈左傳·僖公三十
　　　三年年〉

譯文：晉國的陽處父侵略蔡國，楚國的令尹子上來救他，跟晉國的軍隊在泜
　　　水的兩邊**陳列陣式**。（李宗侗　1995：416）

　　例（11）描述楚子上帶領軍隊去營救被晉軍攻打的蔡國，因此其軍隊和晉
國軍隊分別在泜水兩岸列陣以待。其中*與晉師夾泜而軍*一句，意指兩方軍隊在
泜水兩岸相對，並且其軍隊陣式已經組編、陳列完成。動詞「夾」和「軍 v4」
前面的主語是楚子上和晉國的軍隊（楚子上已於前文提及故省略），連接詞（而）
串連兩個動詞詞組（夾泜、軍），動詞後面沒有受詞。再看例（12）動詞「軍」
所呈現的結構：

（12）郤至曰：「楚有六間，不可失也。其二卿相惡，王卒以舊，鄭陳而
　　　不整，蠻**軍**而不陳，陳不違晦，在陳而囂，合而加囂。各顧其後，
　　　莫有鬥心：舊不必良，以犯天忌。我必克之。」〈左傳·成公十六
　　　年〉

譯文：郤至說：「楚軍有六大弱點，我們不能失掉這個時機：楚國兩個統帥不
　　　合；楚王的親兵已疲老；鄭國的軍隊雖然擺出陣勢但（行進）很不整
　　　齊；楚軍中蠻人的隊伍雖**成軍**但不能佈成陣勢；楚軍佈陣打仗竟不避
　　　忌晦日；他們的士兵在陣中還喧鬧不已。陣合宜靜而楚軍卻喧鬧得更
　　　厲害，顯然各有後顧之憂，沒有鬥志。可知舊卒不見得是精兵，加上

晦日出兵犯了天忌。我軍一定能夠戰他們。」（王守謙、金秀珍、王鳳春 2002：1000）

例（12）中郤至指出楚國六處可以加以擊破的弱點，分別是二卿交惡、王族衰老、鄭國軍陣不整齊、蠻夷之軍不能組編列陣、楚軍本身不顧忌諱，且囂囂缺乏紀律。其中鄭陳而不整和蠻軍而不陳兩句分別以動詞「軍」、「陳」（陣）和「整」指出編整軍隊陣式的遞進順序，首先需將軍隊組編起來（軍），進而擺出陣式（陳），隨著隊伍行進還必須一面整軍號令（整）。這兩句意指鄭國軍隊擺得出陣式但卻無法整齊的行進，而跟從楚國的蠻夷軍隊更只能勉強組編完成，連作戰陣式也無法擺出。在蠻軍而不陳一句中，動詞「軍 v4」和「陳」前面的主語是蠻夷之軍（蠻），連接詞（而）串連兩個動詞詞組（軍、不陳），動詞後面都沒有受詞。歸納這三個例子中和動詞「軍 v4」一起出現的結構，如表 3.4 所示：

表 3.4：動詞「軍 v4（組編、陳列）」的典型語法結構

NP	（Neg.）	V
晉之餘師 楚子上之師 蠻（蠻國軍隊）	（不能）	軍 v4（組編、陳列）

觀察上表 3.4 可知，動詞「軍 v4」在上述例子中傾向於選擇和「軍隊」相關的論元置於動詞前，動詞後沒有作為受詞的論元。此外，「軍隊」（即晉之餘師、楚子上與晉師、蠻夷之軍）的具體概念已經獨立出現在主語中，說明了敘述者單純藉由動詞「軍」強調軍隊本身能夠完成的事件目的。從前後語境來看，事件情境是在戰爭尚未觸發或已經結束之時，軍隊本身為了下一次戰爭所進行的動作。換言之，動詞意義必和軍隊在戰事前或戰事後需要完成的事件目的有關，在此結構中動詞「軍」可以用來描述「組編、陳列」的事件關係。

至於如何判定動詞意義是「組編、陳列」而非「駐紮軍隊」或「以軍隊攻打」呢？從動詞選擇的論元類型來看，首先，動詞「軍 v1」（駐紮軍隊）、「軍 v2」（駐紮）必後接地方名詞，而「軍 v4」（組編、陳列）後並沒有地方名詞；第二，動詞「軍 v3」（以軍隊攻打）後接所攻擊的敵軍作為受詞，而「軍 v4」

（組編、陳列）後面沒有受詞，且動詞「軍 v3」的主語是君王或將帥，和「軍 v4」選擇軍隊作爲主語不同。此外，由於軍隊的具體概念已經在主語中獨立出來，因此動詞「軍 v4」就不需要再將軍隊的概念含括進來，只要單純凸顯其動作目的即可。

3.2.5 小　結

　　總結上述的語料分析，我們試圖歸納動詞「軍」在語意和句法結構上所呈現的對應關係，結果如下圖 3.2 所示：

圖 3.1：動詞「軍」的意義和相應結構

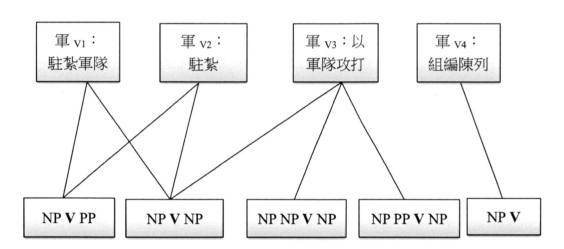

　　圖 3.2 呈現了名詞「軍」當動詞時描述的意義和與之相對應的句法結構。「軍 v1」、「軍 v2」、「軍 v3」和「軍 v4」分別指名詞「軍」轉類成四種意義不同的動詞，但動詞所出現的句法結構有互相重疊的現象，動詞意義和所對應的結構間並不是一對一的關係。換言之，一般人無法單從動詞所出現的句法結構決定動詞的意義，可能會對動詞意義的解讀感到困擾。

　　再者，從動詞緊鄰名詞組的結構也可推論，構成名動轉變的句法環境大多爲兩個以上的並列名詞，當其中一個名詞成爲描述事件的中心詞，和前後名詞構成主謂或動賓關係，便可能轉變爲動詞（王力 1989，楊伯峻、何樂士 1992，許威漢 2002）。換言之，和「軍」並列的名詞必定是能與「軍隊」產生事件關係的人或物，要分析動詞的語意轉變現象，必須先掌握動詞選擇名詞論元的規則，是否有其語意和句法上的限制與典型性。

　　除此之外，我們也觀察到名詞「軍」的具體概念「軍隊」在名動轉變後仍然保留在某些動詞意義裡，和表面結構中的名詞論元產生互動關係，因此「軍隊」所扮演的語意角色也成爲決定動詞意義的重要因素。在下文的分析中，我們將以動詞「軍」所呈現的事件框架（event frame）爲基礎，進一步討論動詞意義和參與者的關係，幫助我們更具體地掌握動詞「軍」的語意轉變現象。

3.3　動詞「軍」的語意轉變現象

3.3.1　動詞「軍」所呈現的事件框架

　　綜觀中國的戰爭歷史，必定發生過許多征戰、攻伐、打鬥、反叛、兩軍對峙等和戰爭相關的事件情境，雖然我們未必經歷過，卻能藉由閱讀報紙、書籍、媒體間接觀察戰爭事件的相似之處，在腦海中自動將重複出現的人、事、物串連起來，這些重複的概念會慢慢累積固化，形成一個典型的「戰爭框架」（the warfare frame）。隨著科技與文明的演化，古代人所經歷的戰爭事件必定和現代人不同，要建立古代漢語的戰爭框架，必須回歸文本，從古人描述當時的戰爭細節去掌握出現在戰爭框架中的典型參與者。一個事件框架中必定包含產生事件關係的典型參與者，參與者間彼此的關係是緊密相連的。當我們對戰爭事件的發生過程十分熟悉，只要提到框架中某個參與者，其他相關參與者雖未被提到，也會一併被誘發出來，進而引導出與此框架相關的背景知識（張榮興 2012：3）。

　　從認知的觀點而言，事件框架中所謂的參與者一般即指句法結構中的論元（argument）。更具體的說，參與者的概念源自於我們與世界互動的經驗，是一個以語意爲基礎的角色清單，事件框架中的一個參與者即是由不同句法結構中一群意義範疇相同的論元所建構的角色原型（role archetypes）（Ungerer & Schmid 2006：177-178）。Fillmore（1982：116）提到商業事件框架的建構來自於一群和買賣動作相關的動詞「買」（buy）、「賣」（sell）、「花費」（cost）、「付出」（spend）等，這些動詞雖然描述不同的事件關係，但是涉及事件關係的參與者卻離不開「買方」、「賣方」、「金錢」和「商品」，因此這些參與者成爲建構商業事件框架的典型成員。動詞「買」所帶的論元中作爲「買方」的參與者可能是任何人，但他們所具有的共同特質就是在商業事件框架中買入

商品的人，而作爲「賣方」的參與者則是賣出商品的人。同理「金錢」可能含括所有用來交易的等價貨幣，而「商品」則指所有用來買賣的事物。

參考 Fillmore（1982）建構商業事件框架的邏輯，本文也嘗試從論元的表現形式歸納動詞「軍」所凸顯的參與者類型。我們發現動詞「軍」在古代戰爭事件中所選擇的參與者也有其典型性：上述語料中「晉侯」、「秦伯」、「楚武王」、「鄭公子班」、「周文王」、「鄭子罕」等具有指揮統帥能力的人可視爲參與者「君王或將帥」；而「楚師」、「郞人」（郞國軍隊）、「晉之餘師」、「楚子上之師」、「蠻」（蠻國軍隊）」等戰爭中自行集體行動或接受指揮的團體可視爲參與者「軍隊」；至於「莫敖」、「楚師」、「宋齊衛之軍」、「崇侯」是事件中被攻打的對象，可視爲參與者「敵軍」；又如「瑕」、「函陵」、「氾南」、「市」、「邲」、「其郊」等地方名詞則可歸類爲參與者「地點」；最後如「夜」、「宵」、「三旬」、「昏」等時間名詞則可視爲參與者「時間」。換言之，動詞「軍」所描述的戰爭框架中可能包含「君王／將帥」、「軍隊」、「敵軍」、「地點」和「時間」等典型參與者。

下表 3.5 爲語料中動詞所帶論元的表現形式與參與者類型的對應，在本文以下的框架分析圖中，將以「君王／將帥」、「軍隊」、「敵軍」、「地點」和「時間」來代表語料中相對應的動詞論元：

表 3.5：動詞「軍」選擇的參與者類型

動詞「軍」所凸顯的參與者類型	論元的表現形式
君王、將帥	晉侯、秦伯、楚武王、鄭公子班、羅與盧戎、周文王、鄭子罕、
敵軍	莫敖之軍、楚師、崇侯、宋齊衛之軍
軍隊	楚師、郞人（郞國軍隊）、晉之餘師、楚子上之師、蠻（蠻國軍隊）
地點	瑕、函陵、氾南、市、邲、其郊
時間	夜、終夜、宵、三旬、昏

進一步說明框架和句法結構的關係。觀察小節 3.2 例句中動詞「軍」所出現的句法結構和意義類型可知，動詞意義會隨著句法結構與事件情境的轉變而有所不同，且不同的動詞意義無法單憑特定句法結構加以區別。不過，動詞所描述的事件關係卻不脫離戰爭框架中「君王／將帥」、「軍隊」、「敵軍」、

「地點」、「時間」等參與者的互動。接下來本文將說明動詞所在的句法結構如何呈現在事件框架上，並藉由事件框架中參與者的互動來分析名詞做動詞使用的語意轉變現象。

事件框架的概念最初是用以分析不同動詞在商業事件框架中的表現（Fillmore 1977b：103-05, 1982a：116, 1985：223；Ungerer & Schmid, 2006：208），但亦可以用來說明同一動詞在不同框架視角下所強調的事件關係。Fillmore（1982a：117）認爲要掌握或預測一個詞彙如何使用，詞彙背後典型的背景框架（the prototype background frame）遠比詞彙本身的瑣碎意義（details of the word's meaning）重要，因爲背景框架中結合了詞彙的使用方式（uses of the word）和實際情境（real world situations）等細節。以「軍」作爲動詞的戰爭框架來討論，當名詞「軍」轉變成動詞後，其動詞意義也會隨著詞彙所出現的語法結構和動詞前後參與者而有所調整，就像不同動詞分別凸顯框架中不同面向的參與者一樣，因此我們認爲名詞「軍」變成動詞後所描述的四種動詞意義，也可以從框架視角的概念加以區別。首先我們歸納動詞「軍」在不同結構中所凸顯的參與者，以及當下所描述的動詞意義，請看表 3.6：

表 3.6：古漢語動詞「軍」的意義與句法結構比較

	動詞意義	結　構	動詞前參與者	動詞後參與者	動詞所包含的具體概念
軍 $_{v1}$	駐紮軍隊	NP　V　（Prep.）　NP	君王將帥	X	軍隊
軍 $_{v2}$	駐紮	NP　V　（Prep.）　NP	軍隊	X	X
軍 $_{v3}$	以軍隊攻打	NP　（Prep.－NP）V　NP	君王將帥	敵軍	軍隊
軍 $_{v4}$	組編、陳列	NP　V	軍隊	X	X

觀察表 3.6 中動詞「軍」出現的句法結構，如果單從動詞前後參與者來分析，動詞「軍」大致上可分爲兩類，一種是及物動詞，如「軍 $_{v3}$」前後分別有參與者「君王／將帥」和「敵軍」；另一種是不及物動詞，即以參與者「君王／將帥」或「軍隊」（師）爲主語，後接動詞「軍」描述君王在某地駐紮軍隊、軍隊在某地駐紮、或是軍隊組編的概念，如「軍 $_{v1}$」、「軍 $_{v2}$」、「軍 $_{v4}$」。

然而，再看表 3.6 的最右側，此時可能會產生一個問題：爲何字詞「軍」在

表層結構中並未當作名詞使用，但其具體概念「軍隊」卻仍然出現在戰爭事件中？如「軍 v1、軍 v3」把軍隊的具體概念也一併包含在動詞中，但並非表層結構中動詞所帶的論元，應該如何解釋這樣的句法或語意現象呢？Radden ＆ Kövecses（1998：54）和 Ruiz & Lorena（2001：331-3）藉由「和動作相關的物體代表動作」（OBJECT INVOLVED IN AN ACTION FOR THE ACTION）的轉喻策略解釋其中一種名動轉變現象，表示他們認為名詞的具體概念常會包含在名詞轉變為動詞後所描述的事件關係中。Peirsman & Geeraerts（2006：292）和 Geeraerts（2010：218）從更上層的視角將名動轉變視為「動作／事件／過程」（action／event／process）和「參與者」之間的轉喻關係（Metonymy），「動作／事件／過程」就像是一個容器（container），而「參與者」則是容器中的內容物（contents），包含在「動作／事件／過程」內的施動者（agent）、受事者（theme）、工具（instrument）、地點（location）甚至是時間（time）都可能藉由轉喻策略轉變成動詞。

　　以上說明使我們瞭解到，當名詞「軍」轉變成動詞，其具體概念「軍隊」在某些情況下可以包含在名詞轉變為動詞後所描述的事件關係中，但卻並未以名詞論元呈現在句法結構上。「軍」原本具有的名詞概念不會就此消失，其作為「軍隊」的具體概念可能是戰爭事件中的「工具」（instrument），也可能是戰爭事件中的「受事對象」（theme），包含在「以軍隊攻打」、「駐紮軍隊」等事件關係中，受到句中其他參與者的誘發而一併被動詞「軍」凸顯，成為一個併入到動詞中的名詞論元（incorporated NP argument），也就是隱藏在事件框架中的參與者（Peirsman & Geeraerts 2006：292）。類似的描述方式，Liu（1991：161）將這一類帶有名詞論元的動詞視為是漂移語意的標記與凸顯，而 Clark & Clark（1979）和 Tai & Chan（1995）從名詞的語意角色為名動轉變現象分類，也是基於動詞所描述的是事件關係包含名詞和其相關的動作概念。

　　不過，單純藉由轉喻策略雖然可以解釋動詞「軍」為何包含「軍隊」的具體概念，卻無法有系統地描述上表 3.6 中動詞「軍」的語意轉變現象，或者具體呈現參與者「軍隊」如何併入動詞意義中，構成不同的事件關係。回到本節討論框架和句法結構的關係，要進一步探討動詞「軍」的意義轉變現象，必須以事件框架為基礎，分析動詞「軍」描述不同意義時所呈現的句法視角。Fillmore（1982：116）認為，框架的概念可以幫助建構動詞的意義，同時該詞彙也誘發了相關的認知框架。事件框架不僅可以具體呈現所有參與者的互動

關係，也能將併入到動詞中的具體概念「軍隊」一併呈現出來。

　　根據前文語料中動詞「軍」所描述的戰爭事件，以及我們認知背景中對古漢語戰爭框架的理解，「軍」（軍隊）是戰爭事件中的武力來源，在戰爭進行的過程中軍隊可以是君王或將帥「處置、操作的對象」，也可以是攻打敵方「所憑藉的工具」，和「軍隊」相關的事件關係可能包含軍隊的安置、編組、甚而是君王或將帥帶兵攻打、抵禦、防守等典型事件。因此，當我們在前面例句中看到「軍」這個詞彙，與之相關的參與者如「君王／將帥」、「敵軍」、「師」（軍隊）、「駐紮／作戰地點」、「作戰時間」等相關概念都會一併在戰爭框架中被誘發出來，形成一個包含參與者「軍」的典型戰爭框架（Fillmore 1982；江曉紅 2009；張榮興 2012）。下圖 3.2 為名詞「軍」轉變為動詞後所呈現的戰爭框架：

圖 3.2：動詞「軍」的典型戰爭框架

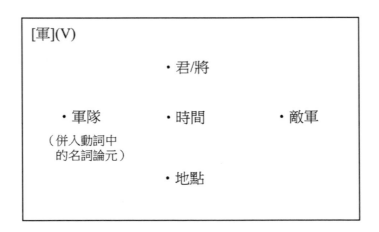

　　如圖 3.2 所示，「軍隊」可能是呈現在表面結構上的必要參與者，也可能是隱藏在事件框架中的參與者（併入到動詞中的名詞論元），在表面結構上看不到，但仍能藉由動詞「軍」的典型戰爭框架呈現出來。若能將名詞「軍」視為戰爭框架中的必要參與者，便能確切掌握動詞「軍」所描述的事件關係。框架中包含動詞「軍」最常選擇的主要參與者「君／將」（君王和將帥）、「敵軍」、「軍隊」，以及大多以介詞詞組帶入的次要參與者「時間」、「地點」。次要參與者的概念來自於 Ungerer & Schmid（2006：211），他將句法結構中的間接賓語或狀語視為「框架邊緣的參與者」，也就是動詞所凸顯的框架視角中那些較不顯著的參與者（Less prominent parts），只吸引我們一小部分注意力，但顯著程度仍然

比那些完全沒有出現在該句法結構中的背景參與者高。

以事件框架的概念重新觀察表 3.6，動詞「軍」所凸顯的必要參與者除了動詞前後的主詞和受詞，還包括最右邊欄位中動詞所包含的具體概念，我們視之為併入到動詞中的論元（即隱藏在框架中的必要參與者）。因此本文將動詞「軍」所描述的事件關係分為兩種類型：一類動詞凸顯了隱藏在事件框架中的參與者「軍隊」，如「軍 v1」（駐紮軍隊）描述君王（將帥）和軍隊的事件關係，而「軍 v3」（以軍隊攻打）描述君王（將帥）、軍隊和敵軍的事件關係；另一類動詞只凸顯表層結構中的參與者，參與者「軍隊」獨立在動詞「軍」之外，如「軍 v2」（駐紮）和「軍 v4」（組織、陳列）以「軍隊」作主語，動詞只描述和軍隊有關的動作方式或動作目的。

此外，我們發現參與者出現的位置也有特定限制，動詞前面的參與者只能是「君王／將帥／國家」或「軍隊」，而非「敵軍」、「地點」或「時間」。當「君王／將帥／國家」作為主語及施動者，所描述的事件關係和指揮官對軍隊的操弄有關，如「駐紮軍隊」、「以軍隊攻打」等，當「軍隊」作為主語及施動者，所描述的事件關係和軍隊本身的動作相關，如「駐紮」、「組編、陳列」等；動詞後面若有必要參與者，則必為「敵軍」；至於「時間」、「地點」等則多為次要參與者，經常藉由介詞詞組帶入。

換言之，動詞「軍」對於參與者的選擇並非零散而隨意的，之所以能夠產生四種不同的動詞意義，和動詞所凸顯的參與者，以及參與者所出現的位置有很大的關係，誠如 Langaker（1991：22）以凸顯原則來劃分詞類，藉由認知概念中不同的釋解方式來解釋動詞名詞化現象一樣，我們認為動詞「軍」在不同結構中也有其各自凸顯、聚焦的「框架視角」，或可稱之為「事件觀察視角」（Perspective of wafare event frame evoked by verb 軍）（Fillmore 1977：87，Ungerer & Schmid 2006：207-209, 田臻 2014：69）。接下來本文將逐一討論「軍」的四種動詞意義所誘發（evoke）的框架視角或事件觀察視角。

3.3.2 參與者「軍隊」結合在動詞中的事件框架

此部分所討論的是參與者「軍隊」結合在動詞中的事件框架，以下分別就動詞「軍 v1」和「軍 v3」所描述的事件關係進行討論。

首先是敘述者使用動詞「軍 v1」（駐紮軍隊）所呈現的事件框架。對照下表

3.7 和圖 3.3 的框架圖可知，敘述者使用動詞「軍 v1」描述的戰爭事件包含「君王／將帥」、「軍隊」和「地點」等參與者，而這些參與者又會進一步誘發出隱含在戰爭事件框架中的其他參與者如「敵軍」、「時間」等，使之一併浮現在閱讀者的認知框架中（Fillmore 1982；Radden & Dirven 2007；江曉紅 2009；張榮興 2012：3；田臻 2014），構成當下的「戰爭事件框架」。

表 3.7：動詞「軍 v1（駐紮軍隊）」在句法結構中選擇的參與者

NP	V	（Prep.）	NP
君王／將帥	軍 v1（駐紮軍隊）	（于／於）	地點

圖 3.3：動詞「軍 v1」的框架視角分析圖

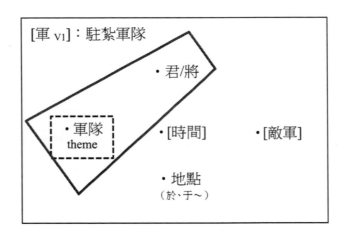

如上圖 3.3 的框架視角分析圖所示，梯形的實線方框為「軍 v1」所凸顯的框架視角，「軍隊」的具體概念包含在動詞所描述的事件關係中，但並沒有在表層結構呈現出來，因此以虛線方框呈現。敘述者除了藉動詞「軍 v1」凸顯必要參與者「君王／將帥」外，也同時將結合在動詞中的參與者「軍隊」凸顯出來，具體指出戰爭發生前後領導者所處置的受事對象（theme），讓人進一步聯想到軍隊整體的外在形式，領導者處置軍隊的目的，甚而是軍隊所在的位置。表面上是描述「君王／將帥」和「駐紮地點」的事件關係，但進一步將「軍隊」作為受事對象結合進來（Clark & Clark 1979；Liu 1991：161；Tai & Chan 1995；Radden & Kövecses 1998, 1999；Ruiz & Lorena 2001），才能產生「駐紮軍隊（在某地）」的意義。而「駐紮地點」等處所名詞反而屬於事件中被提及但較不被凸顯的參與者，因此通常以介詞詞組的形式帶入「地點」，或將「地點」直接置於動詞後。至於像「敵軍」、「時間」這一類的參與者則被隱含在框架中，沒有藉

由單句語言形式表現出來，但卻可以從前後文中對敵軍和戰爭情勢的描述進一步誘發出來，說明駐紮軍隊當下的情境，因此以括號[　]的方式呈現〔註5〕（Ungerer & Schmid 2006：211）。

　　歸結上述，動詞「軍 v1」在此框架視角中主要描述的君王或將帥在特定地點安置軍隊的事件關係，事件情境通常出現在戰爭發生前後，動詞前面所凸顯的必要參與者必爲「君王／將帥」，動詞後面通常會帶入次要參與者「地點」，才能構成「君王／將帥駐紮軍隊（在某地）」的事件關係。

　　再來要討論的是敘述者使用動詞「軍 v3」（以軍隊攻打）所呈現的事件框架。對照下表 3.8 和圖 3.4 的框架圖可知，敘述者使用動詞「軍 v3」描述的戰爭事件包含「君王／將帥」、「敵軍」和「軍隊」等參與者，而這些參與者又會進一步誘發出隱含在戰爭事件框架中的其他參與者如「作戰時間」、「戰爭地點」等，使之一併浮現在閱讀者的認知框架中，構成當下的「戰爭事件框架」。

表 3.8：動詞「軍 v3（用軍隊攻打）」在句法結構中選擇的參與者

NP	（Prep.－NP）	V	NP	（NP）
君王／將帥	（時間）	軍 v3（以軍隊攻打）	敵軍	（時間）

圖 3.4：動詞「軍 v3」的框架視角分析圖

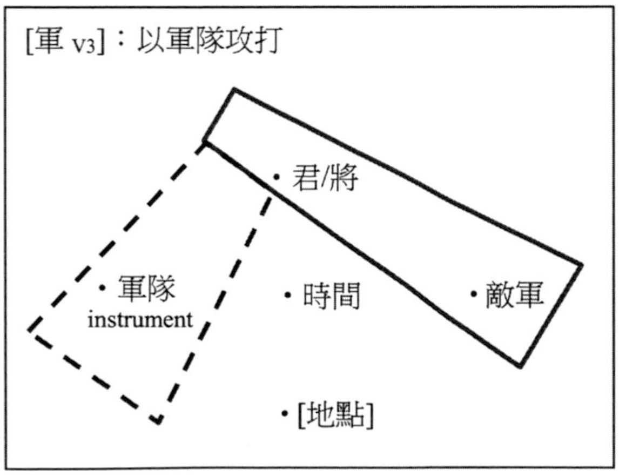

〔註5〕Ungerer & Schmid（2006:211）認爲 Fillmore 的框架理論甚至注意到了商業事件框架中那些凸顯度很低，在表層的句法結構上完全沒有呈現出來，只能作爲認知背景或事件背景的參與者，並且把這些參與者放到括號[　]中加以區別。

　　如上圖 3.4 的框架視角分析圖所示，梯形的實線方框爲「軍 v3」所凸顯的框架視角，「軍隊」的具體概念包含在動詞所描述的事件關係中，但並沒有在表層結構呈現出來，因此以虛框線和實線方框相連。敘述者不僅藉由動詞「軍 v3」凸顯必要參與者「君王／將帥」和「敵軍」的關係，也同時將結合在動詞中的參與者「軍隊」凸顯出來，將具體的軍隊視爲君王或將帥攻打敵軍所憑藉的武力、工具（instrument），讓人進一步聯想到軍隊本身具備的「攻擊能力」和攻打敵軍採用的「作戰方式」。表面上是描述「君王／將帥」和「敵軍」的事件關係，但進一步將「軍隊」當作戰爭時憑藉的工具概念結合進來，才能產生「以軍隊攻打」的意義。而「作戰時間」等時間名詞則是屬於事件中被提及但較不被凸顯的參與者，因此以介詞詞組的形式置於動詞前，或省略介詞直接置於動詞前後，補充說明帶兵攻打的時間點，或者是作戰持續的時間長度。至於像「作戰地點」這一類的參與者則被隱含在框架中，沒有藉由單句語言形式表現出來，但可以從前後文中所提到的地方名詞進一步被誘發出來，說明軍隊進攻的位置，因此以括號 [ ] 的方式呈現。

　　歸結上述，動詞「軍 v3」在此框架視角中主要描述的是君王或將帥憑藉軍隊武力攻打敵軍的事件關係，事件情境是在戰爭發生的當下，通常有一定的時間點或時間範圍。動詞前面所凸顯的必要參與者必爲「君王／將帥」，動詞後面也必定有參與者「敵軍」作爲受詞，並且通常會帶入次要參與者「時間」，才能構成「君王／將帥（在什麼時候）以軍隊攻打敵軍（長達多久）」的事件關係。

3.3.3 參與者「軍隊」獨立在動詞之外的事件框架

　　在某些情境下，名詞轉變成動詞後不一定會帶有原本的具體意義，可能原本的具體概念在表面結構中已經獨立出來，敘述者只取和該名詞相關的典型動作（Dirven 1999：284），例如「他拿針*針*我」，其中「針」的具體概念在動詞「針」中已經消失，由名詞「針」所承接，動詞單純描述「刺」的動作方式；「子封*帥*車二百乘以伐京」，其中「將帥」的具體概念已經從動詞「帥」中獨立出來，由主語子封取代，動詞單純描述引導、率領的動作目的。接下來要討論動詞「軍 v2」（駐紮）和「軍 v4」（組編、陳列）所描述的事件關係，便具有上述特質。

　　首先是敘述者使用動詞「軍 v2」（駐紮）所呈現的事件框架。對照下表 3.9 和圖 3.5 的框架圖可知，敘述者使用動詞「軍 v2」描述的戰爭事件包含「軍隊」和「地點」等參與者，而這些參與者又會進一步誘發出隱含在戰爭事件框架中的其他參與者如「敵軍」、「時間」和「君王／將帥」，使之一併浮現在閱讀者的認知框架中，構成當下的「戰爭事件框架」。

表 3.9：動詞「軍 v2（駐紮）」在句法結構中選擇的參與者

NP	V	（Prep.）	NP
軍隊	軍 v2（駐紮）	（于／於）	地點

圖 3.5：動詞「軍 v2」的框架視角分析圖

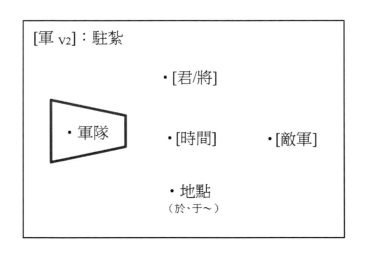

　　如上圖 3.5 的框架視角分析圖所示，梯形的實線方框為「軍 v2」所凸顯的框架視角。乍看之下動詞「軍 v2」所呈現的框架視角和圖 3.4 動詞「軍 v1」相似，但仔細區別這兩個圖可以發現，動詞「軍 v2」所凸顯的必要參與者只有作為主語的「軍隊」，並未凸顯參與者「君王／將帥」，而「地點」一樣作為框架中較不被凸顯的參與者，以介詞詞組帶入置於動詞後。觀察表 3.10 也可發現，動詞「軍 v2」所凸顯的必要參與者「軍隊」已經以主語的身份獨立出現在動詞前（楚師、郎人），可見動詞在描述「軍隊」和「地點」的事件關係時，並不需要再將「軍隊」的概念結合進來，而是單純取用軍隊在特定地點所執行的動作目的，構成「駐紮」的動詞意義（Dirven 1999：284）。至於參與者「君王／將帥」、「敵軍」或「時間」則被隱含在框架中，沒有藉由單句語言形式表現出來，因此以括號［　］的方式呈現，說明三者為相關的背景概念。

換言之，動詞「軍 v2」在此框架視角中主要描述的是軍隊在特定地點進行安置的事件關係，事件情境通常出現在戰爭發生前後。動詞前面所凸顯的必要參與者必爲「軍隊」，動詞後面則通常帶入次要參與者「地點」。當此「軍隊」的具體概念獨立出現在動詞前，動詞「軍 v2」便只單純取用和「軍」相關的典型動作目的「駐紮」，構成「軍隊駐紮（在某地）」的事件關係。

最後討論敘述者使用動詞「軍 v4」（組編、陳列）所呈現的事件框架。對照下表 3.10 和圖 3.6 的框架圖可知，敘述者使用動詞「軍 v4」描述的戰爭事件只凸顯參與者「軍隊」，而參與者「軍隊」又進一步誘發出隱含在戰爭事件框架中的其他參與者如「君王／將帥」、「敵軍」、「時間」和「地點」，使之一併浮現在閱讀者的認知框架中，構成當下的「戰爭事件框架」。

表 3.10：動詞「軍 v4（組編隊伍）」在句法結構中選擇的參與者

NP	（Neg.）	V
軍隊	（不能）	軍 v4（組編、陳列）

圖 3.6：動詞「軍 v4」的框架視角分析圖

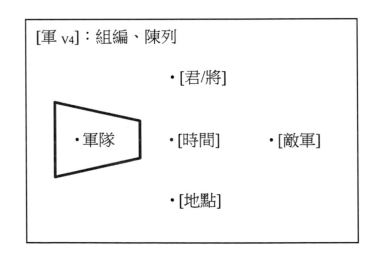

如上圖 3.6 的框架視角分析圖所示，梯形的實線方框爲「軍 v4」所凸顯的框架視角。動詞「軍 v4」所凸顯的必要參與者只有作爲主語的「軍隊」，而參與者「君王／將帥」、「敵軍」、「地點」或「時間」則被隱含在框架中，沒有藉由單句語言形式表現出來，因此以括號[　]的方式呈現，說明三者爲相關的背景概念，通常會顯現在上下文中。根據例（10）、（11）和（12）的內容陳述，我們知道事件情境是在戰爭尚未觸發或已經結束之時，軍隊本身爲了下

一次戰爭所進行的動作。換言之，動詞意義必和軍隊在戰事前或戰事後需要完成的事件目的有關。此外，從表 3.12 中也可觀察到動詞「軍 v4」所凸顯的必要參與者「軍隊」已經以主語的身份獨立出現在動詞前（晉之餘師、楚子上之師、蠻師），可見動詞在描述「軍隊」本身所採取的事件關係時，並不需要再將「軍隊」的概念結合進來，而是單純取用軍隊本身能夠完成的動作目的，構成「組編、陳列」的動詞意義（Dirven 1999：284）。

換言之，動詞「軍 v4」在此框架視角中主要描述的是軍隊自我組編、陳列陣式的事件關係，事件情境通常出現在戰爭發生前後。動詞前面所凸顯的必要參與者必為「軍隊」，動詞後並無其他參與者。當此「軍隊」的具體概念獨立出現在動詞前，動詞「軍 v4」便只單純取用和「軍」相關的典型動作目的「組編、陳列」，構成「軍隊組編、陳列」的事件關係。

3.3.4 小　結

本文藉由下表 3.11 進一步比較動詞「軍」在不同框架視角中所凸顯的前後參與者，以及結合在動詞中的參與者「軍隊」在不同事件框架裡所扮演的角色。

當動詞凸顯了事件框架中隱藏的參與者「軍隊」，則動詞前的參與者必為「君王／將帥」，如「軍 v1」和「軍 v3」。其中「軍隊」若以受事角色結合到動詞中，動詞後通常會凸顯次要參與者「地點」，構成「駐紮軍隊」的意義，如「軍 v1」；若「軍隊」是以工具角色結合到動詞中，動詞後的參與者必為「敵軍」，且通常會以介詞詞組一併凸顯次要參與者「時間」，構成「以軍隊攻打」的意義，如「軍 v3」。

當事件框架中的動詞只凸顯了表層結構的參與者，參與者「軍隊」多獨立於動詞之外，動詞意義單純描述和「軍隊」相關的動作目的或動作方式，如「軍 v2」和「軍 v4」。當參與者「軍隊」出現在動詞前當主語，動詞後面沒有其他參與者，則構成軍隊本身「組編、列陣」的事件關係，如「軍 v4」；當參與者「軍隊」作主語，動詞後帶入次要參與者「地點」，則構成軍隊本身「駐紮」的事件關係，如「軍 v2」。每一類動詞所出現的事件情境略有不同，從戰爭發生前軍隊的駐紮、陳列，戰爭發生當下君王以軍隊作戰的細節，到到戰爭結束後軍隊回師駐紮或重新組編，動詞「軍」可以選擇任何一段事件關係

加以凸顯描述。

表 3.11：古漢語動詞「軍」在不同框架視角中所凸顯的參與者

動詞	動詞意義	必要參與者		隱藏在框架中的必要參與者	框架邊緣的參與者〔註6〕	上 下 文 語 境
		動前名詞	動後名詞	名詞論元併入動詞	（介詞）－名詞組	
軍 V1	駐紮軍隊	君王將帥	X	軍－受事者	駐紮地	1.前後文顯示戰爭尚未觸發或已結束 2.動詞後置地方名詞，主要描述軍隊所在的位置 3.描述君王（將帥）在某地處置軍隊的事件關係
軍 V2	駐紮	軍隊	X	X	駐紮地	1.前後文顯示戰爭尚未觸發或已結束 2.動詞後置地方名詞，主要描述軍隊所在的位置 3.單純描述軍隊在某地所完成的事件關係
軍 V3	以軍隊攻打	君王將帥	敵軍	軍－工具	攻打時間	1.「軍隊」的具體概念亦可從前後文的名詞「師」、「軍」得知 2.前文提及戰爭情勢和進程；後文提及戰爭結果 3.通常於動詞前後加上進攻時間名詞，主要描述軍隊作戰的時機點或時間長度
軍 V4	組編陳列	國家軍隊（師）	X	X	X	1.主語為國家軍隊 2.前後文說明組編軍隊、陣式的時機、情勢 3.主要描述作戰中完成軍隊或陣式組編的實際或假設狀態

根據表 3.11 總結上述分析，我們發現每一類動詞描述的事件情境都和戰爭

〔註 6〕所謂「框架邊緣的參與者」即指動詞所凸顯的框架視角中那些較不顯著的參與者（less prominent parts），通常是句法結構中的間接賓語或狀語，只吸引我們一小部分注意力的參與者，但顯著程度仍然比那些完全沒有出現在當句語言結構中的背景參與者高 (Ungerer & Schmid 2006: 211)。

事件相關，但細節上仍略有不同。必須強調的是，我們並非單憑動詞「軍」在每個例句中所凸顯的參與者來決定動詞的意義，因為動詞所在的事件情境，也會影響動詞意義的解讀。反之，上述分析是我們在已知動詞語意的前提下，進一步去探討動詞在特定的事件情境中，傾向於選擇哪些參與者來描述他們的互動關係，構成不同的動詞意義。

　　因此，除了瞭解事件的背景情境，要掌握動詞的語意轉變現象，還必須進一步根據事件關係中參與者的位置，也就是主詞、受詞或置於介詞詞組中的地點、時間等，來判斷動詞帶有的語法特點，以及可能描述的事件關係（Fillmore 1982）。再觀察隱藏在框架中的參與者「軍」，藉由事件框架的分析，我們發現代表「軍隊」的名詞論元實際上仍與動詞「軍」建立特定的語法關係，因此可以「工具」或「受事者」的語意角色結合到動詞的意義中（Clark & Clark 1979；Liu 1991；Tai & Chan 1995；Radden & Kövecses 1999；Ruiz & Lorena 2001），如同三歲以前的小孩學習新動詞的過程，認知概念中會將特定事物（如施事者或受事者）和特定動作連結在一起，構成他所認為的動詞意義（Imai et al 2008），我們認為古漢語中原本代表具體事物的名詞「軍」一開始作動詞使用時，所描述的事件關係也會將「軍隊」和特定的動作連結在一起，如「軍 v1」（駐紮軍隊）、「軍 v3」（以軍隊攻打）等，描述特定且具體的事件細節。當這些和軍隊相關的特定動作在我們的認知概念中已經成為普遍且典型的意義（Xing 2003），或者軍隊的概念已經在語境中重複出現，此時「軍隊」的具體概念就會從動詞中消失，發展出單純描述「駐紮」、「組編」等事件關係的動詞。

3.4 名動轉變語意延伸的認知策略

　　本節主要討論詞彙語義延伸的機制，闡述名詞為何可以在特定情境下延伸出動詞的用法和意義，呈現出詞彙多義的樣貌。根據小節 3.3 的推論可知，動詞「軍」之所以具有不同的意義，是因為敘述者從特定的框架視角切入，決定了動詞前後所凸顯的必要參與者，用以描述不同的事件關係。接下來，我們還要進一步探討名詞「軍」如何產生上述四種動詞意義，我們如何解釋名詞和動詞意義的關連性，並嘗試推論使名詞「軍」產生動詞意義背後的認知策略。

我們認為，不同的框架視角決定動詞所描述的事件關係，但名詞能夠產生動詞的意義，還是要回歸詞彙本身，從我們對詞彙的認知框架討論意義建構與組合的過程，如同 McCawley（1971）、Tai（1997）所提出的假設，認為動詞意義的形成除了考量語法結構的影響外，還必須回到詞彙本身，根據句子的語意結構處理語意合併的問題。本小節我們將以張榮興（2015）所設計的「事物屬性結構」作為分析基礎，進一步討論名詞如何從參與者的具體概念延伸出描述抽象事件關係的動詞意義。

Pustejovsky（1995），Radden & Panther（2004）從屬性結構（qualia structure）和概念框架（conceptual frame）的概念來分析詞彙產生的動機和內部的語意組成，張榮興（2015：16-17）依照屬性結構重新把概念框架中的結構描繪出來，得到一個較為統一且廣泛性較高的架構，稱之為「事物的屬性結構」。舉例來說，當我們為特定人、事或物命名為「軍」時，我們會根據對該事物的理解，將所有與之相關人、事、物、動作概念拉進這個相關的認知模組中，包含它的外在形式、內在能力在整個認知世界中的分類，也包含它的動作方式、動作目的，以及和它產生動作關係的人、事、物等。下圖是我們根據「事物屬性結構」模組來建立詞彙「軍」所隱含的概念框架，亦即古文中的「軍」在敘述者腦中可能浮現的認知結構：

圖 3.7：詞彙「軍」的屬性結構

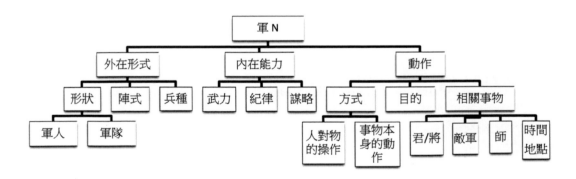

圖 3.7 的架構可以用來呈現古人腦海中和「軍」相關的認知結構，並反應敘述者如何將詞彙「軍」不同面向的意義概念組織在一起。當然，真正和詞彙「軍」相關的概念框架可能更為龐大繁雜，我們只能盡可能將重要且典型的概念面向呈現出來。此圖歸納了古漢語語料中詞彙「軍」可能呈現的屬性

結構，由「軍」所組成的複合詞即根據所強調的面向不同，構成了不同的詞彙。如下面三種類型的例子皆是以詞彙「軍」強調其「外在形式」：

第一、如軍人、軍丁、軍兵、軍眾、軍隊、大軍、全軍、孤軍、懸軍、千軍，所強調的面向是軍人個體或軍隊整體的外在形式。

第二、如軍伍、軍班、軍陳（軍陣）、潛軍、伏軍、衝軍、前軍、主力軍、偏軍（支軍）、亂軍所強調的是軍隊的隊伍或陣式。

第三、如三軍、禁衛軍、伙頭軍、軍士、軍官、將軍所強調的是軍中的兵種或編制。

當我們以詞彙「軍」強調軍隊的「內在能力」面向時，主要描述軍隊本身的武力強弱、法紀組織嚴謹與否、戰略運用得當與否，其表現形式可能如下：如軍力、軍火、軍備、軍容、軍械、軍實、軍紀、軍律、軍法、軍謀、軍略等。

從屬性結構中的「動作面向」來說，所強調的是和軍隊相關的事件關係，如揮軍、遣軍、進軍、用軍、率軍、撤軍、收軍、止軍、移軍、迴軍，著重戰場上君王或將帥對軍隊的操作，亦即「用兵方式」；駐軍、制軍（編列軍隊）、成軍、敗軍、叛軍、覆軍（覆沒的軍隊），則著重在作戰前後的事件結果，也就是軍隊的「動作目的」。

此外，屬性結構中也包含「和動作相關的事物」，也就是能和詞彙「軍」的動作產生關連性的人、事、物，事實上就是戰爭框架中的典型參與者，如「君王／將帥」、「師」（我方軍隊）、「敵軍」、「時間」和「地點」等，藉由這些參與者的互動，才能進一步誘發和軍隊相關的事件關係。

由上述說明可知，古代漢語中和「軍」相關的典型詞彙可以藉由複合詞的形式強調其屬性結構中的意義面向，從詞彙的構詞動機來說，我們視之為運用轉喻策略（metonymy）所創造的詞彙，為了強調某種特定的意義面向，如同現代漢語詞彙「頭目」、「老手」、「名嘴」，用身體部位來指稱人（張榮興 2015：19-20）。同時，古漢語中也使用相同的策略，以單一詞彙「軍」將不同面向的複合概念包含進來，用以描述特定的事件關係，如前述動詞「軍」的五種意義與用法。

同一個詞彙出現了不同的用法和意義，可能是因為事件情境與角度不同，敘述者所選用的框架視角誘發詞彙屬性結構中不同的意義面向所致。被

選擇用來描述特定事件關係的動詞通常不是隨機決定的，而是爲了強調某種特定意義和面向（張榮興 2015：20）。特別是該詞彙原本是名詞，取「外在形式」或「組成成分」的面向作爲其典型意義，但因受到不同框架視角的誘發，藉由轉喻策略在同一屬性結構的範疇下，轉而兼取「動作」面向來描述非典型的動作關係。換言之，名詞不是在任何情況下都能轉類爲動詞，詞彙能夠取用屬性結構中和動作相關的面向，還必須配合事件框架中能與之產生意義繫聯的參與者，以及條件適合的句法結構。如同 Tai（1997）從名詞內部動態語意成分的誘發來討論名動轉變現象一樣，語言使用者會根據所欲描述的事件關係在詞彙內部先處理好語意合併的問題（MaCawley 1971），再搭配適當的句法結構來表達。

接下來我們要進行的討論，便是藉由屬性結構的概念更具體地呈現名詞產生動詞意義的構詞動機與造詞策略，也就是名詞轉變爲動詞的過程。以本章分析的詞彙「軍」爲例，當詞彙「軍」出現在語法結構中動詞的位置，動詞所指派的前後參與者會誘發（activate）我們喚起背景知識中對「軍」整體屬性結構的連結，特別是屬性結構中和「動作」面向相繫聯的部分，這些被誘發的意義面向超越了原本「軍」單純作爲名詞的概念而成爲整個屬性結構中的顯著成分（salient element），進而使名詞「軍」藉由「部分代表整體」（PART FOR WHOLE）的轉喻策略描述整個和軍隊相關的事件關係，產生動詞的用法和意義。

圖 3.8 到 3.11 所呈現的便是詞彙「軍」分別在不同框架視角下所取用的詞彙屬性面向，詞彙所取用的面向不同，表示詞彙意義組成的來源不同，我們嘗試結合前面關於事件框架的分析，進一步來討論詞彙意義的形成。每一個動詞類型都反映了「軍」屬性結構中的部分語意面向，這些動詞與屬性結構中各種面向的關連，在圖 3.8 到 3.11 中分別以實線連結顯示，代表動詞所凸顯的語義面向。

首先以前文的例子說明動詞「軍 v1」在屬性結構取用的面向。動詞「軍 v1」取用的是屬性結構中「外在形式」、「動作目的」，和「動作相關事物」三個面向。如例（13）和圖 3.8 所示：

（13）楚武王侵隨，使薳章求成焉，**軍**於瑕以待之。〈左傳‧桓公六年〉
（同例（2））

譯文：楚王侵略隨國，派薳章去求和，親自**駐軍**在瑕等待。（李宗侗 1971：
78-81）

圖 3.8：動詞「軍 v1」在屬性結構取用的面向

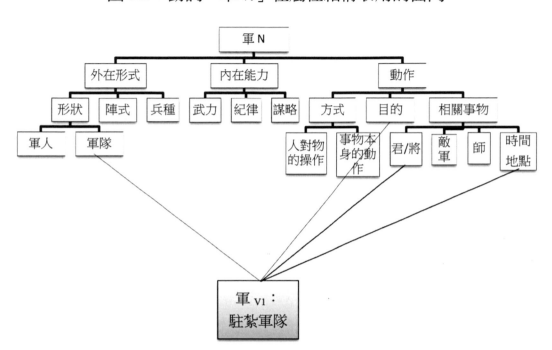

　　例（13）的事件情境發生在戰爭尚未觸發或以結束之時，動詞「軍 v1」主
要描述「君王／將帥」和「軍隊」的互動，通常會一併凸顯次要參與者「地
點」協助建構駐紮軍隊的事件關係。觀察圖 3.10 右側「動作相關的語意面向」
可知，在動詞「軍 v1」描述的事件關係中，「君王／將帥」在「特定地點」駐
紮軍隊，其處置軍隊的動作目的和隱藏在事件框架中的參與者「軍隊」產生
繫聯，使敘述者進一步取用「軍」屬性結構中軍隊的「整體外在形式」（整個
國家軍隊）和軍隊本身在特定地點會產生的「動作目的」（駐紮）兩個面向，
加上「君王／將帥」、「地點」兩個和事件相關的參與者，這些受到凸顯的面
向一同構成「駐紮軍隊」的動詞意義。

　　再以前文的例子說明動詞「軍 v2」在屬性結構取用的面向。動詞「軍 v2」
取用的是屬性結構中「動作目的」和「動作相關事物」兩個面向。如例（14）
和圖 3.9 所示：

（14）及昏，楚師*軍*於邲，晉之餘師不能軍，宵濟，亦終夜有聲。〈左傳‧
宣公十二年〉（同例（4））

譯文：到黃昏時，楚軍**駐紮**在邲地。晉國的殘餘軍隊潰不成軍，乘夜渡河，
通宵不斷有渡河的聲響。（王守謙、金秀珍、王鳳春 2002：788）

圖 3.9：動詞「軍 v2」在屬性結構取用的面向

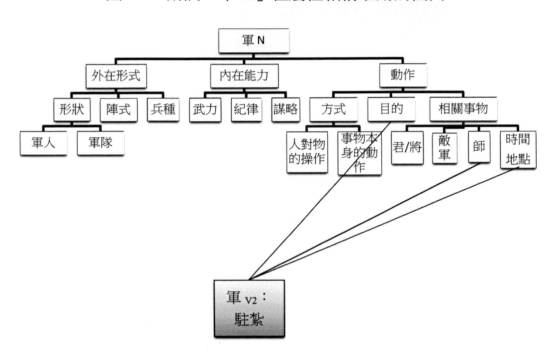

例（14）的事件情境一樣發生在戰爭尚未觸發或已結束之時，動詞「軍 v2」
主要描述「軍隊」本身所進行的安置動作，通常會一併凸顯次要參與者「地
點」協助建構軍隊在某地駐紮的事件關係。觀察圖 3.11 右側「動作相關的語
意面向」可知，在動詞「軍 v2」凸顯的事件框架中，由於「師」（軍隊）的具
體概念已經出現在框架中，因此「軍 v2」只保留軍隊所達成的動作目的，描
述參與者「師」本身在「特定地點」停留駐紮的事件關係。換言之，敘述者
只取用詞彙「軍」屬性結構中「動作目的」這個面向，加上「師」、「地點」
兩個和事件相關的參與者，這些受到凸顯的面向一同構成「駐紮」的動詞意
義。

又如例（15）和圖 3.10 所示，動詞「軍 v3」在屬性結構中取用的是「內在
能力」、「動作方式」，和「動作相關事物」三個面向：

（15）戊午，鄭子罕宵**軍**之，宋、齊、衛皆失軍。〈左傳・成公十六年〉
（同例（8））

譯文：戊午這天，鄭國子罕夜裡**領著軍隊來攻打**他們，宋齊衛三國全都丟掉
軍隊。（李宗侗 1971：734）

圖 3.10：動詞「軍 v3」在屬性結構取用的面向

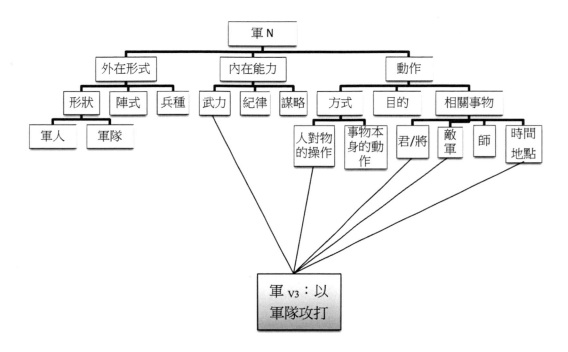

　　例（15）的事件情境通常發生在戰爭進行期間，前後文會提及戰爭情勢、
進程以及作戰結果。動詞「軍 v3」主要描述「君王／將帥」、「（我方）軍隊」和
「敵軍」之間的互動，通常會一併凸顯次要參與者「時間」協助建構「以軍隊
攻打」的事件關係。觀察圖 3.12 右側「動作相關的語意面向」可知，在動詞「軍
v3」描述的事件關係中，「君王／將帥」在「特定時間」用軍隊攻打「敵軍」，
君王或將帥操作、指揮軍隊的動作方式和隱藏在事件框架中的參與者「軍隊」
產生繫聯，使敘述者進一步取用「軍」屬性結構中軍隊的「內在能力」（攻擊力、
武力）和指揮者操作、領導軍隊的「動作方式」（攻擊、進攻），加上「君王／
將帥」、「敵軍」、「時間」三個和事件相關的參與者，這些受到凸顯的面向一同
構成「以軍隊攻打」的動詞意義。

　　最後如例（16）和圖 3.11 所示，動詞「軍 v4」取用的是屬性結構中「動作
目的」和「動作相關事物」兩個面向：

（16）及昏，楚師軍於邲，晉之餘師不能**軍**，宵濟，亦終夜有聲。〈左傳·
宣公十二年〉（同例（10））

譯文：到黃昏時，楚軍駐紮在邲地。晉國的殘餘軍隊潰不**成軍**，乘夜渡河，
通宵不斷有渡河的聲響。（王守謙、金秀珍、王鳳春 2002：788）

圖 3.11：動詞「軍 v4」在屬性結構取用的面向

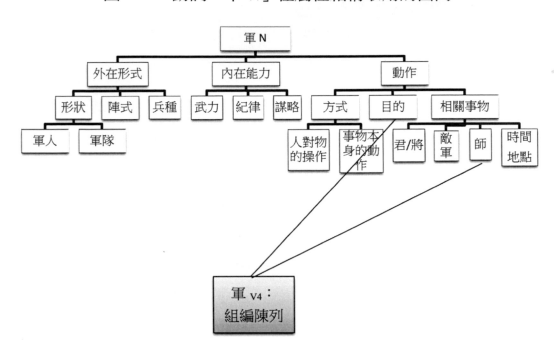

例（16）的事件情境通常發生在戰場上戰事將起或成敗結果剛定的時候，
前後文說明組編軍隊陣式的時機或狀態。動詞「軍 v4」主要描述「軍隊」本身
進行組編、陳列陣式的事件關係，除了「師」（軍隊）以外通常不會有其他參與
者一併被凸顯。觀察圖 3.13 右側「動作相關的語意面向」可知，在動詞「軍 v4」
凸顯的事件框架中，由於「師」（軍隊）的具體概念已經出現在框架中，因此「軍
v4」只保留軍隊所達成的動作目的，描述參與者「師」本身在戰爭發生或結束
當下進行組編、列陣的事件關係。換言之，敘述者只取用詞彙「軍」屬性結構
中「動作目的」這個面向，加上主要事件參與者「師」，這些受到凸顯的面向一
同構成「組編、陳列」的動詞意義。

誠如 Langaker（1987：53-94，1987：352-353，1991：23-24）按凸顯原
則來劃分詞類，提出凸顯動詞內部結構的名詞化焦點可以使動詞轉類為名詞一
樣，上述動詞藉由「軍」的幾個典型特質來描述與之相關的事件關係，所凸顯

的語義面向不同，所描述的事件關係自然有所差異，因而構成不同的動詞意義。下面的總圖可以更清楚地觀察到動詞「軍 v1」、「軍 v2」、「軍 v3」和「軍 v4」分別反映了「軍」屬性結構中的部分語意面向，在圖 3.14 中分別以不同的實線連結顯示，代表動詞所凸顯的語義面向：

圖 3.12：動詞「軍」在屬性結構取用的面向

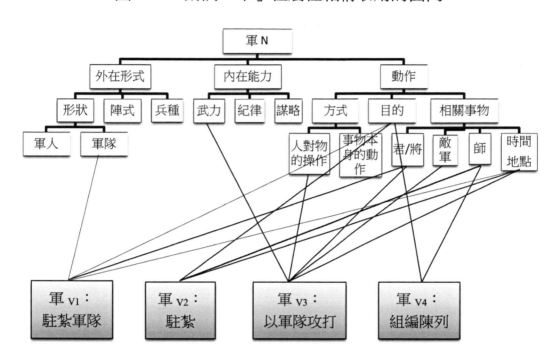

圖 3.12 總合了動詞「軍 v1」到「軍 v4」所取用的語意面向。分析名詞「軍」語意延伸的認知策略，我們發現「軍」的動詞意義雖然延伸自名詞，但受到不同事件框架的影響，敘述者會根據框架中所凸顯的參與者，取用名詞「軍」屬性結構中和該事件相關的語意面向，藉由「部分代表整體」的轉喻策略用以描述整個和軍隊相關的事件關係，產生動詞的用法和意義，是屬於同一屬性結構中的概念映攝（Radden & Kövecses 1998; Radden & Dirven, 2007）。其中被取用的語意面向包含軍隊的「外在整體形式」、君王或將帥操作軍隊的「動作方式」（以軍隊攻打），以及軍隊本身可達到的「動作目的」（駐紮、進行組編）等。

　　除了考量到整體事件情境對動詞意義的選取產生影響外，我們還是可以依據事件框架中參與者的互動，在屬性結構中歸納出動詞意義組成的規則。在動詞「軍 v1」、「軍 v2」和「軍 v4」所凸顯的事件框架中，主要描述君王、

將領駐紮軍隊，或軍隊本身採取駐紮、組編、陳列的「動作目的」。施動者不同，所構成的動詞意義便不一樣：當施動者本身是君王、將領而非軍隊時，軍隊的外在整體形式被凸顯，其具體概念會併入到動詞中，使「軍 $_{v1}$」選取「外在形式」、「動作目的」和「動作相關事物」三個語意面向構成「駐紮軍隊」的意義；當施動者本身即為軍隊，則「軍 $_{v2}$」和「軍 $_{v4}$」則只需選取「動作目的」和「動作相關事物」兩個面向（Dirven 1999：284），並藉由次要參與者「地點」的加入與否，使兩個動詞意義產生「駐紮」或「組編、陳列」的區別。

在動詞「軍 $_{v3}$」所凸顯的事件框架中，主要描述君王、將領憑藉軍隊的武力攻打敵軍的「動作方式」。參與者「敵軍」的加入，使動詞意義有別於「軍 $_{v1}$」、「軍 $_{v2}$」、「軍 $_{v4}$」。當事件框架中出現了施動者「君王、將帥」和「敵軍」兩個參與者時，我方軍隊的內在能力被凸顯，其具體概念會併入到動詞中，使「軍 $_{v3}$」選取「內在能力」、「人對物的動作方式」和「動作相關事物」三個面向，構成「以軍隊攻打」的事件關係。

3.5 語意延伸的脈絡

本章節以古漢語戰爭事件中經常使用的詞彙「軍」為例，探討這詞彙轉類在不同框架視角下所產生的語意轉變現象，以及名動轉變過程中語意延伸的認知策略。文中首要議題是藉由語料的呈現，掌握名詞「軍」轉變成動詞時的意義類型，以及動詞在句法結構中所選擇的論元。然而，要瞭解動詞所選擇的論元如何影響動詞意義的轉變，則必須進一步闡述論元結構與事件框架的關係，此為本文的第二個議題。我們先根據動詞所帶的論元類型歸納動詞「軍」在事件框架中所選擇的參與者，並據此建立和動詞「軍」相關的戰爭框架。再從動詞所凸顯的框架視角探討不同參與者所構成的事件關係，藉此區別動詞「軍」在相似結構中的語意轉變現象。

我們發現，動詞的意義轉變呈現出兩種不同的類型，一類的動詞意義結合了「軍隊」的具體概念，在本文中視之為併入到動詞中的論元（參與者），在表面結構中我們看不到這個參與者的存在，必須藉由事件框架進一步將之凸顯。另一類動詞則直接取用和該名詞相關的典型動作描述事件關係，不再結合「軍

隊」的具體概念。

　　第一種類型的動詞意義結合了「軍隊」的具體概念。在動詞「軍 v1」所描述的事件關係中，受到參與者「君王、將帥」和「地點」的影響，軍隊的具體概念以受事角色併入到動詞中，構成「駐紮軍隊」的意義。在動詞「軍 v3」所描述的事件關係中，受到參與者「君王、將帥」和「敵軍」的影響，軍隊的具體概念以工具角色併入到動詞中，構成「以軍隊攻打」的意義，此爲動詞意義轉變的第一種類型。

　　第二種類型是當名詞「軍」轉類爲動詞時，軍隊的具體概念在表面結構中已經獨立出來，敘述者直接用該名詞來描述與之相關的典型動作（Dirven 1999：284）。如動詞「軍 v2」所描述的事件關係中，受到參與者「軍隊」（師）和「地點」的影響，敘述者直接取用和名詞「軍」相關的典型動作，構成「駐紮」的意義；又如動詞「軍 v4」，受到參與者「軍隊」的影響，敘述者直接取用和名詞「軍」相關的典型動作，構成「組編、陳列」的意義。

　　由此可知，除了從詞彙「軍」所出現的結構位置判斷其詞性的轉變，我們還必須從動詞「軍」所凸顯的框架視角討論參與者的互動關係，才能進一步掌握「軍」所描述的四種事件關係：分別是駐紮軍隊（軍 v1）、駐紮（軍 v2）、以軍隊攻打（軍 v3）和組編陳列（軍 v4）

　　然而，並不是所有出現在戰爭框架的名詞「軍」都可以轉類爲動詞，我們還必須進一步考量組成詞彙「軍」的屬性結構是否能與事件框架中的參與者產生緊密的意義聯繫。因此本文面臨的第三個議題，是名詞如何根據所凸顯的事件框架產生不同動詞意義。本文嘗試從構成詞彙的認知結構（屬性結構）切入，探討名詞到動詞的語意延伸策略。事實上，無論是名詞或動詞，詞彙意義並不會因此脫離與之相關的概念框架，也就是詞彙本身的屬性結構。詞彙意義的形成可能來自於具體事物的外在形式、組成成分或與之相關的抽象動作所複合而成。換言之，我們亦可將名詞轉變成動詞視爲一種詞彙意義的延伸與重新組構，也就是敘述者根據當下的框架視角分別取用詞彙屬性結構中相關的意義面向，藉由「部分－整體」的轉喻策略構成動詞意義。因此章節 3.5 嘗試從「軍」的詞彙屬性結構探討名詞轉變爲動詞後所取用的意義面向，進一步歸納詞類轉變在語意延伸上的共性。

　　在討論過程中，我們觀察到名動轉變所產生的意義類型，事實上有其語

意延伸的先後順序，也就是名詞「軍」從具體概念轉變爲結合具體概念的動詞「軍 v1」和「軍 v3」，到完全描述抽象事件關係的動詞「軍 v2」和「軍 v4」，整個語意延伸轉變的過程。Xing（2003：102, 121, 129）認爲動詞語法化的程度在同一個詞類中並不是一致的，保有越多原始語音、句法規則、語意本質的詞彙語法化的程度越低（如使役動詞、能願動詞等）。Xing（2003）認爲古漢語動詞語法化的過程，句法結構會經過三個階段的調整，亦即從連續動詞到動詞去中心化，進而動詞語法化爲功能詞；除此之外，動詞意義也會經過三個階段的轉變：首先從詞彙具體而特指的本義（etymological meaning）發展出具備語法功能，且較能廣泛運用於各種事件的詞彙意義（more general grammatical source meaning），在第二階段中詞彙原本所特指的本義可能慢慢削弱或隱藏（source meaning bleached），以虛詞的語法功能出現在句法結構中，到了第三階段時詞彙的本義完全消失，而詞彙所具有的語法功能則得到強化。Xing（2003：121, 129）認爲在動詞語法化的過程中，其語意轉變可能藉由轉喻、隱喻的延伸（metonymic process and metaphorical extension）或語用推論（pragmatic inferencing）漸漸發展出現在虛詞的意義，其中又以語用推論所造成的影響最大。回頭觀察上述的分析和語料，我們認爲名詞動詞化的語意轉變現象也有其相似的脈絡。詞彙「軍」在轉變爲動詞的過程中藉由轉喻的延伸，或者是語用需要等各種原因，使其產生不同程度的意義延伸。我們甚至認爲，其中所謂語用推論（pragmatic inferencing）一環，其實可以從動詞所凸顯的框架視角加以分析詮釋。

　　以本章節中分析詞彙「軍」名動轉變現象的語料爲例，我們嘗試歸納動詞意義轉變的兩個階段。一開始，「軍」作爲名詞的典型意義是「部隊、軍隊」，當名詞轉變爲動詞時，動詞「軍」從結合「軍隊」概念來描述特定而具體的事件關係，如「駐紮軍隊」和「以軍隊攻打」，到單純描述抽象而典型的事件關係，如「駐紮」、「組編」、「陳列」，中間經過了兩個階段的轉變。請看下圖3.13：

圖 3.13：古漢語「軍」名詞到動詞的語意延伸脈絡

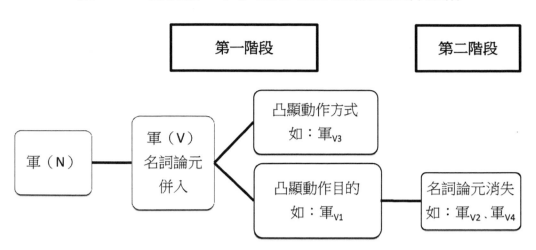

　　如圖 3.13 所示，在詞類轉變的初步階段，「軍隊」的具體概念雖然沒有出現在表面結構，但卻是事件框架中被凸顯的參與者，我們可以從事件參與者和動詞「軍」的選用察覺到「軍隊」的具體概念已經結合到事件關係中，成為併入到動詞中的論元（incorporated NP argument）。而詞彙「軍」則以動詞的語法功能出現在句法結構中，如「軍 v1」（駐紮軍隊）和「軍 v3」（以軍隊攻打），在意義上強調結合具體軍隊的動作方式和動作目的。

　　到了第二階段，由於事件描述的語用需求，必須以「軍隊」作為主語描述軍隊本身的動作目的，此時「軍隊」的具體概念被獨立出來，呈現在表面結構上，動詞中所結合的具體「軍隊」本義完全消失，反而是和「軍隊」相關的動作目的得到強化，藉由轉喻過程取用詞彙屬性結構中和動作相關語意面向，使名詞「軍」轉變為單純的動詞，如「軍 v2」（駐紮）和「軍 v4」（組編、陳列）。由此可知，名詞動詞化的意義轉變仍然依循著從特指到典型，從具體到抽象的主要路徑，而詞類轉變所遵循的機制，則需要憑藉轉喻和語用推論的過程。所謂語用推論，可能包含動詞在事件框架中所凸顯的必要參與者，以及事件發生的前後語境。

　　透過戰爭框架和詞彙「軍」屬性結構的分析，可以幫助我們瞭解名詞轉變成不同意義類型的動詞，背後可能經歷的認知歷程。在閱讀古文的過程中，學習者亦可嘗試透過篇章來建立事件框架，進一步從動詞前後參與者的互動關係，掌握動詞在屬性結構中可能被誘發的語意面向，協助建構動詞的意義。此外，觀察本文中名詞「軍」意義發展的脈絡，我們嘗試推論名詞最初產生

動詞化的用法，主要是用以強調結合具體參與者的典型事件關係，這一類描述明確動作細節的事件關係，最容易與參與者本身產生意義繫聯（Imai et al 2008）。然而，如「軍$_{v2}$」（駐紮）和「軍$_{v4}$」（組編、陳列）這一類動詞所描述的事件關係則不需結合參與者「軍隊」，所搭配的參與者相較於「軍$_{v1}$」（駐紮軍隊）和「軍$_{v3}$」（以軍隊攻打）顯得更有彈性，且使用上已有其他動詞可以取代，如「次」有駐紮之意，「陳」、「陣」、「組」則有組編、陳列陣式之意，因此在名動轉變的意義延伸過程中應屬於較晚期的用法，但可以使用的語境也更為廣泛。

第四章　戰爭框架中「兵」的
名動轉變現象

4.1 引　言

　　本章節以古漢語的「戰爭框架」爲基礎，討論戰爭框架中參與者「兵」的名動轉變現象，其一是從事件框架探討名動轉變的語意轉變現象，其二是名動轉變所運用的語意認知策略。

　　根據《說文解字》〔註1〕、《漢語大詞典》、《教育部重編國語辭典》和《教育部異體字字典》的解釋，古漢語詞彙「兵」的本義是「兵器」，在《周禮》、《孟子》、《左傳》等先秦文獻中經常可以看到「兵」作爲武器或兵器的用法（本文以下皆以兵器來指稱武器或兵器的概念），如「五兵」〔註2〕、「兵刃」、「棄甲曳兵」〔註3〕、「甲兵」〔註4〕。（名詞釋意請見下方註解）

〔註1〕《說文解字・丌部》：「兵，械也。」

〔註2〕《周禮・夏官・司兵》：「掌五兵五盾，各辨其物與其等，以待軍事。」根據漢・鄭玄注解：「鄭司農云：『五兵者：戈、殳、戟、酋矛、夷矛。』」所謂「五兵」指的是五種攻擊的武器。

〔註3〕《孟子・梁惠王上》：「塡然鼓之，兵刃既接，棄甲曳兵而走。」根據《教育部重編國語辭典》，所謂「棄甲曳兵」即指拋棄鎧甲，拖著兵器，形容戰敗逃走的狼狽狀。

　　與此同時，在《左傳》、《後漢書》、《管子》、《戰國策》、《三國志》中「兵」也出現「徒兵」、「兵士」、「兵子」的用法，用以描述步兵、騎兵、兵卒等個體基層部屬的概念，或者用以指整個軍隊或部隊的集合名詞，如「秦兵」（即指秦軍）、「兵伍」（軍隊）、「引兵而歸」（即指引軍而返）、「調兵遣將」、「按兵不動」等用法。將具體的「軍隊」概念加以延伸，「兵」亦可用以描述戰爭、軍事、軍計、謀略等抽象概念，如「兵法」、「兵略」、「兵家」、「紙上談兵」、「談笑用兵」等等。對現代漢語使用者而言，「兵」大多只能做名詞使用，並且結合相關的意義成分形成複合詞，如「兵器」、「炮兵」、「騎兵」、「哨兵」、「民兵」、「兵役」、「小兵」等。

　　然而，詞彙「兵」在先秦時期也出現了動詞的用法，只是數量不如名詞多〔註5〕。根據辭典的意義，名詞「兵」可以單獨被活用為動詞，前後沒有明顯的詞綴標記，用來描述「以兵器砍殺」、「傷害」等事件關係〔註6〕。再根據實際語料進行歸納〔註7〕，我們發現在《左傳》、《史記》、《呂氏春秋》、《禮記》和《戰國策》中，動詞「兵」可藉由不同的句法結構描述「以兵器砍殺」、「拿取兵器」甚至是「以軍隊進攻」等事件關係，可見在閱讀過程中我們能根據動詞出現的結構和語境，進而自動填補、延伸出不同的事件細節，產生不同

其中的「兵刃」和「兵」皆為武器。

〔註4〕《左傳・隱公元年》：「大叔完聚，繕甲兵，具卒乘，將襲鄭。」其中「繕甲兵」是修整盔甲和武器。「兵」意指兵器或武器。譯文：太叔段修好了城廓聚集了百姓，修整了盔甲和武器，準備了步兵和戰車，將要偷襲鄭國的國都。（王守謙、金秀珍、王鳳春 2002：10）

〔註5〕根據教育部上古漢語標記語料庫所示，在 3743 筆出現詞彙「兵」的語料中，不及物動詞佔約 11 筆，及物動詞僅佔約 4 筆，而有生名詞（軍隊、士兵）則約佔 3036 筆，無生名詞（兵器）約佔 317 筆，故我們據此判斷詞彙「兵」在先秦到漢代間以作名詞使用為典型。

〔註6〕根據《漢語大詞典》、《教育部異體字字典》、《古漢語詞類活用詞典》的詞條，「兵」的主要意義是武器或兵器，也可做動詞使用描述「傷害」、「用兵器殺人」等事件關係（楊昭蔚、孔令達、周國光 1991：25）。

〔註7〕由於本文所做的分析主要聚焦在動詞處於適當語境和語法結構下使讀者產生的意義詮釋，因此除了辭典中可查到的動詞意義外，在本文中所歸納的動詞義類還包含其他經常出現在語料中的典型描述方式，語料多來自先秦時期的經典著作，如《左傳》、《史記》、《呂氏春秋》、《戰國策》、《禮記》等。

的翻譯解讀方式（Evans & Green 2006；江曉紅 2009），這些意義並非閱讀者或翻譯者任意建構的，而是必須建立在特定語境和語法條件下。本章節的主要議題便是探討古漢語「兵」做動詞使用的語意轉變現象，以及名動轉變背後的語意認知策略。

　　分析「兵」的名動轉變現象主要分成三個層次，一是從句法結構探討名動轉變的語意類型，二是從事件框架與參與者的互動分析動詞的語意轉變現象，三是從語意認知策略推論名詞如何產生動詞的意義。為了瞭解動詞「兵」所出現的句法結構和意義，章節 4.2 中分別列舉「兵」作動詞使用的語料進行分析，說明每一個例子的中心主旨，切入相關的句型結構進行討論，歸納動詞前後所選定的論元和所搭配的結構。為了探討動詞「兵」在不同句法結構中的語意轉變現象，章節 4.3 中以事件框架的概念呈現動詞所凸顯的參與者，也就是句法結構中動詞所帶的明確論元和隱含論元，進一步說明在不同框架視角下參與者（論元）的互動關係如何影響意義的詮釋。章節 4.4 則回到「兵」的詞彙屬性結構，藉由事件參與者誘發屬性結構中和事件相關的語意面向，探討詞彙「兵」動詞語意的構成以及語意延伸背後所運用的認知策略。藉由漸進的方式從句法結構到語意框架，再從語意框架到認知概念的建構逐一探討名詞「兵」的名動轉變現象，可以幫助我們更瞭解名詞到動詞的語意建構過程。

4.2　動詞「兵」的語意和句法結構分析

　　在本節中，我們將就動詞「兵」出現的句法結構討論其動詞的意義類型，並觀察動詞選用名詞論元的限制，為下文語意轉變的分析先做鋪陳。

4.2.1　「兵 v1」意指以兵器砍殺

　　以下將論述我們如何根據動詞出現的句法結構和論元類型決定「兵 v1」的意義。觀察下面的四個例子，可以發現名詞「兵」當動詞時（粗斜體字），如果出現在「名詞組　動詞　名詞組　（介詞－名詞組）」的結構中，通常用以描述「以兵器砍殺」的戰爭事件。先以例（1）來說明：

（1）犁彌言於齊侯曰：「孔丘知禮而無勇，若使萊人以兵劫魯侯，必得志焉。」齊侯從之。孔丘以公退，曰：「士**兵之**！兩君合好，而裔夷之俘，以兵亂之，非齊君所以命諸侯也。……」。〈左傳·定公十年〉

譯文：（齊大夫）犁彌對齊侯說：「孔丘懂得禮而沒有勇氣，如果使萊地人用兵劫持魯侯，一定能夠如願。」齊侯聽從了他的話。孔丘領著定公退出，說：「戰士們**拿起武器攻上去**！兩國國君會見友好，可是華夏之地以外的俘虜，用武力搗亂，這不是齊國國君（應該）命令諸侯的事情。……」。（王守謙、金秀珍、王鳳春 2002：2052-2053）

　　例（1）描述齊大夫犁彌說服齊侯趁齊魯會盟（夾谷之會）之時，指使萊人以兵器挾持魯侯，孔丘得知後和魯定公一同退下，命令士兵以兵器反擊齊侯，並曉以大義。其中**士兵之**一句意指孔丘對部屬們的命令，呼喊兵士們以兵器回擊敵人（之），代詞「之」即指齊侯所派來的萊人。觀察動詞的句法特徵和所選擇的論元，動詞前的主語是隨從魯定公和孔丘的部屬、士兵，動詞後是攻擊的對象，也就是受齊侯指使的萊人。由於前文**以兵劫魯侯**一句中已經提及兵器的具體概念和用兵器攻擊的計畫細節，且出現了具體的攻擊對象（魯定公），因此可以推論後文的動詞「兵$_{v1}$」是用以描述以兵器回擊、砍殺的具體攻擊事件。相似的句型如例（2）：

（2）（子南）執戈逐之，及衝擊之以戈，子晳傷而歸告大夫……子產執子南而數之曰「……今君在國，女用兵焉，不畏威也。……子晳上大夫，女嬖大夫而弗下之，不尊貴也；幼而不忌，不事長也；**兵其從兄**，不養親也。〈左傳·昭公元年〉

譯文：（子南）拿著長戈去追趕子晳，追到通行的大道上，子南用長戈擊他，子晳著了傷後回家去告訴諸大夫……子產便使人拘執子南並責備他說：「……如今有君主在國中，你卻擅自使用兵器，這便是不畏國君的威武。……子晳是上大夫，你是下大夫而又不肯在他下面，這是不尊重貴人；年紀小而不敬畏，這是不侍奉長者；**用兵器對付**堂兄，這是不奉養親屬。（王守謙、金秀珍、王鳳春 2002：1539-1540；李宗侗 1987：1045）

例（2）描述下大夫子南以兵器砍殺上大夫子皙，被子產抓到後責備的過程。其中**兵其從兄**一句省略主語（子南），意指子南用兵器砍殺其從兄（堂兄），動詞前的主語即為被省略的子南，動詞後是攻擊的對象子皙，也就是子南的堂兄。由於前文的**執戈逐之、擊之以戈**兩句已經提及兵器（戈）的具體概念，以及子南攻擊子皙並受傷的細節和具體攻擊對象，因此可以推論後文的動詞「兵 v1」也用以描述以兵器砍殺的具體攻擊事件。此外，即使具體兵器的概念沒有出現，但前後文詳述了攻擊作戰的過程和細節，明確指出攻擊者和攻擊對象，仍然能夠幫助我們掌握動詞「兵 v1」的確切意義，如例（3）和（4）：

（3）伯夷、叔齊叩馬而諫曰：「父死不葬，爰及干戈，可謂孝乎？以臣
　　弒君，可謂仁乎？」左右欲**兵**〔註8〕之。太公曰：「此義人也。」扶
　　而去之。〈史記・伯夷列傳〉

　　譯文：伯夷、叔齊扣住武王的馬韁諫諍說：「父親死了不葬，就要發動戰爭，
　　　　　能說是孝順嗎？做臣子去殺害君王，能說是仁義嗎？」武王身邊的隨
　　　　　從人員要**殺掉**他們（見注 8）。太公說：「這是有節義的人阿！」於是
　　　　　攙扶著他們離去。（郝志達、楊鍾賢　1995c.：589）

（4）荊王薨，群臣攻吳起，**兵**〔註9〕於喪所，陽城君與焉，荊罪之。陽城
　　君走，荊收其國。〈呂氏春秋・離俗覽〉

　　譯文：楚王去世，群臣攻吳起，**殺**之於停屍處（見注9），陽城君亦參加其事。
　　　　　楚國追究亂事之罪，陽城君逃避他方，楚要沒收其國。（林品石 2005：
　　　　　614）

　　例（3）和（4）分別描述周武王左右部屬以兵器砍殺、攻擊扣馬而諫的伯夷、叔齊，以及楚荊王的臣子們在葬禮上用兵器射殺、攻擊宰相吳起的事件。例（3）中**左右欲兵之**一句意指部屬們提起兵器想要殺掉伯夷、叔齊，動詞前的主語（左右）是將要發動攻擊的部屬隨從，動詞後是將要被攻擊的伯

〔註8〕　左右：意指旁的隨從人員。兵之：意指用武器殺掉他們（郝志達、楊鍾賢 1995c.：
　　　　590）。此外《漢語大詞典》在解釋動詞「兵」（用兵器殺人）時亦引用此例。

〔註9〕　根據〈呂氏春秋・開春論〉中所提：「荊王死，貴人皆來，尸在堂上，貴人相與射
　　　　吳起……且荊國之法，麗兵（附著兵器）於王尸者，盡加重罪，逮三族。」可知
　　　　動詞「兵」之意應指「用箭射擊」，即以兵器殺死吳起的意思（林品石 2005：712）。

夷、叔齊，以代詞「之」指稱（郝志達、楊鍾賢 1995c.：590）。而例（4）中
兵於喪所一句為「群臣兵之於喪所」的省說，省略上文已提及的主語（群臣）
和受詞「之」（吳起），意指群臣們在楚荊王的停柩處用兵器（亂箭）殺死吳
起（林品石 2005：712）。這兩個例子都具體地指出攻擊者和所攻擊的對象，
且詳細描述事件發生的過程，從爆發衝突的背景（扣馬而諫、荊王薨）到事
件結束後的結果（扶而去之、荊罪之）。和動詞「兵 v1」一起出現的結構，如
表 4.1 所示：

表 4.1：動詞「兵 v1（以兵器砍殺、殺害）」的典型語法結構

NP	V	NP	（Prep.－NP）
士、下大夫子南、左右、群臣	兵 v1（以兵器砍殺、殺害）	萊人、從兄子晢、伯夷、叔齊、吳起	（於－喪所）

　　由表 4.1 可以推知，動詞「兵 v1」在上述例子中傾向於選擇代表「部屬」
一類的論元（士、下大夫、左右、群臣）置於動詞前，若提及「地點」則一
般會以介詞詞組的形式置於動詞後（王力 1980：332, 2000：16, 420），如兵於
喪所。至於作為名詞論元的「兵」（兵器）並沒有呈現在表面結構上，但其具
體概念卻實際存在語境中，作為部屬操作、把持的工具（instrument），能夠和
與之相關的動作「砍殺」產生意義繫聯（Clark & Clark 1979；Liu 1991；Tai &
Chan 1995），構成「以兵器砍殺」的動詞意義。。

　　再觀察動詞「兵 v1」所出現的事件情境，可以發現前後文通常會提及事件
發生的背景和結果，詳細交代以兵器砍殺、殺害的細節，甚至直接提及兵器的
具體概念，強調攻擊過程中「砍殺」、「射殺」、「擊殺」的動作方式，事件中有
具體攻擊的對象。因此動詞「兵 v1」用來描述「以兵器砍殺、殺害」的事件關
係，比單純描述動作目的「傷害」的事件關係更為貼切，且敘述者能夠從動詞
中抓到「兵器」的具體概念。

4.2.2 「兵 v2」意指拿取兵器

　　以下將論述我們如何根據動詞出現的句法結構和論元類型決定「兵 v2」的
意義。觀察下面的例（5）和例（6），可以發現名詞「兵」當動詞時（粗斜體
字），如果出現在「名詞組　動詞　動詞　（連詞－動詞組）」的結構中，通

常用以描述「拿取兵器」的戰爭事件。先以例（5）來說明：

（5）子夏問於孔子曰：「居父母之仇，如之何？」夫子曰：「寢苫枕干，
　　　不仕，弗與共天下也。遇諸市朝，不反兵〔註10〕而鬥。」……曰：「請
　　　問居從父、昆弟之仇如之何？」曰：「不爲魁，主人能，則執兵而
　　　陪其後。」〈禮記・檀弓上第三〉

　　　譯文：子夏問孔子說：「身處父母被殺害的冤仇當怎麼辦？」夫子說：「睡草
　　　　　　墊，枕盾牌，不做官，決心不與仇人並存於世。在市上或公門遇見仇
　　　　　　人，立即拿出武器決鬥，若沒有帶武器，也不必回去**取武器**就立即決
　　　　　　鬥（見注 10）。」……問：「請問身處堂兄弟被殺害之仇該怎麼辦呢？」
　　　　　　夫子答道：「不首先動手，如果死者的子弟發難，就握著武器在後面協
　　　　　　助。」（江義華、黃俊郎，1997：99）

　　例（5）描述孔子認爲當自己遇上殺害父母和堂兄弟的仇人所應持有的態度
和行動。其中不反兵而鬥一句省略主語（孔丘自己），以否定詞（不）否定連續
動詞詞組「反兵」（返回拿取兵器），再以連接詞（而）後接動詞「鬥」，整句意
指我（孔丘自己）不用返家拿取兵器即可與之相鬥，言下之意是隨身帶著兵器
以備報仇之需（江義華、黃俊郎，1997：99；王夢鷗，1974：44）。觀察動詞的
句法特徵和所選擇的論元，動詞前的主語是有仇未報、具備武力的兵士，動詞
「反」和「兵」並列，沒有後接受詞，而是以連接詞連接下一個動詞「鬥」，形
成「反兵而鬥」的連續動作。再看例（6）中相似的句法結構：

（6）父之讎弗與共戴天，兄弟之讎不反兵〔註11〕，交遊之讎不同國。〈禮
　　　記・曲禮上第一〉

　　　譯文：對於殺死父親的仇人，不能共存於天下。對於殺死兄弟的仇人，可用
　　　　　　隨身攜帶的武器，見到即殺死（見注 11）。至於殺死朋友的仇人，不

―――――――――――――――

〔註10〕不反兵：若是未帶武器也不需返家去取，意指武器常備於身（江義華、黃俊郎，
　　　　1997：37，99）。另見《禮記集解》注疏曰：「不反兵而鬥者，恆執殺之備，雖在
　　　　市朝，不待返還取兵，及當鬥也。……兵者，意謂佩刀以上，不必要是矛戟（孫
　　　　希旦，1989：201）。

〔註11〕不反兵：意指不必返家拿取武器。故鄭玄説作「常攜武器，以備報仇」（王夢鷗，
　　　　1974：44）。

能共存於同一國家。(江義華、黃俊郎，1997：37；王夢鷗，1974：45)

例(6)一樣是描述因報仇而引發的爭鬥事件，其中**兄弟之讎不反兵**一句意指遇上殺害兄弟的仇人我們不用返回拿取兵器，**兄弟之讎**是這句話的主題(topic)，省略主語(我／我們)，後以否定詞(不)否定連續動詞詞組「反兵」(返回拿取兵器)，言下之意是隨身攜帶兵器以報仇。動詞前的主語是有仇未報、具備武力的兵士(我／我們)，連續動詞「反兵」沒有後接受詞。和動詞「兵 v2」一起出現的結構，如表 4.2 所示：

表 4.2：動詞「兵 v2（拿取兵器）」的典型語法結構

NP	V	V	（Conj.－VP）
夫子、士子（意指身負武力者）	反（返）	兵 v2（攜、帶、提、拿、取兵器）	（而－鬥）

由表 4.2 可以推知，動詞「兵 v2」在上述例子中傾向於選擇代表「兵士」一類的論元（具備兵器、武力的個體）置於動詞前，動詞前後和「反」、「鬥」構成連續動詞詞組，描述返回拿取兵器再去參與打鬥的連續動作，如**反兵而鬥**。作爲名詞論元的「兵」(兵器)並沒有呈現在表面結構上，但其具體概念卻實際存在語境中，是受兵士（具備武力的報仇者）操作的受事者（theme），能夠和與之相關的動作「拿取、攜帶、提取」產生意義繫聯。

再觀察動詞「兵 v2」所出現的事件情境，可以發現文中所提及攻擊對象，如**遇諸市朝**（遇之於市朝）、**弗與共戴天**（弗與之共戴天），必爲立場與主語相對的仇人。且動詞前後通常會與其他動詞並列，構成前去拿取兵器攻打的連續動作，如**反兵**、**反兵而鬥**，說明「兵 v2」(拿取兵器)只是整個鬥爭過程中一個環節，言下之意是指返家拿取兵器不是一個爭取時間馬上戰鬥的作法。此外，前後文也可能提及具體的兵器概念，如**執兵而陪其後**一句，強調打鬥過程中兵器存在的必要性。

相較於動詞「兵 v1」而言，「兵 v2」用來描述「拿取兵器」的事件關係比「用兵器攻擊」更爲適合，因爲動詞並未後接受詞「敵方」或「仇人」，且例(5)的動詞「兵」後緊接動詞「鬥」，從而構成先拿取兵器再戰鬥的連續動作。此外，例(5)更以名詞「兵」指出了具體兵器存在的事實，使敘述者能夠從動詞中抓到「兵器」而非「軍隊」的具體概念，構成「拿取兵器」的動詞意義。

4.2.3 「兵 v3」意指以軍隊進攻

　　以下將論述我們如何根據動詞出現的句法結構和論元類型決定「兵 v3」的意義。觀察下面的三個例子，可以發現名詞「兵」當動詞時（粗斜體字），如果出現在「名詞組　方位詞　動詞　（連詞－動詞組）」或「名詞組　副詞　動詞　（連詞－動詞組）」的結構中，通常用來描述「以軍隊進攻」的戰爭事件。先以例（7）來說明：

（7）是時周天子致文武之胙於秦惠王。惠王使犀首攻魏，禽將龍賈，取
　　　魏之雕陰，且欲東*兵*。〈史記・蘇秦列傳〉

　　譯文：這時，周天子把祭祀文王、武王用過的祭肉賜給秦惠王。惠王派遣犀
　　　　　首攻打魏國，生擒了魏將龍賈，攻克了魏國的雕陰，並打算**揮師**向東
　　　　　挺進。（郝志達、楊鍾賢 1995d.：27-28）

　　例（7）描述周天子認可秦惠王，秦惠王因而發兵攻打魏國，取得部分土地並繼續帶兵向東爭討的過程。其中且欲東兵一句省略主語（秦惠王），以連接詞（且）串連攻打魏國並向東進攻的連續事件，方位詞（東）置於動詞之前，整句意指秦惠王想要帶著軍隊朝東邊的方位進攻。觀察動詞的句法特徵和所選擇的論元，主語是負責指揮軍隊的君王（秦惠王），方位名詞（東）置於動詞前補充說明軍隊進攻的方位，動詞後沒有受詞。相似的結構也出現在例（8）和（9）中：

（8）今燕之罪大而趙怒深，故君不如北*兵*以德趙，踐亂燕，以定身封，
　　　此百代之一時也。」〈戰國策・楚〉

　　譯文：如今燕國的罪大而趙國對它則非常憤恨，所以您不如**引兵**北上，對趙
　　　　　國表示友好，討發無道的燕國以確定自己的封邑，這是幾百年難逢的
　　　　　機會阿。（繆文遠、繆偉、羅永蓮 2012：485）

（9）共公二年，晉趙穿弒其君靈公。三年，楚莊王彊，北*兵*至雒，問周
　　　鼎。〈史記・秦本紀〉

　　譯文：共公二年（前607），晉國的趙穿殺了他的君主靈公。三年（前606），
　　　　　楚莊王強大起來，向北**進兵**，一直深入到雒邑，詢問周朝傳國之寶九
　　　　　鼎的大小輕重，圖謀奪取周朝的政權。共公在位五年去世，兒子桓公
　　　　　繼位。（郝志達、楊鍾賢 1995a.：154）

例（8）中君不如北兵以德趙一句描述虞卿勸楚臣春申君不如向北進兵燕國，使趙國蒙受其恩德。主語是採取攻擊行動的君王（春申君），方位詞（北）置於動詞前補充說明軍隊進攻的方位，動詞後面沒有受詞，而是藉由連接詞（以）串連另一動詞詞組（德趙），描述用軍隊向北攻打燕國所得到的結果。例（9）中北兵至雒一句描述楚莊王強大後以軍隊向北進攻一直到雒邑。主語（楚莊王）在前文已經提及故省略，方位詞（北）置於動詞前補充說明軍隊進攻的方位，動詞後也沒有受詞，而是連接動詞詞組（至雒）描述軍隊進攻所到的最遠地點。動詞「兵 v3」除了前置方位詞外，另一種情況是前置頻率副詞，藉此補充說明以軍隊進攻的緊迫性，如例（10）：

（10）齊聽祝弗，外周最。謂齊王曰：「逐周最、聽祝弗、相呂禮者，欲深取秦也。秦得天下，則伐齊深矣。夫齊合，則趙恐伐，故急**兵**以示秦。〈戰國策·東周〉

譯文：齊王聽信祝弗的建議，排斥周最。有人對齊王說：「您驅逐周最、聽信祝弗的主意，任命呂禮爲相，是想深深的和秦國結盟。秦國如果得到各國的支持，定會堅定地進攻齊國。如果秦、齊兩國結盟，那趙國會擔心自己受到進攻，就會立即**出兵攻打**齊國表示聯秦。……」（繆文遠、繆偉、羅永蓮 2012：22）

例（10）中描述趙國緊急出兵攻打齊國來向秦國表示友好，防止齊秦結盟。其中急兵以示秦一句省略主語（趙國國君），頻率副詞（急）置於動詞前補充說明帶軍隊進攻的急迫性，動詞後面沒有受詞，而是藉由連接詞（以）串連另一動詞詞組（示秦），描述用軍隊攻打可能得到的結果。和動詞「兵 v3」一起出現的結構，如表 4.3 所示：

表 4.3：動詞「兵 v3（以軍隊進攻）」的典型語法結構

NP	Locality / Adv.	V	（Conj.－VP）
秦惠王	北、東		（至雒）
春申君		兵 v3（以軍隊進攻）	
楚莊王	急		（以－示秦）
趙（趙國國君）			

由表 4.3 可以推知，動詞「兵 v3」在上述例子中傾向於選擇代表「君王」

（指揮軍隊者）一類的論元置於動詞前，動詞後沒有作為受詞的論元，而是由連接詞帶入動詞詞組（德趙、至雒），描述以軍隊攻打所達成的結果，如例（9）中的**北兵至雒**、例（10）中的**急兵以示秦**。至於作為名詞論元的「兵」（軍隊）並沒有呈現在表面結構上，但其具體概念卻實際存在語境中，在這裡指的是軍隊而非兵器，是君王、將帥朝特定方位或地點進攻時所憑藉、仰賴的工具（instrument），能夠和與之相關的動作「攻打」產生意義繫聯。

再觀察動詞「兵 v3」所出現的事件情境，可以發現前後文通常會提及誘發戰爭的原因和戰爭的結果，原因如秦惠王受周天子賞賜、楚王莊變得強大、齊國和秦國可能結盟，戰爭結果可能是對趙國示好、深入雒邑問鼎周室、和秦國結盟等等。此外文中通常會提及帶軍進攻的方位或地點，或是攻擊的頻率或時間點，強調軍隊行進的方位和時機點，也使敘述者能夠掌握動詞中所結合的具體概念是「軍隊」的整體概念，而非「兵器」。相較於動詞「兵 v1」、「兵 v2」來說，「兵 v3」前面的主語是君王或將帥（指揮軍隊的人）以及指出軍隊行進方向的方位詞，動詞後面沒有具體攻擊的敵方和使用兵器等細節，因此「兵 v3」用來描述「以軍隊進攻」的事件關係比「用兵器砍殺」、「拿取兵器」更為貼切。

4.2.4 小　結

總結上述的語料分析，我們試圖歸納動詞「兵」在語意和句法結構上所呈現的對應關係，結果如下圖 4.1 所示：

圖 4.1：動詞「兵」的意義和相應結構

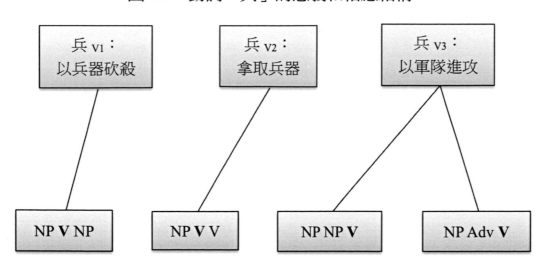

　　圖 4.1 呈現了名詞「兵」做動詞時描述的意義和與之相對應的句法結構。「兵 v1」、「兵 v2」、「兵 v3」分別指名詞「兵」轉類成三種意義不同的動詞，對照動詞所出現的句法結構，我們發現「兵 v1」和「兵 v2」有各自相應的句法結構來區別兩者的意義，但是「兵 v3」則可能出現在兩種句法結構中，卻描述同樣的事件關係「以軍隊進攻」，說明了動詞意義和所對應的結構並非絕對的一對一關係。

　　再者，我們發現構成名動轉變的句法環境可分為兩類，一類是兩個以上的並列名詞，當其中一個名詞成為描述事件的中心詞，和前後名詞構成主謂、動補或動賓關係，且並列名詞間能加入助動詞、副詞或否定副詞加以修飾，便可能轉變為動詞；另一類是名詞置於不及物動詞後，描述同一個主詞的連續動作（王力 1989，楊伯峻、何樂士 1992，許威漢 2002）。換言之，和名詞「兵」並列的名詞，或名詞「兵」所在的句中主詞必定是能與之產生事件關係的人或物，要分析動詞的語意轉變現象，必須先掌握動詞選擇名詞論元的規則，是否有其語意和句法上的限制與典型性。

　　除此之外，我們也觀察到名詞「兵」的具體概念在名動轉變後仍然保留在動詞意義裡，而且隨著表面結構呈現不同的名詞論元，動詞「兵」所包含的具體概念隨之改變為「兵器」或「軍隊」，因此「兵器」或「軍隊」的具體概念在動詞中所扮演的語意角色也成為決定動詞意義的重要因素。在下文的分析中，我們將以動詞「兵」所呈現的事件框架為基礎，進一步討論動詞意義和參與者的關係，幫助我們更具體地掌握動詞「兵」的語意轉變現象。

4.3 動詞「兵」的語意轉變現象

4.3.1 動詞「兵」所呈現的事件框架

　　根據 Fillmore（1982）建構商業事件框架的邏輯，本文嘗試從論元的表現形式歸納動詞「兵」所凸顯的參與者類型。我們發現動詞「兵」在古代戰爭事件中所選擇的參與者有其典型性：上述語料中「秦惠王」、「春申君」、「楚莊王」、「趙」（趙國國君）等具有指揮統帥能力的人可視為參與者「君王」或「將帥」；至於「士」、「下大夫子南」、「左右」、「群臣」、「夫子」等身負武力者可視為參與者「部屬」；又如「萊人」、「從兄子晳」、「伯夷」、「叔齊」、「吳

起」則是事件中被攻打的對象，可視爲參與者「敵方」；最後如「喪所」、「北」、「東」等地方名詞或方位詞可歸類爲參與者「地點」。換言之，動詞「兵」所描述的戰爭框架中可能包含「君王／將帥」、「部屬」、「敵方」和「地點」等典型參與者。

下表 4.4 爲語料中動詞所帶論元的表現形式與參與者類型的對應，在本文以下的框架分析圖中，將以「君王／將帥」、「部屬」、「敵方」和「地點」來代表語料中相對應的動詞論元：

表 4.4：動詞「兵」選擇的參與者類型

動詞「軍」所凸顯的參與者類型	論元的表現形式
君王、將帥	秦惠王、春申君、楚莊王、趙（趙國國君）
部屬	士、下大夫子南、左右、群臣、夫子、士子（皆爲身負武力者）
敵方	萊人、從兄子皙、伯夷、叔齊、吳起
地點	喪所、北、東、

進一步說明框架和句法結構的關係。從小節 4.2 的例句類型和表 4.4 參與者類型的歸納可知，動詞所描述的事件關係不脫離戰爭框架中「君王／將帥」、「部屬」（具備武力的個體）、「敵軍」、「地點」等參與者之間的互動，但動詞意義會隨著句法結構與事件情境的轉變而有所不同。換言之，當名詞「兵」轉變成動詞，其意義會隨著「兵」所出現的句法結構和動詞前後參與者而有所調整，就像前述章節提到買賣框架裡不同動詞分別凸顯框架中不同面向的參與者一樣。接下來本文將以事件框架爲基礎，藉由三種框架視角的呈現解讀動詞「兵」在不同結構中的語意轉變現象。首先我們歸納動詞「兵」在不同結構中所凸顯的參與者，以及當下所描述的動詞意義，請看表 4.5：

表 4.5：古漢語動詞「兵」的意義與使用結構比較

	動詞意義	結　構	動詞前參與者	動詞後參與者	動詞所包含的具體概念
兵 v_1	以兵器砍殺	NP　V　NP　（Prep.－NP）	部屬	敵軍	兵器
兵 v_2	拿取兵器	NP　V　V　（Conj.－VP）	部屬	X	兵器
兵 v_3	以軍隊進攻	NP　Locality/Adv. V（Conj.－VP）	君將	X	軍隊

　　觀察表 4.5 中動詞「兵」出現的語法結構，如果單從動詞前後參與者來說，動詞「兵」大致上可分為兩類，一種是及物動詞，如「兵 v1」前後分別有參與者「部屬」和「敵軍」；另一種不及物動詞，即以「部屬」或「君王／將帥」為主語，後接動詞「兵」描述拿取兵器或以軍隊攻打的概念，如「兵 v2」和「兵 v3」，動詞後沒有其他名詞作為受詞。

　　除此之外，我們還可以觀察到名詞「兵」作為「兵器」或「軍隊」的具體概念雖然包含在事件關係中，卻沒有呈現在表層結構上。在多數情況下，「兵」原本的具體概念不會就此消失，其作為「兵器」或「軍隊」的具體概念可能是戰爭事件中的「工具」（instrument），也可能是戰爭事件中的「受事對象」（theme），包含在「以兵器砍殺」、「拿取兵器」、「以軍隊進攻」、「駐紮軍隊」等事件關係中（Radden & Kövecses 1998；Ruiz & Lorena 2001），受到句中其他參與者的誘發而一併被動詞「兵」凸顯，成為一個併入到動詞中的名詞論元（incorporated NP argument），也就是隱藏在事件框架中的參與者（Peirsman & Geeraerts 2006：292）。比較特別的地方在於，併入到動詞中的名詞論元「兵」所代表的參與者有兩種，一種是「兵器」，另一種則是「軍隊」。

　　承第三章的分析所述，事件框架可以具體呈現所有參與者的互動關係，包含併入到動詞中的「兵器」或軍隊」。我們認為「兵」的具體概念可以作為隱藏在戰爭框架中的參與者，相當於動詞「兵」帶了一個論元在動詞裡，從表層結構看不出來，必須藉由動詞「兵」的事件框架進一步呈現出來。因此我們將嘗試建立名詞「兵」轉變為動詞所呈現的戰爭框架。

　　根據本文語料中動詞「兵」所描述的戰爭事件，以及我們認知背景中對古漢語戰爭框架的理解，「兵」（兵器、軍隊）是戰爭事件中的武力來源，在戰爭進行的過程中無論是兵器或軍隊都可以成為「處置、操作的對象」，或者是攻打敵方「所憑藉的工具」。其中和「兵器」相關的事件關係可能包含部屬（具備武力者）拿取兵器或是用兵器砍殺等典型事件；和「軍隊」相關的事件關係則可能包含君王／將帥以軍隊進攻某方位，或者是駐紮軍隊等典型事件。因此當我們看到「兵」這個詞彙，與之相關的參與者如「君王／將帥」（指揮軍隊的人）、「部屬」（具備武力的人）、「敵方」、「地點」（駐紮地點或作戰方位）、「兵」（兵器或軍隊）等相關概念都會一併在戰爭框架中被誘發出來，形成一個包含參與者「兵」的典型戰爭框架（Fillmore 1982；江曉紅 2009；張榮興 2012）。下圖

4.2 爲名詞「兵」轉變爲動詞後所呈現的戰爭框架：

圖 4.2：動詞「兵」的典型戰爭框架

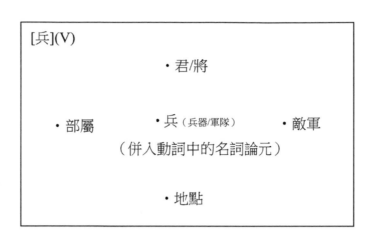

　　如圖 4.2 所示，其中參與者「兵」代表「兵器」或「軍隊」的具體概念，是併入到動詞中的名詞論元，在此可視爲隱藏在事件框架中的參與者，在表面結構上看不到，但仍能藉由動詞「兵」的典型戰爭框架呈現出來。若能將「兵」作爲「兵器」或「軍隊」的具體概念視爲戰爭框架中的必要參與者，便能確切掌握動詞「兵」所描述的事件關係，分析動詞「兵」的語意轉變現象。觀察圖 4.2 中出現的其他參與者可知，動詞「兵」最常選擇的參與者和動詞「軍」不太一樣，包含「君／將」（君王或將帥）、「敵軍」、「部屬」、「兵」（動詞會根據不同事件關係凸顯軍隊或兵器的具體概念），以及大多以介詞詞組帶入的次要參與者「地點」（Ungerer & Schmid 2006：211）。

　　以事件框架的概念重新觀察表 4.5，動詞「兵」所凸顯的必要參與者除了動詞前後的論元（即主詞、受詞），還包括最右邊欄位中動詞所包含的具體概念，我們視之爲併入到動詞中的論元（即隱藏在框架中的必要參與者）。因此本文將動詞「兵」所描述的事件關係分爲兩種類型：一類動詞凸顯了隱藏在事件框架中的參與者「兵器」，如「兵 $_{v1}$」（以兵器砍殺、殺害）描述部屬、兵器和敵軍的事件關係，而「兵 $_{v2}$」（拿取兵器）則單純描述部屬和兵器的事件關係；另一類動詞凸顯了隱藏在事件框架中的參與者「軍隊」，如「兵 $_{v3}$」（以軍隊進攻）描述君王（將帥）、軍隊和進攻方位的事件關係。

　　此外，參與者出現的位置也有特定限制，第一類動詞最前面的參與者只能是「部屬」（具備武力的人），第二類動詞最前面的參與者只能是「君王／

將帥」（指揮軍隊的人）。當「部屬」（具備武力的人）作為主語及施動者，所描述的事件關係和部屬對兵器的處置或操作方式有關，如「拿取兵器」、「以兵器砍殺、殺害」等，此時動詞後面若有參與者，則必為「敵方」，描述部屬以兵器砍殺敵方的戰爭事件；當「君王／將帥」（指揮軍隊的人）作為主語或施動者，所描述的事件關係和君王、將帥對軍隊的處置或操作方式有關，如「以軍隊進攻」，此時方位詞置於動詞前，著重於描述帶軍進攻的方位。

　　換言之，動詞「兵」對於參與者的選擇並非零散而隨意的，之所以能夠產生四種不同的動詞意義，和動詞所凸顯的參與者，以及參與者所出現的位置有很大的關係。我們認為動詞「兵」在不同結構中有其各自凸顯、聚焦的「框架視角」，或可稱之為「事件觀察視角」（Perspective of warfare event frame evoked by verb 兵）（Fillmore 1977：87, Ungerer & Schmid 2006：207-209，田臻 2014：69）。接下來我們將逐一討論「兵」的三種動詞意義所誘發的框架視角或事件觀察視角。

4.3.2 參與者「兵器」結合在動詞中的事件框架

　　此部分所討論的是參與者「兵器」結合在動詞「兵」中的事件框架，以下分別就動詞「兵 v1」和「兵 v2」所描述的事件關係進行討論。

　　首先是敘述者使用動詞「兵 v1」（以兵器砍殺、殺害）所呈現的事件框架。對照下表 4.6 和圖 4.3 的框架圖可知，敘述者使用動詞「兵 v1」描述的戰爭事件包含「部屬」（具備武力的人）、「兵器」、「敵軍」（敵方）甚至是「地點」等參與者，而這些參與者又會進一步誘發出隱含在戰爭事件框架中的其他參與者如「君王／將帥」等，使之一併浮現在閱讀者的認知框架中，構成當下的「戰爭事件框架」（Fillmore 1982；Radden & Dirven 2007；江曉紅 2009；張榮興 2012：3；田臻 2014）。

表 4.6：動詞「兵 v1（以兵器砍殺、殺害）」在句法結構中選擇的參與者

NP	V	NP	（Prep.－NP）
部屬	兵 v1 （以兵器砍殺、殺害）	敵方	（於－地點）

圖 4.3：動詞「兵 vɪ」的框架視角分析圖

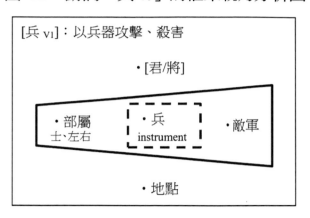

　　如上圖 4.3 的框架視角分析圖所示，梯形的實線方框爲「兵 vɪ」所凸顯的框架視角，「兵」（兵器）的具體概念包含在動詞所描述的事件關係中，但並沒有在表層結構呈現出來，因此以虛線方框呈現。敘述者除了藉動詞「兵 vɪ」凸顯必要參與者「部屬」（武裝的下士、左右）和「敵軍」（敵人）的關係，也同時將併入到動詞中的參與者「兵器」凸顯出來，將具體的兵器視爲部屬砍殺敵人所憑藉的工具（instrument），讓人進一步聯想到兵器整體的「外在形式」（或可從前後文得知），本身具備的「攻擊能力」（傷害、殺死）和攻擊敵人採用的「動作方式」（砍、擊、刺、割）。表面上是描述「部屬」（武裝的下士、左右）和「敵人」的事件關係，但進一步將「兵器」作爲戰爭打鬥時所憑藉的工具概念結合進來，才能產生「以兵器砍殺、傷害」的意義（Clark & Clark 1979；Liu 1991：161；Tai & Chan 1995；Radden & Kövecses 1998, 1999；Ruiz & Lorena 2001）。而「戰鬥地點」等地方名詞則是屬於事件中可能被提及但較不被凸顯的參與者，因此可藉由介詞詞組的形式置於動詞後，補充說明戰鬥發生的地點，如「兵於喪所」。至於像事件中「君王／將帥」（指揮部屬的人）這一類參與者則被隱含在框架中，沒有藉由單句語言形式表現出來，但可以從前後文中所提到的「太公、孔丘、子產」（君王／將帥）進一步被誘發出來，因此以括號[　]的方式呈現。

　　歸結上述，動詞「兵 vɪ」在此框架視角中主要描述部屬用兵器砍殺敵人的事件關係，事件情境通常是描述打鬥衝突的當下細節，前後文提及事件發生的背景和結果，甚至直接提及兵器的具體概念。動詞前面所凸顯的必要參與者必爲具有武力的部屬（下士、左右），動詞後面通常是被攻擊的參與者「敵人」，才能構成「部屬以兵器砍殺敵人（在某地）」的事件關係。

　　再者是敘述者使用動詞「兵 v2」（拿取兵器）所呈現的事件框架，描述戰鬥過程中的一個環節。對照下表 4.7 和圖 4.4 的框架圖可知，敘述者使用動詞「兵 v2」描述的戰爭事件包含「部屬」（具備武力的人）和「兵器」兩個參與者，而這些參與者又會進一步誘發出隱含在戰爭事件框架中的其他參與者如「君王／將帥」、「敵軍」（敵方）甚至是「地點」等，使之一併浮現在閱讀者的認知框架中，構成當下的「戰爭事件框架」。

表 4.7：動詞「兵 v2（拿取兵器）」在句法結構中選擇的參與者

NP	V	V	（Conj.－VP）
部屬	反（返）	兵 v2 （攜、帶、提、拿、取兵器）	（而－鬥）

圖 4.4：動詞「兵 v2」的框架視角分析圖

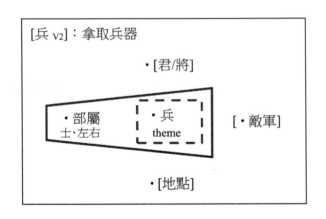

　　如上圖 4.4 的框架視角分析圖所示，梯形的實線方框為「兵 v2」所凸顯的框架視角，「兵」（兵器）的具體概念包含在動詞所描述的事件關係中，但並沒有在表層結構呈現出來，因此以虛線方框呈現。敘述者除了藉動詞「兵 v2」凸顯必要參與者「部屬」（具備武力的人）外，也同時將併入到動詞中的參與者「兵器」（武器）凸顯出來，具體指出戰鬥過程中部屬欲發動攻擊時所處置的對象（theme），讓人進一步聯想到兵器整體的「外在形式」（或可從前後文得知），以及部屬處置兵器的「動作方式」（攜、帶、提、拿、取）。表面上只描述和「部屬」相關的事件關係，但必須進一步將「兵器」作為受事對象結合進來，才能產生「拿取兵器」的意義。至於像「君王／將帥」、「敵軍」、「地點」這一類的參與者則被隱含在框架中，沒有藉由單句語言形式表現出來，

但卻可以從並列動詞所構成的連續事件，前後文提及的事件背景、攻擊對象，甚至是相遇的地點進一步被誘發出來，因此以括號[　]的方式呈現。

　　歸結上述，動詞「兵 v2」在此框架視角中主要描述部屬（具備武力者）拿取兵器的事件關係。事件情境通常發生在兩方人馬相遇的當下，前後文描述事件發生的背景，甚至直接提及兵器的概念。動詞前所凸顯的必要參與者爲「部屬」（具備武力的個體），動詞後沒有其他參與者，通常和前後動詞（反、鬥）構成「部屬（返家）拿取兵器（並開始戰鬥）」的連續事件。

4.3.3 參與者「軍隊」結合在動詞中的事件框架

　　此部分所討論的是參與者「軍隊」結合在動詞「兵」中的事件框架，以下就動詞「兵 v3」所描述的事件關係進行討論。

　　首先是敘述者使用動詞「兵 v3」（以軍隊進攻）所呈現的事件框架。對照下表 4.8 和圖 4.5 的框架圖可知，敘述者使用動詞「兵 v3」描述的戰爭事件包含「君王／將帥」、「軍隊」和「地點」（方位詞）等參與者，而這些參與者又會進一步誘發出隱含在戰爭事件框架中的其他參與者如「敵軍」、「兵士／部屬」等，使之一併浮現在閱讀者的認知框架中，構成當下的「戰爭事件框架」。

表 4.8：動詞「兵 v3（以軍隊進攻）」在句法結構中選擇的參與者

NP	Locality / Adv.	V	（Conj.－VP）
君王、將帥	北 東	兵 v3 （以軍隊進攻）	（至離）
	急		（以－示秦）

圖 4.5：動詞「兵 v3」的框架視角分析圖

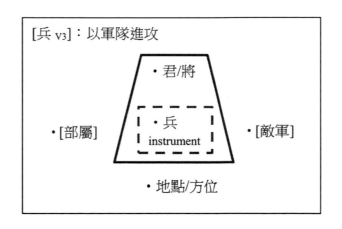

　　如上圖 4.5 的框架視角分析圖所示，梯形的實線方框為「兵 v3」所凸顯的框架視角，「兵」（軍隊）的具體概念包含在動詞所描述的事件關係中，但並沒有在表層結構呈現出來，因此以虛線方框呈現。敘述者不僅藉由動詞「兵 v3」凸顯必要參與者「君王／將帥」，也同時將併入到動詞中的參與者「兵」凸顯出來。受到參與者「君／將」的影響，此時「兵」代表的是軍隊的具體概念。由於此時的軍隊是君王或將帥發動攻擊所憑藉的武力、工具（instrument），容易讓人進一步聯想到軍隊進攻的「作戰方式」和「方位地點」。表面上是描述「君王／將帥」攻打某方的事件關係，但進一步將「軍隊」當作戰爭時憑藉的工具概念結合進來，才能產生「以軍隊進攻（某方）」的意義（Clark & Clark 1979；Liu 1991：161；Tai & Chan 1995；Radden & Kövecses 1998, 1999；Ruiz & Lorena 2001）。而表攻進地點的方位詞「北、東」則屬於事件中被提及但較不被凸顯的參與者，通常直接置於動詞前。至於事件中「部屬」和「敵軍」這一類參與者則被隱含在框架中，沒有藉由單句語言形式表現出來，但可以從前後文中所提到的我方部屬或敵方國家進一步被誘發出來，點出軍隊進攻的細節，因此以括號 [ ] 的方式呈現。

　　歸結上述，動詞「兵 v3」在此框架視角中主要描述君王或將帥憑藉軍隊武力朝進攻某方的事件關係，事件情境是發生在戰爭當下，前文提及戰事發生的背景或循序漸進的作戰進程，後文點出帶兵進攻所（欲）達到的目的。動詞前面所凸顯的必要參與者必為「君王／將帥」，且通常會帶入方位詞或頻率副詞，構成「君王／將帥（馬上）以軍隊向某方進攻」的事件關係。動詞後沒有其他參與者，主要後接動詞詞組描述帶兵攻打的目的或結果。

4.3.4 小　結

　　在上述分析中，我們可以看到參與者「兵」在不同框架視角下的語意轉變現象，動詞的意義或用法會根據事件框架中所凸顯的參與者而有所改變。下表 4.9 進一步比較了動詞「兵」在不同框架視角中所凸顯的前後參與者，以及併入動詞中的參與者「兵器」或「軍隊」在不同事件框架裡所扮演的角色。

　　當動詞凸顯了事件框架中隱藏的參與者「兵器」，則動詞前的參與者必為「部屬」（具備武力的人），如「兵 v1」和「兵 v2」。其中「兵器」若以工具角色結合到動詞中，動詞後的參與者必為「敵方」（敵人），有時會以介詞詞組

一併凸顯次要參與者「地點」（戰鬥地點），構成「以兵器砍殺」的意義，如「兵 v1」；若「兵器」是以受事角色結合到動詞中，動詞前後通常結合其他動詞詞組，構成「拿取兵器」的意義，如「兵 v2」。

　　當動詞凸顯了事件框架中隱藏的參與者「軍隊」，則動詞前的參與者必為「君王／將帥」，如「兵 v3」。當「軍隊」以工具角色結合到動詞中，動詞前通常會帶入表「方位／地點」的參與者，構成「以軍隊向某方進攻」的意義，如「兵 v3」。綜觀動詞「兵 v1」、「兵 v2」和「兵 v3」所描述的事件情境，都是戰爭事件中某個特定環節，或者是部屬拿取兵器和敵人戰鬥，或者是君王、將帥指揮軍隊進攻某方，動詞「兵」可以選擇任何一段事件關係加以凸顯描述。請參照表 4.9：

表 4.9：古漢語動詞「兵」在不同框架視角中所凸顯的參與者

動詞	動詞意義	動詞前後所凸顯的必要參與者		隱藏在框架中的必要參與者	框架邊緣的參與者	上　下　文　語　境
		動前名詞	動後名詞	名詞論元併入動詞	（介詞）－名詞	
兵 V1	以兵器砍殺	部屬	敵軍	兵—工具	（攻擊地點）	1.前後文提及兵器或攻擊動作等細節 2.有具體的攻擊者和攻擊對象
兵 V2	拿取兵器	部屬	X	兵—受事者		1.前後文提及攻擊對象，必為立場與主語相對的仇人 2.前後文提及具體兵器 3.和前置動詞「反」構成返家拿取兵器的連續事件 4.後文承接拿取兵器進而產生的打鬥事件
兵 V3	以軍隊進攻	君王將帥	X	兵—工具	進攻方位	1.前後文提及戰爭情勢和進程。 2.動詞前有具體的方位詞或頻率副詞，主要描述帶軍隊進攻的方向或頻率

　　根據表 4.9 總結上述分析，我們發現每一類動詞描述的事件情境都和戰爭事件相關，但細節上仍略有不同。必須強調的是，我們並非單憑動詞「兵」在每個例句中所凸顯的參與者來決定動詞的意義，因為動詞所在的事件情境，也

會影響動詞意義的解讀。反之，上述分析是我們在已知動詞語意的前提下，進一步去探討動詞在特定的事件情境中，傾向於選擇哪些參與者來描述他們的互動關係，構成不同的動詞意義。

因此，除了瞭解事件的背景情境，要掌握動詞的語意轉變現象，還必須進一步根據事件關係中參與者的位置，也就是主詞、受詞或置於介詞詞組中的地點、時間等，來判斷動詞帶有的語法特點，以及可能描述的事件關係（Fillmore 1982）。再觀察隱藏在框架中的參與者「兵」，藉由事件框架的分析，我們發現代表「兵器」、「軍隊」的名詞論元實際上仍與動詞「兵」建立特定的語法關係，因此可以「工具」或「受事者」的語意角色結合到動詞的意義中（Clark & Clark 1979；Liu 1991；Tai & Chan 1995），如同小孩學習新動詞的過程，認知概念中會將特定事物（如施事者或受事者）和特定動作連結在一起，構成他所認為的動詞意義（Imai et al 2008），我們認為古漢語中原本代表具體事物的名詞「兵」一開始作動詞使用時，所描述的事件關係也會將「兵器」或「軍隊」的具體事物和特定的動作連結在一起，隨著事件框架中互動的參與者不同，隱藏在事件框架中的參與者「兵」會被誘發出「兵器」或「軍隊」的意義，描述使用兵器的細節或具體的帶兵攻打事件（Xing 2003），如「兵 v1」（以兵器砍殺）凸顯的是「部屬」、「兵器」和「敵人」的互動關係；而「兵 v3」（以軍隊進攻）則凸顯「君王」、「軍隊」和「地點」的互動關係。

4.4 名動轉變語意延伸的認知策略

本節將討論詞彙語義延伸的機制，主要闡述名詞為何可以在特定情境下延伸出動詞的用法和意義，呈現出詞彙多義的樣貌。根據上述的推論可知，動詞「兵」之所以具有不同的意義，是因為敘述者從特定的框架視角切入，決定了動詞前後所凸顯的必要參與者，用以描述不同的事件關係。McCawley（1971）、Tai（1997）認為動詞意義的形成，除了考量語法結構的影響外，還必須回到詞彙內部處理語意合併的問題。因此接下來我們將回到詞彙「兵」本身的屬性結構，分析名詞轉變成動詞的過程，探討名詞延伸出動詞用法背後的認知規則。

誠如第三章對詞彙「軍」名動轉變現象的推論，我們認為不同的框架視角決定動詞所描述的事件關係，但名詞能夠產生動詞的意義，還是要回歸詞彙本

身，從我們對詞彙的認知框架討論意義建構與組合的過程。本小節我們將以張榮興（2015）所設計的「事物屬性結構」作爲分析基礎，進一步討論名詞如何從參與者的具體概念延伸出描述抽象事件關係的動詞意義。

　　如下圖 4.6 所示，我們根據「事物屬性結構」模組來建立詞彙「兵」所隱含的概念框架，可用以呈現古人腦海中和「兵」相關的認知結構，並反應敘述者如何將詞彙「兵」不同面向的意義概念組織在一起。當然，眞正和詞彙「兵」相關的概念框架可能更爲龐大繁雜，我們只能盡可能將重要且典型的概念面向呈現出來。此圖歸納了古漢語語料中詞彙「兵」可能呈現的屬性結構，由「兵」所組成的複合詞即根據所強調的面向不同，構成了不同的詞彙。如下面三種類型的例子皆是以詞彙「兵」強調其「外在形式」：

　　第一、如兵鋒（兵器尖銳的部分）、兵刃、兵刀、兵矢、兵杖（仗）、兵弩（兵刃和弓弩）、短兵、兵甲、兵戟、兵戈、兵革（兵器和甲胄）、兵馬、兵械、兵具、兵器等，所強調的面向是兵器整體或部分的外在形式。

　　第二、如兵子、兵卒、兵丁、兵人、兵士、士兵、軍兵、班兵、徒兵（步兵）、騎兵、兵官、兵長（兵卒的長官）、兵目（士兵的頭目）、兵主（軍隊的主帥）所強調的是作爲兵士、軍人等個體的外在形式。

　　第三、如全兵、國兵、州兵、師兵、兵伍（軍隊）、軍兵、兵師、兵團、兵首（軍隊前鋒）、殘兵、餘兵、懸兵（孤軍）所強調的是軍隊或軍團整體的外在形式。

　　當所強調的面向在於兵器或軍隊的「內在能力」，如兵器本身的優劣、軍隊本身的武力強弱、兵謀戰略的運用，甚至是軍隊法紀組織嚴謹與否，則其表現形式可能如下：

　　第一、如鈍兵（粗劣破敗的兵器）、白兵（銳利的兵器）、兵木（兵器如盾木）、兵利（兵器銳利）、佳兵（銳利的兵器），所強調的是兵器能力的優劣。

　　第二、如銳兵（精銳的士卒）、精兵、強兵、兵力、兵勢（兵力情況）、兵威（軍隊的威勢），所強調的是軍隊勢力或武力的強弱。

　　第三、如兵柄（軍權）、兵權、兵謀、兵機、兵略、兵家、兵法、兵紀，所強調的是兵謀戰略的運用。

從屬性結構中的「動作」面向來說，強調的是和「兵器」或「軍隊」相關的動作方式或動作目的，如下面三種類型的例子皆是以詞彙「兵」強調相關的事件關係：

第一、如操兵、持兵、陳兵、曲兵（彎曲刀刃）、礪兵（磨利兵器）、砥兵（磨利兵器）、斂兵（收起兵器）著重在人對兵器的操作方式上。

第二、如設兵（設置軍隊）、布兵（布列軍隊）、治兵、提兵（率領軍隊）、領兵、還兵、進兵、調兵、遣兵、按兵著重在人對「軍隊」的處置方式上；如兵暴（軍隊暴動）、兵變（軍隊叛變）、兵譁、兵譟、兵戰著重在軍隊本身的動作方式上。

第三、如駐兵、宿兵（駐紮軍隊）、兵敗（戰爭失利）、兵死（死於兵刃）、兵饑（因戰爭產生的飢荒）、兵荒（因戰爭造成的飢荒或其他災禍）則著重於軍隊或兵器在作戰前後的動作目的。

此外，屬性結構中也包含「和動作相關的事物」，也就是能和詞彙「兵」的動作產生關連性的人、事、物，事實上就是戰爭框架中的參與者，如「君王／將帥」、「部屬」（具備武力的個體）、「敵軍」和「地點」等，藉由這些參與者的互動，才能進一步誘發和兵器或軍隊相關的事件關係。

圖 4.6：詞彙「兵」的屬性結構

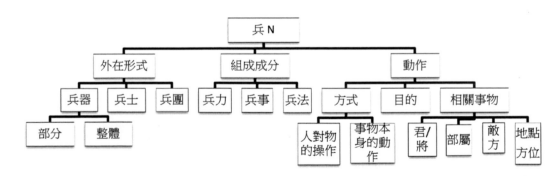

再參照本章節中提到的例子，古代漢語和「兵」相關的典型詞彙除了可以藉由複合詞形式強調其屬性結構中的意義面向（張榮興 2015：19-20），也可直接以單一詞彙「兵」將不同面向的複合概念包含進來，用以描述特定的事件關係，如前述動詞「兵」的三種意義與用法。從詞彙的構詞動機來說，同一個詞彙出現了不同的用法和意義，可能是因為事件情境與角度不同，敘述者所選用的框架視角誘發詞彙屬性結構中不同的意義面向所致，我們視之

為運用轉喻策略所創造的詞彙。被選擇用來描述特定事件關係的動詞通常不是隨機決定的，而是為了強調某種特定意義和面向（張榮興 2015：20）。特別是該詞彙原本是名詞，取「外在形式」或「組成成分」的面向作為其典型意義，但因受到不同框架視角的誘發，藉由轉喻策略的運用，在同一屬性結構的範疇下，轉而兼取「動作」面向來描述非典型的動作關係，使名詞產生動詞的意義和用法。換言之，名詞不是在任何情況下都能轉類為動詞，詞彙能夠取用屬性結構中和動作相關的面向，還必須配合事件框架中能與之產生意義繫聯的參與者，以及條件適合的句法結構。如同 Tai（1997）從名詞內部動態語意成分的誘發來討論名動轉變現象一樣，語言使用者會根據事件情境在詞彙內部先處理好語意合併的問題（MaCawley 1971），再搭配適當的句法結構來表達。

接下來我們要進行的討論，便是藉由屬性結構的概念更具體地呈現名詞產生動詞意義的構詞動機與造詞策略，也就是名詞轉變為動詞的過程。以本章分析的詞彙「兵」為例，當詞彙「兵」出現在語法結構中動詞的位置，動詞所指派的前後參與者會誘發（activate）我們喚起背景知識中對「兵」整體屬性結構的連結，特別是屬性結構中和「動作」面向相繫聯的部分，這些被誘發的意義面向超越了原本「兵」單純作為名詞的概念而成為整個屬性結構中的顯著成分（salient element），進而使名詞「兵」（兵器、軍隊）藉由「部分代表整體」（PART FOR WHOLE）的轉喻機制（metonymy）用以代表整個和軍隊或兵器相關的事件關係，產生動詞的用法和意義。

圖 4.7 到 4.9 所呈現的便是詞彙「兵」分別在不同框架視角下所取用的詞彙屬性面向，詞彙所取用的面向不同，表示詞彙意義組成的來源不同，我們嘗試結合前面關於事件框架的分析，進一步來討論詞彙意義的形成。每一個動詞類型都反映了「兵」屬性結構中的部分語意面向，這些動詞與屬性結構中各種面向的關連，在圖 4.8 到 4.10 中分別以實線連結顯示，代表動詞所凸顯的語義面向：

首先以前文的例子說明動詞「兵 v1」在屬性結構取用的面向。動詞「兵 v1」取用的是屬性結構中「組成成分」、「動作方式」，和「動作相關事物」三個面向。如例（13）和圖 4.7 所示：

（13）（子南）執戈逐之，及衝擊之以戈，子晳傷而歸告大夫⋯⋯子產
執子南而數之曰「⋯⋯今君在國，女用兵焉，不畏威也。⋯⋯子
晳上大夫，女嬖大夫而弗下之，不尊貴也；幼而不忌，不事長也；
兵其從兄，不養親也。〈左傳・昭公元年〉（同例（2））

譯文：（子南）拿著長戈去追趕子晳，追到通行的大道上，子南用長戈擊他，
子晳著了傷後回家去告訴諸大夫⋯⋯子產便使人拘執子南並責備他
說：「⋯⋯如今有君主在國中，你卻擅自使用兵器，這便是不畏國君
的威武。⋯⋯子晳是上大夫，你是下大夫而又不肯在他下面，這是
不尊重貴人；年紀小而不敬畏，這是不侍奉長者；**用兵器對付**堂兄，
這是不奉養親屬。（王守謙、金秀珍、王鳳春 2002：1539-40；李宗
侗 1987：1045）

圖 4.7：動詞「兵 v1」在屬性結構取用的面向

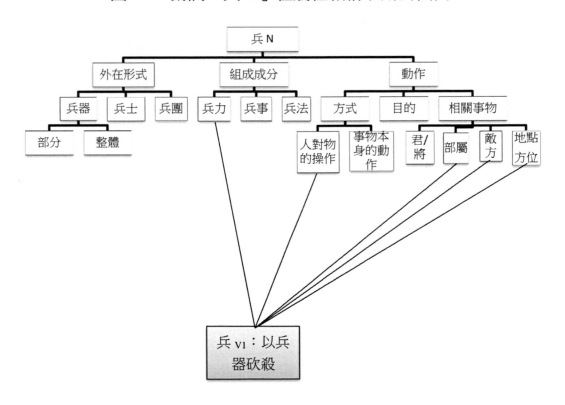

例（13）的事件情境發生在打鬥過程中，大多包含以兵器砍殺的細節，
甚至直接提及兵器的具體概念，前後文也會提及事件發生的背景和結果。動
詞「兵 v1」主要描述「部屬」（具備武力的人）、「兵器」和「敵方」的互動，

在某些情況下也會一併凸顯次要參與者「地點」協助建構「以兵器砍殺」的事件關係，如例（4）中的**群臣攻吳起，兵於喪所**。觀察圖 4.7 右側「動作相關的語意面向」可知，在動詞「兵 v1」描述的事件關係中，「部屬」憑藉兵器攻打「敵方」（在某地），部屬對兵器的操作和隱藏在事件框架中的參與者「兵」（兵器）產生繫聯，使敘述者進一步取用「兵」屬性結構中兵器所具備的「組成成分」（兵力、攻擊力、殺傷力），和兵士部屬操作兵器的「動作方式」（揮、砍、射、擊），加上「部屬」、「敵方」甚至是「地點」三個和事件相關的參與者，這些受到凸顯的面向一同構成「以兵器砍殺」的動詞意義。

再以前文的例子說明動詞「兵 v2」在屬性結構取用的面向。動詞「兵 v2」取用的是屬性結構中「外在形式」、「動作方式」，和「動作相關事物」三個面向。如例（14）和圖 4.8 所示：

（14）子夏問於孔子曰：「居父母之仇，如之何？」夫子曰：「寢苫枕干，不仕，弗與共天下也。遇諸市朝，不反**兵**而鬭。」……曰：「請問居從父、昆弟之仇如之何？」曰：「不爲魁，主人能，則執兵而陪其後。」〈禮記・檀弓上第三〉（同例（5））

　　譯文：子夏問孔子說：「身處父母被殺害的冤仇當怎麼辦？」夫子說：「睡草墊，枕盾牌，不做官，決心不與仇人並存於世。在市上或公門遇見仇人，立即拿出武器決鬥，若沒有帶武器，也不必回去**取武器**就立即決鬥。」……問：「請問身處堂兄弟被殺害之仇該怎麼辦呢？」夫子答道：「不首先動手，如果死者的子弟發難，就握著武器在後面協助。」（江義華、黃俊郎，1997：99）

圖 4.8：動詞「兵 v2」在屬性結構取用的面向

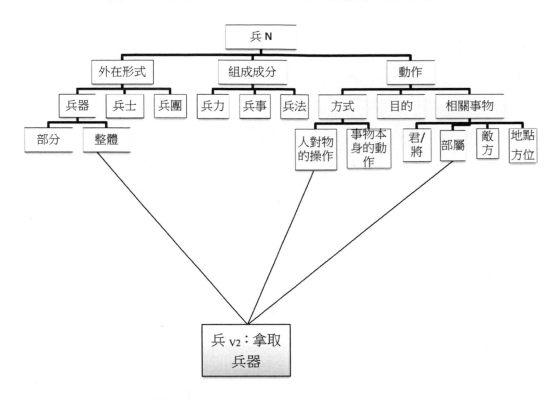

例（14）的事件情境發生在打鬥過程中，結合前後文描述返家拿取兵器打鬥的整個連續事件，有時前後文會提及兵器的具體概念。動詞「兵 v2」主要描述「部屬」（具備武力的人）和「兵器」的互動，動詞前後通常會與其他動詞並列，藉由「反兵而鬥」（返家拿取兵器去戰鬥）的連續事件，協助建構「拿取兵器」的事件關係。觀察圖 4.8 右側「動作相關的語意面向」可知，在動詞「兵 v2」描述的事件關係中，「部屬」返家拿取兵器去戰鬥，部屬對兵器的處置和隱藏在事件框架中的參與者「兵」（兵器）產生繫聯，使敘述者進一步取用「兵」屬性結構中兵器完整的「外在形式」，和部屬處置兵器的「動作方式」（拿、取），加上和事件相關的參與者「部屬」，這些受到凸顯的面向一同構成「拿取兵器」的動詞意義。

最後如例（15）和圖 4.9 所示，動詞「兵 v3」取用的是屬性結構中「組成成分」（內在能力）、「動作方式」，和「動作相關事物」三個面向：

（15）今燕之罪大而趙怒深，故君不如北**兵**以德趙，踐亂燕，以定身封，此百代之一時也。」〈戰國策・楚〉（同例（8））

譯文：如今燕國的罪大而趙國對它則非常憤恨，所以您不如**引兵**北上，對趙
　　　國表示友好，討發無道的燕國以確定自己的封邑，這是幾百年難逢的
　　　機會阿。（繆文遠、繆偉、羅永蓮 2012：485）

圖 4.9：動詞「兵 v3」在屬性結構取用的面向

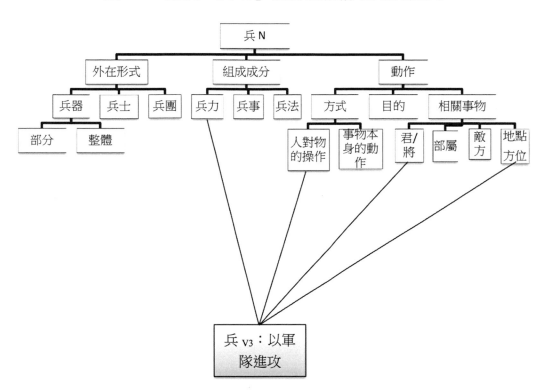

　　例（15）的事件情境發生在戰爭過程中，前後文通常會提及誘發戰爭的原
因和戰爭的結果，但並沒有使用兵器打鬥的細節。動詞「兵 v3」主要描述「君
王／將帥」和「軍隊」的互動，通常會一併凸顯次要參與者「進攻方位」協助
建構「以軍隊進攻」的事件關係。觀察圖 4.9 右側「動作相關的語意面向」可
知，在動詞「兵 v3」描述的事件關係中，「君王／將帥」以軍隊進攻「特定方位」，
君王或將帥對軍隊所採取的操作方式和隱藏在事件框架中的參與者「兵」（軍隊）
產生繫聯，使敘述者進一步取用「兵」屬性結構中軍隊所具備的「內在能力」
（兵力、攻擊力），和軍隊統帥帶領軍隊朝向某方位的「動作方式」（進攻、進
擊、攻向），加上和事件相關的參與者「君王／將帥」及「地點／方位」，這些
受到凸顯的面向一同構成「以軍隊進攻」的動詞意義。

　　上述動詞藉由「兵」的幾個典型特質來描述與之相關的事件關係，所凸顯
的語義面向不同，所描述的事件關係自然有所差異，因而構成不同的動詞意義。

下面的總圖可以更清楚地觀察到動詞「兵 v1」、「兵 v2」和「兵 v3」分別反映了「兵」屬性結構中的部分語意面向，在圖 4.10 中分別以實線連結顯示，代表三種動詞所凸顯的語義面向：

圖 4.10：動詞「兵」在屬性結構取用的面向

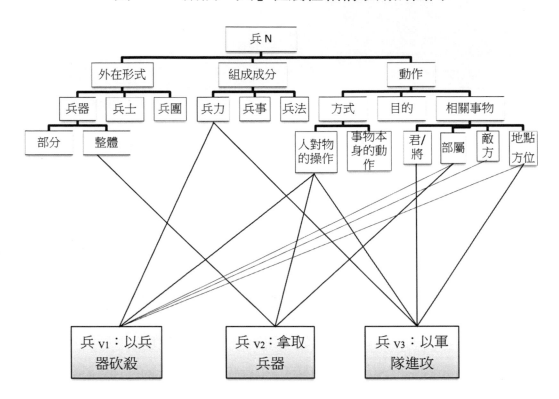

圖 4.10 總合了動詞「兵 v1」、「兵 v2」和「兵 v3」所取用的語意面向。分析名詞「兵」語意延伸的認知策略，可以發現「兵」的動詞意義雖然延伸自名詞，但受到不同事件框架的影響，敘述者會根據框架中所凸顯的參與者，取用名詞「兵」屬性結構中和該事件相關的語意面向，藉由「部分代表整體」的轉喻策略用以代表整個和兵器、軍隊相關的事件關係，產生動詞的用法和意義，是屬於同一屬性結構中的概念映攝（Radden & Kövecses 1998; Radden & Dirven, 2007）。其中被取用的語意面向包含「兵」所具備的「外在整體形式」（兵器或軍隊）、「兵」作為兵器或軍隊的「內在能力」（兵力、攻擊力）、人操作兵器或軍隊的「動作方式」（砍殺、拿取、攻打）等。

依據事件框架中參與者的互動，我們從屬性結構中歸納出動詞意義組成的規則。在動詞「兵 v1」和「兵 v2」所凸顯的事件框架中，描述「部屬操作兵器的動作方式」。當施動者是部屬，且受事者為敵方時，兵器的內在能力被凸顯，

其具體概念會併入到動詞中，使「兵 v1」選取「組成成分」、「動作方式」和「動作相關事物」三個語意面向，構成「以兵器砍殺」的意義；當施動者是部屬，但事件中沒有其他的受事者，兵器的外在整體形式被凸顯，其具體概念也會併入到動詞中，使「兵 v2」選取「外在整體形式」、「動作方式」和「動作相關事物」三個語意面向，構成「拿取兵器」的意義。

在動詞「兵 v3」所凸顯的事件框架中，描述「君王處置軍隊的動作方式」。當施動者是君王或將帥，且次要參與者是「進攻方位」時，軍隊的內在能力被凸顯，其具體概念會併入到動詞中，使「兵 v3」選取「組成成分」、「人對物的操作方式」和「動作相關事物」三個語意面向，構成「以軍隊進攻」的意義。

4.5 語意延伸的脈絡

本章節以古漢語戰爭事件中經常使用的詞彙「兵」爲例，探討這詞彙轉類在不同框架視角下所產生的語意轉變現象，以及名動轉變過程中語意延伸的認知策略。文中首要的議題是透過語料分析，掌握名詞「兵」轉變成動詞時的意義類型，以及動詞在句法結構中所選擇的論元。然而，要瞭解動詞所選擇的論元如何影響動詞意義的轉變，則必須進一步闡述論元結構與事件框架的關係，此爲本文的第二個議題。我們先根據動詞所帶的論元類型歸納動詞「兵」在事件框架中所選擇的參與者，並據此建立和動詞「兵」相關的戰爭框架。再從動詞所凸顯的框架視角探討不同參與者所構成的事件關係，藉此區別動詞「兵」在相似結構中的語意轉變現象。

分析過程中我們發現，動詞的意義轉變呈現出兩種不同的類型，一類的動詞意義結合了「兵器」的具體概念，另一類的動詞意義則結合了「軍隊」的具體概念，在本文中視之爲併入到動詞中的論元（參與者），在表面結構中我們看不到這個參與者的存在，必須藉由事件框架進一步將之凸顯。

第一種類型中，動詞「兵 v1」所描述的事件關係受到參與者「部屬」和「敵方」的影響，「兵器」的具體概念以工具角色併入到動詞中，構成「以兵器砍殺」的意義；而動詞「兵 v2」所描述的事件關係則受到參與者「部屬」的影響，「兵器」的具體概念以受事角色併入到動詞中，構成「拿取兵器」的意義。此爲動詞意義轉變的第一種類型。

第二種類型是名詞「兵」受到事件框架中不同參與者的誘發，轉而以「軍

隊」的概念併入到動詞中。在動詞「兵 v3」所描述的事件關係中，受到參與者「君／將」（君王或將帥）和「進攻方位」的影響，「軍隊」的具體概念以工具角色併入到動詞中，構成「以軍隊進攻」的意義。

由此可知，除了從詞彙「兵」所出現的結構位置判斷其詞性的轉變，我們還必須從動詞「兵」所凸顯的框架視角討論參與者間的互動關係，才能進一步掌握動詞「兵」所描述的三種事件關係：分別是以兵器砍殺（兵 v1）、拿取兵器（兵 v2）和以軍隊進攻（兵 v3）。再仔細比較區別，本文的動詞「兵 v3」（以軍隊進攻）和第三章討論到的動詞「軍 v3」（以軍隊攻打）意義相似，但從動詞所凸顯的事件參與者和前後事件情境仍可區別其用法。例如動詞「軍 v3」後接明確的參與者「敵軍」，且動詞前後通常會帶入次要參與者「時間」，強調戰爭發生的時間點或戰事持續的時間長度；而動詞「兵 v3」後面沒有參與者，反而在動詞前帶入次要參與者「方位／地點」，強調軍隊進攻的方位。

然而，並不是所有出現在戰爭框架的名詞「兵」都可以轉類為動詞，我們還必須進一步考量組成詞彙「兵」的屬性結構是否能與事件框架中的參與者產生緊密的意義聯繫。因此在分析過程中面臨的第三個議題，是名詞如何根據所凸顯的事件框架產生不同動詞意義。文中從構成詞彙「兵」的認知結構（屬性結構）切入，探討名詞「兵」如何根據所凸顯的事件框架不同而產生個別的動詞意義。無論是名詞或動詞，詞彙意義並不會因此脫離與之相關的概念框架，也就是詞彙本身的屬性結構。詞彙意義的形成可能來自於具體事物的外在形式、組成成分或與之相關的抽象動作所複合而成。因此我們將名詞轉變成動詞視為一種詞彙意義的延伸與重新組構，也就是敘述者根據當下的框架視角分別取用詞彙屬性結構中相關的意義面向，藉由「部分－整體」的轉喻策略構成動詞意義。

在討論過程中，我們觀察到名動轉變所產生的意義類型，事實上有其語意延伸的先後順序。我們推論，名詞「兵」到動詞的整個語意延伸轉變過程可以分成兩條路徑：第一條是名詞「兵」（兵器）先結合具體概念轉變為描述動作方式的動詞「兵 v1」和「兵 v2」，再轉變為名詞論元消失，完全用以描述抽象事件關係的動詞意義，如「傷害」，並且藉由隱喻機制類比其他事件關係，進一步用以說理〔註12〕。第二條路徑是名詞「兵」由本義「兵器」轉喻為「兵

〔註12〕由於此部分所涉及的語料大多與戰爭框架無關，因此不在本文所討論的主要範圍，

團」（軍隊）後，再結合具體概念轉變爲描述動作方式的動詞「兵v3」。根據第三章的推論，我們認爲名詞動詞化的語意轉變過程可參照 Xing（2003）討論古漢語動詞語法化時所提出的語意三階段轉變過程。此外，我們認爲在意義轉變的過程中，不僅僅是動詞可藉由轉喻、隱喻的延伸發展出虛詞的意義（Xing, 2003：121, 129），名詞亦可能先藉由轉喻、隱喻的延伸產生其他名詞意義，再進一步延伸出動詞的用法。換言之，名詞「兵」在轉變爲動詞的過程中，除了從本義（兵器）出發，也可能先轉喻爲其他名詞概念（如軍隊），進而結合框架視角的限制，使其產生不同程度的意義延伸。請看圖 4.11：

圖 4.11：古漢語「兵」名詞到動詞的語意延伸脈絡

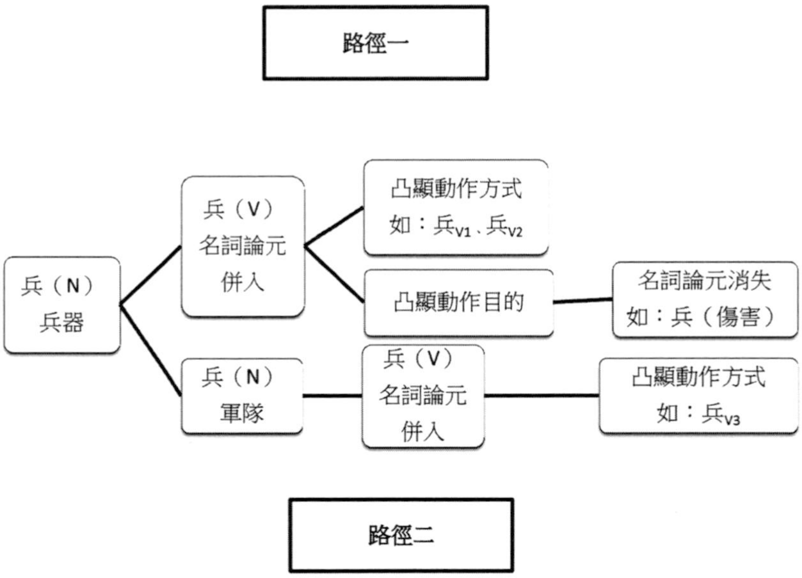

路徑一

兵（N）兵器 → 兵（V）名詞論元併入 → 凸顯動作方式 如：兵v1、兵v2

兵（V）名詞論元併入 → 凸顯動作目的 → 名詞論元消失 如：兵（傷害）

兵（N）軍隊 → 兵（V）名詞論元併入 → 凸顯動作方式 如：兵v3

路徑二

僅舉下面例子藉此補充說明：如例（a）中動詞「兵」（傷害）所描述的是完全抽象的事件關係。其中「反以（樂）自兵」一句意指君王反而因這種音樂而自我傷害，涉及「戰爭框架」與「道德框架」的相互映攝。原本在道德框架中討論的是參與者「生」（君王本性）和「樂」（音樂）的關係，但敘述者藉由動詞「兵」開啟了另一個戰爭框架，描述「生」（君王本性）因「樂」而自我傷害的事件關係。

（a）侈則侈矣，自有道者觀之，則失樂之情。失樂之情，其樂不樂。樂不樂（不能使～樂）者，其民必怨，其生必傷。其生之與樂也，若冰之於炎日，反以自**兵**。此生乎不知樂之情，而以侈爲務故也。〈呂氏春秋・仲夏紀第五〉

譯文：這些音樂可謂侈淫之極了，用合理的眼光來看，則是失去了音樂的眞情。失去（音樂）眞情的音樂，是不能使人快樂的。不能使人快樂的音樂，其人民必然怨恨，其主人必然傷痛，其人主之於音樂，有如冰之與炎日，反用以自害，這是由於不知道音樂的眞情，而專力於侈淫的緣故。（林品石 1985：130）

如上圖 4.11 所示，以本章節中分析詞彙「兵」名動轉變現象的語料爲例，我們嘗試推論動詞意義轉變的兩個階段。在第一個階段中名動轉變的方向方爲兩條路徑：第一條路徑的名詞「兵」從本義「兵器」轉變爲動詞。此時動詞「兵」所描述的是部屬和兵器的事件關係，例如「以兵器砍殺」、「拿取兵器」等，屬於描述戰爭過程中和兵器相關的打鬥細節，無法廣泛運用於多數的戰爭事件上。在這個階段中，「兵器」的具體概念雖然沒有出現在表面結構，但卻是事件框架中被凸顯的參與者，我們可以從事件參與者和動詞「兵」的選用察覺到「兵器」的具體概念已經結合到事件關係中，成爲併入到動詞中的論元（incorporated NP argument），而詞彙「兵」則以動詞的語法功能出現在句法結構中，如「兵 v1」（以兵器砍殺）和「兵 v2」（拿取兵器），在意義上強調結合具體兵器的動作方式。

至於第二條路徑的名詞「兵」則先從名詞本義「兵器」轉喻爲與之概念相關的「軍隊／兵團」，再進一步轉變爲動詞。此時動詞「兵」所描述的是「君王、將帥」和「進攻方位」的事件關係，例如「以軍隊進攻」，這是戰爭過程中重要的典型事件，動詞可以廣泛運用於描述普遍的戰爭事件，但缺乏具體的打鬥細節。在這個階段中，「兵團／軍隊」的具體概念也沒有出現在表面結構，但卻仍是事件框架中被凸顯的參與者，我們可以從事件參與者和動詞「兵」的選用察覺到此時是「軍隊」而非「兵器」的具體概念結合到事件關係中，成爲併入到動詞中的論元，而詞彙「兵」本身則以動詞的語法功能出現在句法結構中，在意義上強調結合具體軍隊的動作方式，如「兵 v3」（以軍隊進攻）。

到了第二階段，由於事件描述的語用需求（Xing 2003：121, 129），例如藉由強調兵器或軍隊所造成的動作目的「傷害、殺害」來描述其他的事件關係，此時「兵器」或「軍隊」的具體概念完全消失，反而是和「兵器」相關的動作目的得到強化，藉由轉喻策略取用詞彙屬性結構中和動作目的相關語意面向，使詞彙「兵」轉變爲單純的動詞，用以描述「傷害」的事件關係（請見註腳 12）。由此可知，名詞動詞化的意義轉變仍然依循著從特指到典型，從具體到抽象的主要路徑，而詞類轉變所遵循的機制，則需要憑藉轉喻和語用推論的過程。所謂語用推論，可能包含動詞在事件框架中所凸顯的必要參與者，以及事件發生的前後語境。

　　透過戰爭框架和詞彙「兵」屬性結構的分析，可以幫助我們瞭解名詞轉變成不同意義類型的動詞，背後可能經歷的認知歷程。觀察本文中名詞「兵」意義發展的脈絡，我們認爲名詞最初產生動詞的用法，主要是用以強調結合具體參與者的事件關係（Imai et al 2008）。一條路徑是結合具體概念「兵器」描述包含操作兵器細節的戰爭事件，如「兵 $_{v1}$」（以兵器砍殺）和「兵 $_{v2}$」（拿取兵器），另一條路徑則隨著名詞意義的轉變，發展成結合具體概念「軍隊」來描述帶兵攻打的典型戰爭事件，如「兵 $_{v3}$」（以軍隊進攻）。之後才進一步發展出不需結合參與者，也不一定要使用在戰爭事件中的動詞，單純用以描述「傷害」的事件關係，所搭配的參與者相對之下較有彈性，且使用上已有其他動詞可以取代（如「傷」、「損」、「耗」……等），在名動轉變的意義延伸過程中應屬於較晚期的用法，但可以使用的語境也更爲廣泛。

第五章　醫療框架中「藥」、「醫」的名動轉變現象

5.1 引　言

　　本章將以古漢語的「醫療框架（the medical frame）」爲基礎，分別探討醫療框架中參與者「藥」、「醫」的名動轉變現象，首先討論動詞在不同事件框架中的語意轉變現象，然後討論名動轉變所運用的語意認知策略。

　　根據《說文解字》所釋：「藥者，治病艸也。」「藥」的本義是「能夠治病的植物，或用來治病的物質」（谷衍奎 2003：431）。在現代漢語中，「藥」大多只能作名詞使用（除了新聞標題），可單獨成詞，或者結合相關的意義成分形成複合詞，如「藥粉、湯藥、藥方、膏藥、藥局、補藥」。而在古漢語中，詞彙「藥」以名詞的用法爲典型，可單獨成詞來泛指所有的藥物，或者在前面加上藥物的種類、質地、功效或特質，如「祝藥、行藥、百藥、善藥、毒藥、石藥、醪藥」等。

　　不過，古漢語詞彙「藥」雖然是以名詞用法爲典型，在先秦時期卻也出現動詞的用法，只是數量不如名詞多〔註1〕。根據辭典的意義，名詞「藥」可以單

〔註1〕根據教育部上古漢語標記語料庫所示，在 146 筆出現詞彙「藥」的語料中，動詞佔約 20 筆，而名詞則佔約 120 筆以上，故我們據此判斷詞彙「藥」在先秦到漢代間

獨被活用為動詞，前後沒有明顯的詞綴標記，用來描述「治療」的事件關係。
然而，再根據實際語料進行歸納﹝註2﹞，我們從《周禮》、《墨子》、《易經》、《莊
子》、《史記》、《水經注》、《黃帝內經》等語料中，發現動詞「藥」可根據不同
的句法結構和事件情境，描述「用藥敷塗」、「使～服藥」、「服藥」、「治療」和
「用藥治療」的事件關係。

　　另一方面，古代漢語詞彙「醫」在先秦時期以作名詞使用為典型﹝註3﹞。《說
文解字》提出「醫者，治病工也。」的說法，意指「治療疾病的人」。春秋時期
的《周禮》曾列舉治病工的類型，分別就醫生所擅長的領域為其職命名，如「瘍
醫」、「獸醫」、「食醫」、「疾醫」等，其中「醫師」則為眾醫之長，屬於朝廷官
職的一種﹝註4﹞。然而，詞彙「醫」在現代漢語中除了作名詞使用，代表「治療
疾病的人」或「醫療相關事物」外，也可以單獨作動詞使用，或者和動詞「治」、
「療」結合形成複合詞「醫治、醫療」，描述醫治疾病的動詞意義。根據語料的
呈現，名詞「醫」在稍晚（約戰國時期）才產生了動詞的用法﹝註5﹞，以零形派
生的方式單獨活用為動詞，用來描述「擔任醫生」、「治療」等事件關係﹝註6﹞，
只是數量不如名詞多。

　　由上述的初步探討可知，古漢語詞彙「藥」和「醫」雖以名詞為典型，但

以作名詞使用為典型。

﹝註2﹞由於本文所做的分析主要聚焦在動詞處於適當語境和語法結構下使讀者產生的意義
　　　詮釋，因此除了辭典中可查到的動詞意義外，本文中所歸納的動詞義類還包含其他
　　　經常出現在語料中的典型描述方式，語料多來自正文中所述的先秦時期經典著作。

﹝註3﹞根據教育部上古漢語標記語料庫所示，在108筆出現詞彙「醫」的語料中，動詞佔
　　　約9筆，而名詞則佔約99筆，故我們據此判斷詞彙「醫」在先秦到漢代間以作名
　　　詞使用為典型。

﹝註4﹞周禮・天官・醫師：「醫師，掌醫之政令，聚毒藥以共醫事。……使醫分而治之，
　　　歲終，則稽其醫事，以制其食。」譯文：醫師執掌醫務的政令，採集味苦性烈的藥
　　　材供作醫療之用……按照所患的病的種類分類歸疾醫、瘍醫醫治，每年終了，考核
　　　他們醫療的成績，作為奉酬的依據。（林尹，1987：45）

﹝註5﹞「醫」作動詞使用可見於《國語》（戰國）、《禮記》（戰國）、《司馬法》（戰國）、《漢
　　　書》（西漢）、《史記》（西漢）等先秦典籍中。

﹝註6﹞根據《中文大辭典》、《辭源》、《漢字形義分析字典》的詞條，「醫」的主要意義是
　　　醫生、醫師，也可做動詞使用描述「治療」、「行醫」等事件關係（林尹、高明 1985：
　　　496；王雲五 1978：211；曹先擢、蘇培成 1999：623）。

做動詞使用時卻能延伸出不同的動詞意義。儘管如此，無論是當時的語言使用者，或是身為後世閱讀者的我們，都可以根據動詞出現的句法結構和語境，進而自動填補、延伸出不同的事件細節，產生符合語境的意義解讀。名詞為何可以做動詞使用，進而產生不同的用法和意義，這並非閱讀者或翻譯者可以任意建構的，而是必須建立在特定語境和語法條件下。

　　本章節的主要議題便是探討古漢語名詞「藥」、「醫」做動詞使用的語意轉變現象，以及名動轉變背後的語意認知策略。分析「藥」、「醫」的名動轉變現象主要分成三個層次，一是從句法結構探討名動轉變的語意類型，二是從事件框架與參與者的互動分析動詞的語意轉變現象，三是從語意認知策略推論名詞如何產生動詞的意義。章節 5.2 到 5.4 先探討詞彙「藥」的名動轉變現象，章節 5.5 繼而探討詞彙「醫」的名動轉變現象。為了瞭解動詞所出現的句法結構和意義，文中分別列舉詞彙「藥」和「醫」作動詞使用的語料進行分析，說明每一個例子的中心主旨，切入相關的句法結構進行討論，歸納動詞所選定的論元和所搭配的結構。為了探討動詞「藥」、「醫」在不同句法結構中的語意轉變現象，我們以事件框架的概念呈現動詞所凸顯的參與者，也就是句法結構中動詞所帶的明確論元和隱含論元，說明不同框架視角下參與者（論元）的互動如何影響動詞意義的詮釋。最後則進一步結合「藥」、「醫」的詞彙屬性結構，藉由事件參與者誘發屬性結構中和事件相關的語意面向，探討「藥」、「醫」動詞語意的構成以及語意延伸背後所運用的認知策略。以漸進的方式從句法結構到語意框架，再從語意框架到認知概念的建構，逐一探討名詞「藥」、「醫」的名動轉變現象，可以幫助我們更瞭解名詞到動詞的語意建構過程。

5.2　動詞「藥」的語意和句法結構分析

　　在本節中，我們將就動詞「藥」出現的句法結構討論其動詞的意義類型，並觀察動詞選用名詞論元的限制，為下文的語意轉變分析先做鋪陳。

5.2.1　「藥 v1」意指用藥敷塗

　　以下將論述我們如何根據動詞出現的句法結構和論元的類型決定「藥 v1」的意義。觀察下面的兩個例子，可以發現名詞「藥」當動詞時（粗斜體字），

如果出現在「名詞組　動詞　名詞組」的結構中，可能用以描述「用藥敷塗」的醫療事件，但還必須進一步討論動詞出現的語境和選擇的論元類型。先以例（1）說明：

（1）凡療獸瘍，灌而劀之，以發其惡，然後*藥*之，養之，食之。〈周禮·天官冢宰下〉

　　譯文：凡是治療畜獸瘍病，需用湯藥灌洗患處，及用砭石刮去其腐肉，使惡毒盡淨，然後**敷藥**、調養、再行餵食。（杜祖貽、關志雄 2004：6；林尹 1997：49）

　　　例（1）提到獸醫的職掌是治療動物的傷口或疾病，連接詞「而、以、然後」銜接一連串的醫療步驟達到治療目的。施動者為獸醫，其中「灌（之）」指獸醫為動物灌飲湯藥，「劀之」指獸醫為動物刮去傷口的濃血腐肉，「以發其惡」是藉由「灌、劀」的動作來排除動物傷口的毒氣或受到感染的組織，再進一步透過獸醫的一連串醫療動作「藥之（用藥物敷塗動物傷口）、養之（調養動物身體）、食之（給動物吃好的食物）」，使動物傷口復原並恢復體力。以上一連串的動作都和醫生處理動物傷口相關，其中「藥之」承接上文處理傷口的順序，意指醫生用藥物敷塗動物傷口（林尹，1972）。觀察動詞的句法特徵和所帶的論元，動詞「藥 v1」前面省略上文已提及的主語（subject）獸醫，後面的「之」指的是動物傷口或疾患處。再看例（2）中動詞「藥 v1」所出現的結構：

（2）水側有斷蛇丘，隋侯出而見大蛇中斷，因舉而*藥*之，故謂之斷蛇丘。後蛇銜明珠報德，世謂之隋侯珠，亦曰靈蛇珠。〈水經注卷三十一·渭水〉

　　譯文：水邊有斷蛇丘。隋侯出門看見一條大蛇被攔腰砍斷，就把牠捧起來，**給牠敷藥**，所以叫斷蛇丘。後來蛇銜了明珠來報恩，世人稱為隋侯珠，又叫靈蛇珠。（陳橋驛、葉光庭、葉揚 1996：1111-1112）

　　　例（2）則敘述斷蛇丘與隋侯珠的傳說，隋侯出門看見大蛇受傷，於是舉起蛇用藥物敷塗牠的傷處，事件發生地點後來便稱為斷蛇丘。施動者為醫生，在本文中是對蛇進行治療的隋侯，其中「因舉而藥之」指隋侯因此將蛇舉起

並且用藥敷塗在傷口上，動詞「藥 v1」前面省略上文已提及的主語（subject）隋侯，後面的「之」承前文「大蛇中斷」後被舉起的身體部位，指的是大蛇的傷口或疾患處。和動詞「藥 v1」一起出現的結構，如表 5.1 所示：

表 5.1：動詞「藥 v1（用藥敷塗）」的典型語法結構

NP	V	NP
獸醫、隋侯	藥 v1（用藥敷塗）	之（獸瘍、大蛇中斷處）

由上表 5.1 可以推知，動詞「藥 v1」在上述例子中傾向於選擇「醫生」（治病者）這一類的論元置於動詞前，「疾患處」置於動詞後。至於原本作為名詞論元的「藥」（藥物）並沒有呈現在表面結構上，但其具體概念卻實際存在語境中，是醫生治療傷口所憑藉的「工具」（instrument），能夠和與之相關的動作「敷塗」產生意義繫聯（Clark & Clark 1979；Liu 1991；Tai & Chan 1995）。

上古漢語中「敷、塗」的意義和用法鮮少和名詞「藥」結合，為了具體描述這樣的動作概念，必須藉由「藥」的名動轉變達成溝通目的。隨著漢語發展到明清時期，敘述者轉而藉由「敷（之）以藥」的結構取代原本「藥之」的用法，直接用特定的動詞「敷」強調用藥的方式，動詞後接疾患處（之），再由介詞（以）帶入名詞藥物的具體概念，同樣描述用藥敷塗傷口的事件關係，給予我們很好的對照。請看下面例（3）：

（3）君從其言，日服湯劑，*而傅（敷）以善藥*。〈遜志齋集・指喻〉

　　譯文：<u>鄭</u>先生聽從他的話，每天內服湯藥，又**外敷最好的藥膏**。（自譯）

5.2.2 「藥 v2」意指使……服藥

以下將論述我們如何根據動詞出現的句法結構和論元的類型者決定「藥 v2」的意義。觀察下面的例（4），我們發現名詞「藥」當動詞時（粗斜體字），如果出現在「名詞組　動詞　名詞組」的結構中，還可能描述「使～服藥」的醫療事件，為了和「藥 v1」有所區別，必須進一步討論動詞出現的語境和選擇的論元類型，下面以例（4）來說明：

（4）今有醫於此，和合其祝藥之于天下之有病者而*藥之*，萬人食此，若醫四五人得利焉，猶謂之非行藥也。〈墨子・非攻中第十八〉

譯文：假如現在有個醫生在這里，他拌好他的藥劑**給**天下有病的人**服藥**。一
　　　萬個人服了藥，若其中有四、五個人的病治好了，還不能說這是可通
　　　用的藥。（李生龍 1996：120-121）

　　例（4）中墨子舉醫生給病人服藥的例子說明戰爭是不可行之道。文中假
設醫生為天下所有生病的人調和祝藥並使他們服下藥物，如果只有其中四或
五個人醫治好了，那麼這種祝藥還不能算是可以通用的藥。其中「之于天下
有病者」是指「為（對）全天下生病的人」，「和合」意指「調和、混和」，「祝
藥」是指「治療瘍瘡藥的通稱（李漁叔 1977：109，李生龍 1996：120）」。連
接詞「而」串連下一個步驟「藥之」，承接上文調製藥劑的動作，意指醫生使
病人服下藥物。觀察動詞的句法特徵和所帶的論元，動詞「藥 v2」前面省略
上文已提及的主語（醫），後面的「之」指的是病人。再從下文「萬人食此」
一句可知，病人操作祝藥的動作方式是「食用」，其中代詞「此」可回指前文
的動詞「藥」和名詞「祝藥」，顯示具體的藥物概念在轉變為動詞後仍然存在，
可能結合在動詞的概念中，因此在表層結構上不是以名詞的形式呈現。和動
詞「藥 v2」一起出現的結構，如表 5.2 所示：

表 5.2：動詞「藥 v2（使～服藥）」的典型語法結構

NP	V	NP
醫（醫生）、為醫者	藥 v2（使～服藥）	之（天下之有病者）

　　由上表 5.2 可以推知，動詞「藥 v2」在上述例子中傾向於選擇「醫生」（治
病者）這一類的論元置於動詞前，「病人」置於動詞後。至於原本作為名詞論元
的「藥」（藥物）並沒有呈現在表面結構上，但其具體概念卻實際存在語境中，
是事件中受病人操作的受事者（theme），能夠和與之相關的動作「服用、吞服」
產生意義繫聯。

　　本例句的結構「藥之」和前例（1）、（2）看似相同，但動詞後面的論元
類型不同，所描述的事件關係也不一樣。在此例中受詞「之」必須是「病人」
而非「疾患處」，病人是主動服用藥物的人，而疾患處是接受藥物敷塗的「受
事者」。此外，「藥」在此也不宜解作「治療」，因為下文緊接著「萬人食此」
的動作細節，表示前文的動作和病人操作藥物的細節相關，且敘述者另以動
詞「醫」描述治療的事件關係。因此「藥之」應指「使病人服藥／要病人服

藥」的事件關係，而非「用藥敷塗疾患處」的事件關係。

　　值得一提的是，當施動者對受動者提出要求或命令時，上古漢語鮮少以獨立的使役動詞如「使」、「命」、「令」置於一般動詞前，大多直接將「要求」或「役使」的概念結合在動詞中。若該動詞是由名詞轉變而來，其原生名詞的概念也會一併包含在動詞中，如例（4）中名詞「藥」做動詞使用，描述「使～服藥」的事件關係，和下面例（5）中動詞「藥」的用法類似；又如下面的例（6）中名詞「將」活用為動詞，意指「使／讓～擔任將軍」（王力 1979：42）。這些例子可用以佐證上古漢語結合使役動作的名動轉變現象。

（5）此譬猶醫之**藥**萬有餘人，而四人愈也，則不可謂良醫矣。〈墨子・
　　　非攻上第 17〉
　　譯文：這譬如醫生**給**萬多個病人**吃藥**，而其中只有四個人吃了見效，這就不
　　　　　能算是好醫生了。（李生龍 1996：132-133）

（6）齊威王欲**將**孫臏，臏辭謝曰：「刑餘之人不可。」〈史記・孫子吳起
　　　列傳〉
　　譯文：齊威王打算**任用**孫臏為**主將**，孫臏辭謝說：「受過酷刑的人不能任主
　　　　　將。」（郝志達、楊鍾賢 2007c.：630）

　　然而隨著漢語發展到了唐代左右，即可觀察到使役動詞獨立置於動詞「藥」之前，如例（7）中的「命藥」應為「（醫）命（之）藥」的省略，意指要求他（病人）服藥，和例（4）和（5）所呈現的古漢語語料「（醫）藥之」、「醫（之）藥萬有餘人」兩句所描述的概念並無二致，但表達方式卻已改變。

（7）夫為醫者，當須先洞曉病源，知其所犯，以食治之，食療不癒，然
　　　後**命藥**。〈備急千金要方・食治〉
　　譯文：擔任醫生的人，應當要先知曉疾病的根源，知道疾病所產生的症狀，
　　　　　先以飲食治療疾病，當飲食無法治好疾病，才**使病人服藥**。（自譯）

5.2.3　「藥 v3」意指服藥

　　以下將論述我們如何根據動詞出現的句法結構和論元的類型決定「藥 v3」的意義。觀察下面的兩個例子，我們發現名詞「藥」當動詞時（粗斜體字），如果出現在「名詞組　（否定詞）　動詞　（連詞）　動詞組」的結構中，可能

描述「服藥」的醫療事件，但還必須進一步討論動詞出現的語境和選擇的論元類型。先以例（8）說明：

（8）無妄之疾，勿*藥*有喜。〈易經・無妄〉

　譯文：不妄爲而得病，不**服藥**即可疹癒。（朱張　2008：169）

　　例（8）是祝福人早日病癒的一段話，首句省略了主語，「無妄」意指不任意胡爲，「之疾」指這樣的疾病，意思是說一個人不任意胡爲，即使得病也不需服用藥物就能自然痊癒了，因此後半句說「勿藥有喜」。觀察動詞的句法特徵和所帶的論元，動詞「藥 $_{v3}$」前面省略了已提及的主語（病人），後接否定詞「勿」（不需、不要）修飾動詞，動詞後沒有受詞，但以動詞詞組「有喜」描述事件結果，意指病人不需服藥就可以病癒。再看例（9）中動詞「藥 $_{v3}$」所出現的結構：

（9）扁鵲遂爲診之，先造軒光之竈，八成之湯，砥針礪石，取三陽五
　　輸。子容擣藥，……太子遂得復生。天下聞之，皆曰扁鵲能生死
　　人。鵲辭曰：「予非能生死人也，特使夫當生者活耳，夫死者猶不
　　可*藥*而生也，悲夫亂君之治，不可*藥*而息也。〈說苑・辨物〉
　譯文：扁鵲乃替他診治，先造一口開敞的大竈，把藥汁煎熬得只剩一碗的八
　　　　分，再把針磨利好針砭三陽五會各經脈。他的學生子容擣藥……太子
　　　　果然活了過來。天下的人知道了，都說扁鵲能使死人復活。扁鵲說：
　　　　「我並不能使死人復活，只是使能活的人活而已，眞正死了的人還是
　　　　用藥救不活的（**服藥**還是無法復活）。就像昏嗜的國君不能**以藥**救一
　　　　樣。（盧元駿　1979：644-646）

　　例（9）描述扁鵲用藥使太子復活。其中死者不可藥而生、亂君之治不可藥而息有相似的結構和意義，描述神醫扁鵲認爲眞正的死人無法服藥而復活，就像昏君無法用藥而使國家平治一樣。動詞「藥 $_{v3}$」前面的「死者」、「亂君之治」如同罹患疾病的病人，後接否定詞「不可（不可能）」如同例（8）中的否定詞「勿」（不需）。動詞後一樣沒有受詞，但以連接詞「而」後接動詞「生」（復活）、「息」（平治）描述事件結果，意指患病者無法因服藥而復活，進一步隱喻昏君亂國難以平治的道理。和動詞「藥 $_{v3}$」一起出現的結構，如表 5.3 所示：

表 5.3：動詞「藥 v3（服藥）」的典型語法結構

NP	V	（Conj.）	VP（V-Adv.）
患疾者、死者、亂君	藥 v3（服藥）	（而）	有喜、癒（病癒） 生（復活） 息（平治）

由此上表 5.3 可以推知，動詞「藥 v3」在上述例子中傾向於選擇「病人」這一類的論元置於動詞前，動詞後則另以動詞詞組補述事件結果。雖然原本作為名詞論元的「藥」（藥物）沒有呈現在該句的表面結構上，但卻實際存在語境中，我們可以從扁鵲煎藥、子容擣藥的事件過程得到藥物的具體概念。在死者不可藥而生一句中藥物可視為被病人操作的受事者（theme），能夠和與之相關的動作「服用、吞服」產生意義繫聯。

如何判定動詞意義是「服藥」而非「敷藥」或「用藥治療」呢？從動詞選擇的論元類型來看，動詞「藥 v3」所描述的事件施動者為病人，而在上古漢語中當施動者為醫生或治病者時才會涉及「治療」或「用藥治療」的事件關係，且醫生操作藥物的動詞則較為多元，如「窨（薰）、給、操（拿）、擣、和（調和）」，但病人操作藥物的典型動詞多為「食、飲、嘗、服、受」（請見圖 5.1），這些動作方式大多和服用藥物相關，加上動詞後面補述了操作藥物所得的結果，表示動詞意義必和使用藥物的細節相關，因此在此結構中動詞「藥 v3」可用以描述「服藥」的事件關係。

此外，動詞「藥 v3」也可以出現在另一種名詞詞組的結構中，下面例（10）以並列的名詞詞組結構「有 V V 者」，如有死立者、有死坐者、有死臥者、有死藥者等並列的名詞詞組呈現了人的各種死亡形式，說明死亡沒有等級的差別。其中有死藥者意指有因服藥而死亡的人，名詞結構「有～者」（有～的人）中帶入兩個並列動詞「死藥」，「死」描述服藥的結果，「藥」則描述死亡的原因是服用藥物，以先果後因的排列方式描述人因服藥而死的事件關係。請看下面例（10）及表 5.4：

（10）曰：有死立者，有死坐者，有死臥者，有死病者，有死藥者。等
　　　死，无甲乙之殊。〈關尹子・四符〉

譯文：有的人站着死了，有的人坐着死了，有的人躺着死了，有的人生病死
　　　了，有的人服藥死了。種種死法，沒有等級的差別。（自譯）

表 5.4：動詞「藥 v3（服藥）」的名詞詞組結構

NP			
V	V	V	NP mark
有	死	藥 v3（服藥）	者（的人）

5.2.4 「藥 v4」意指治療

以下將論述我們如何根據動詞出現的句法結構和論元的類型決定「藥 v4」的意義。觀察下面三個例句，我們發現名詞「藥」當動詞時（粗斜體字），一樣出現在「名詞組　動詞　名詞組」的結構中，除了「藥 v1」和「藥 v2」的用法外，還可能用以描述「治療」的醫療事件，為了和「藥 v1」、「藥 v2」有所區別，我們必須進一步討論動詞出現的語境和選擇的論元類型，先以例（11）說明：

（11）門無鬼曰：「天下均治而有虞氏治之邪？其亂而後治之與？」赤張滿稽曰：「天下均治之為願，而何計以有虞氏為！有虞氏之*藥瘍*也，禿而施髢，病而求醫。……」〈莊子・天地〉

譯文：門無鬼說：「天下太平無事而後有虞氏才去治理呢，還是天下動亂才去治理呢？」赤張滿稽說：「天下太平無事是人們的心願，又為什麼還要考慮有虞氏的盛德而推舉他為國君呢！有虞氏替人**治療**頭瘡，毛髮脫落而成禿子方才戴假髮，正如人生病了才去尋求醫生。……」（陳鼓應 1987：360-361；張耿光 1991：212-213）

例（11）舉有虞氏治療疾病的例子說明道家眼中的治國之道。其中「*有虞氏之藥瘍也*」一句意指有虞氏（醫生）治療病人的頭瘡，「之」是助詞，「也」是句末語助詞。觀察動詞的句法特徵和所帶的論元，動詞「藥 v4」前面是擔任醫生的「有虞氏」，動詞後面是「瘍」（疾患處）。再看例（12）中動詞「藥 v4」所出現的結構：

（12）夫病已成而後*藥之*，亂已成而後治之，譬猶渴而穿井，斗而鑄錐，不亦晚乎。〈黃帝內經・素問・四氣調神大論篇第二・第三章〉

譯文：疾病已經發生了才去**治療**它，戰亂已經形成了才去平定它，這就好像是口渴了才去挖井，遇到戰爭才製造武器，不也是太晚了嗎？（孟景

春、王新華 1994：13）

　　例（12）同樣是舉醫生治病的例子說明治國平亂需未雨綢繆的道理。「**夫病已成而後藥之**」一句意指疾病已經形成了才去治療它，連接詞（**而後**）銜接了「病已成」和「藥之」兩個先後的連續事件，「藥之」意指醫生治療疾病，代名詞「之」代指前面提到的疾病。動詞「藥 v4」前面是省略的主語「醫」（醫生），後面的受詞是「之」，意指疾病或疾患處。最後是例（13）中動詞「藥 v4」所出現的結構：

（13）**彼得之，不足以藥傷補敗。**〈荀子・富國〉

　　譯文：敵人縱然有所得，也不足以**療**傷補敗。（王忠林 2003：163）

　　例（13）藉由比較戰爭後國家所得不如失去的，批判戰爭帶來的影響。「**不足以藥傷補敗**」一句承接上文「彼得之」（敵人戰勝所得的利益），「不足以」是不足夠之意，用來修飾後面的兩個並列動詞詞組「藥傷」和「補敗」。其中「藥傷」一句意指醫生治療士兵的創傷，動詞「藥 v4」前面省略了主語「醫」（醫生），後面的受詞「傷」意指士兵的傷口或疾患處。和動詞「藥 v4」一起出現的結構，如表 5.5 所示：

表 5.5：動詞「藥 v4（治療）」的典型語法結構

NP	V	NP
有虞氏、醫（醫生）	藥 v4（治療）	之（瘍、病）、傷

　　由上表 5.5 可以推知，動詞「藥 v4」在上述例子中傾向於選擇「醫生」（治病者）這一類的論元置於動詞前，「疾患處」置於動詞後。此外，從上述例子可以發現「藥物」的具體概念既未呈現在表面結構上，也不存在於上述例子的語境中，敘述者主要藉由醫生治療疾病的事件說明治國或戰爭事件，並不涉及處置藥物的細節。

　　此外，動詞「藥 v4」所出現的結構「（醫）藥之」和「藥 v1」、「藥 v2」看似相同，但動詞意義並不一樣。從動詞選擇的論元類型來看，「藥 v1」（用藥敷塗）描述「醫生」、「藥物」和「疾患處」的互動關係，「藥 v2」（使～服藥）描述「醫生」、「藥物」和「病人」的互動關係，「藥 v4」（治療）則泛指「醫生」對「疾患處」的動作目的，並不包含操作藥物的具體細節。

5.2.5 「藥 v5」意指用藥治療

　　以下將論述我們如何根據動詞出現的句法結構和論元的類型決定「藥 v5」的意義。觀察下面的兩個例子，我們發現名詞「藥」當動詞時（粗斜體字），如果出現在「名詞組　副詞　動詞」的結構中，可能描述「用藥治療」的醫療事件，但還必須進一步討論動詞出現的語境和選擇的論元類型，先以例（14）說明：

（14）弗治，肝傳之脾，病名曰脾風，發癉，腹中熱，煩心出黃，當此之時，可按、可*藥*、可浴。〈黃帝內經・素問・玉機眞藏論篇第十九第二章第三節〉

　　　譯文：如果不即時治療，就會傳行到脾，叫做脾風，發生黃疸、腹中熱、煩心、小便黃色等症狀，在這個時候，可用按摩治療、可**用藥物治療**，也可用熱湯沐浴治療。（孟景春、王新華 1994：127-128，劉小沙 2011：47-48）

（15）弗治，腎傳之心，病筋脈相引而急，病名曰瘛，當此之時，可灸、可*藥*。〈黃帝內經・素問・玉機眞藏論篇第十九第二章第三節〉

　　　譯文：如果再不治療，病就從腎傳心，發生經脈牽引而拘攣（痙攣），叫做瘛病，在這個時候，可用灸法治療，**或用藥物治療**。（孟景春、王新華 1994：127-128，劉小沙 2011：47）

　　例（14）和（15）分別描述疾病「脾風」和「瘛」的症狀，並列舉幾種治療的方式：按摩治療、用藥物治療、用湯浴治療，或是用針灸治療。其中「可藥」一句是醫生列舉的其中一種治療方法，意指用藥物治療，觀察動詞的句法特徵和所帶的論元，句首省略主語「醫」（醫生），表建議的副詞「可」意指能夠，用以修飾動詞「藥 v5」，動詞後沒有受詞。和動詞「藥 v5」一起出現的結構，如表 5.6 所示：

表 5.6：動詞「藥 v5（用藥治療）」的典型語法結構

NP	Adv.	V
醫（醫生）	可	藥 v5（用藥治療）

　　由上表 5.6 可以推知，動詞「藥 v5」在上述例子中傾向於選擇「醫生」（治

病者）這一類的論元置於動詞前，並且和其他的動詞一起出現，構成並列的動詞詞組，描述並列的事件關係。至於原本作為名詞論元的「藥」（藥物）並沒有呈現在表面結構上，但其具體概念卻實際存在語境中，是醫生治療不同疾病時所憑藉的「醫療工具」，能夠和與之相關的動作「治療」產生意義繫聯。

　　然而我們為何判定動詞意義是「用藥治療」而非「服藥」（結構相似）或單純的「治療」（意義接近）呢？首先，動詞選擇的論元類型並不相同。「服藥」事件的施動者是病人，但例句中的施動者皆為醫生，在上古漢語中當施動者為醫生或治病者時，動詞「藥」所描述的事件關係多和「治療」或「用藥治療」相關，因此在這個結構情境下敘述者不會解讀出「服藥」的意義。此外，動詞不單純解釋為「治療」的原因，在於例句中多以並列動詞詞組的形式列舉醫生治療的方式，在這樣的情境下不能單純解釋為治療，必須涉及用藥治療的細節，才能和針灸治療、湯浴治療或按摩治療形成對照。

5.2.6 小　結

　　總結上述的語料分析，我們試圖歸納動詞「藥」在語意和句法結構上所呈現的對應關係，結果如下圖 5.1 所示：

圖 5.1：動詞「藥」的意義和相應結構

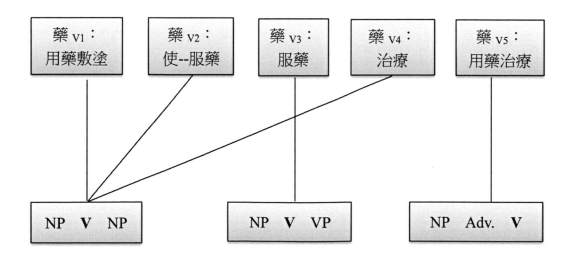

　　觀察前述名詞「藥」轉變為動詞的句法結構，圖 5.1 呈現了名詞「藥」做動詞時描述的意義和與之相對應的句法結構。動詞「藥 v1」、「藥 v2」、「藥 v3」、「藥 v4」和「藥 v5」分別指名詞「藥」轉類成五種意義不同的動詞，描述不

同的事件關係。對照動詞所出現的句法結構，我們發現雖然「藥 v3」和「藥 v5」有各自相應的句法結構區別兩者的意義，但是「藥 v1」、「藥 v2」和「藥 v4」卻可能出現在同一種結構中，用來描述三種不同的事件關係，即「用藥敷塗」、「使～服藥」或者「治療」。且上述例句中經常出現代詞省略（pro-drop）的現象，所回指主語或受詞會自動省略，不容易根據特定結構來判斷動詞的意義。換言之，閱讀者無法單從動詞所出現的句法結構決定動詞的意義，必須進一步探討動詞所選擇的論元類型。

雖然動詞意義和所對應的結構間並不是一對一的關係，但我們發現名詞轉變為動詞的句法環境大多為兩個以上的並列名詞，當其中一個名詞成為描述事件的中心詞，和前後名詞構成主謂或動賓關係，且並列名詞之間能加入助動詞、副詞或否定副詞加以修飾，便可能轉變為動詞（王力 1989，楊伯峻、何樂士 1992，許威漢 2002）。換言之，和「藥」並列的名詞必定是能與之產生事件關係的人或物，如「醫生」、「病人」、「疾患處」等，要分析動詞的語意轉變現象，必須先掌握動詞選擇名詞論元的規則，是否有其語意和句法上的限制與典型性。

除此之外，我們也觀察到名詞「藥」的具體概念「藥物」在名動轉變後仍然保留在某些動詞意義裡，和表面結構中的名詞論元產生互動關係，因此「藥物」所扮演的語意角色也成為決定動詞意義的重要因素。在下文的分析中，我們將以動詞「藥」所呈現的事件框架（event frame）為基礎，進一步討論動詞意義和參與者的關係，幫助我們更具體地掌握動詞「藥」的語意轉變現象。

5.3 動詞「藥」的語意轉變現象

5.3.1 動詞「藥」所呈現的事件框架

先秦到兩漢時代的經典著作和歷史文本對於醫療事件的描述並不少見，我們可以從《黃帝內經》、《周禮》、《史記》、《左傳》、《春秋公羊傳》、《戰國策》、《莊子》、《荀子》、《墨子》等著作中觀察到不少篇章段落描述醫生、病人治療用藥的細節。在進入分析之前，我們一樣要先討論「醫療框架」的建構，瞭解古代醫療框架的組成。正如第三章中所提及的，「框架」的概念是從日常生活中

許多重複發生的經驗和情境建立而成。透過這些經驗知識不斷的累積，人的腦海中逐漸形成有系統的網絡，將重複發生的相關事件串連成一個整體、連貫而且統一的認知架構。在我們的日常生活中必定會發生許多求醫、診斷、治療相關的經驗和情境，當我們經歷許多次相似的醫療、治病事件，重複出現的人、事、物在腦海中串連起來，將這些重複的概念慢慢累積固化，便形成了一個典型的「醫療事件框架」(the medical frame)。不過，隨著醫學與生活文化的發展，古代人所經驗的「醫療事件框架」必定和現代人不同，要建立古代漢語的醫療框架，必須回歸文本，從古人描述當時的醫療、治病事件去掌握出現在醫療框架中的典型參與者。這些參與者間彼此的關係是緊密相連的，只要提到框架中某個參與者，其他相關參與者雖未被提到，也會一併被誘發出來，進而引導出與此框架相關的背景知識。

參考 Fillmore（1982）建構商業事件框架的邏輯，本文嘗試從論元的表現形式歸納動詞「藥」所凸顯的參與者類型。我們發現動詞「藥」在古代戰爭事件中所選擇的參與者有其典型性：上述語料中「獸醫」、「隋侯」、「醫」、「為醫者」、「有虞氏」等醫治疾病的人可視為參與者「醫生」；至於「天下之有病者」、「萬人」、「萬有餘人」、「死者」、「亂君之治」等接受治療的人可視為參與者「病人」；又如「獸瘍」、「瘍」、「無妄之疾」、「大蛇中斷處」、「病」、「傷」則是病人罹患的疾病或受傷的地方，可視為參與者「疾患處」。換言之，動詞「藥」所描述的醫療框架中可能包含「醫生」、「病人」和「疾患處」等典型參與者。

下表 5.7 為語料中動詞所帶論元的表現形式與參與者類型的對應，在本文以下的框架分析圖中，將以「醫生」、「病人」和「疾患處」來代表語料中相對應的動詞論元：

表 5.7：動詞「藥」選擇的參與者類型

動詞「藥」所凸顯的參與者類型	論元的表現形式
醫生	獸醫、隋侯、醫、為醫者、有虞氏
病人	之（天下之有病者、萬人）、萬有餘人、死者、亂君之治
疾患處	瘍、無妄之疾、之（獸瘍、大蛇中斷處、病）、病、傷

　　進一步說明框架和句法結構的關係。從小節 5.2 的例句類型和表 5.7 參與者類型的歸納可知，動詞所描述的事件關係不脫離醫療框架中「醫生」、「病人」和「疾患處」等參與者之間的互動，但動詞意義會隨著句法結構與事件情境的轉變而有所不同。換言之，當名詞「藥」轉變成動詞，其意義會隨著「藥」所出現的句法結構和動詞前後參與者而有所調整，就像前述章節提到買賣框架裡不同動詞分別凸顯框架中不同面向的參與者一樣。接下來本文將以事件框架為基礎，藉由五種框架視角的呈現解讀動詞「藥」在不同結構中的語意轉變現象。首先我們歸納動詞「藥」在不同結構中所凸顯的參與者，以及當下所描述的動詞意義，請看表 5.9：

表 5.8：古漢語動詞「藥」的意義與使用結構比較

	動詞意義	結構			動詞前參與者	動詞後參與者	動詞所包含的具體概念
藥 v1	用藥敷塗	NP	V	NP	醫生	疾患處	藥物
藥 v2	使～服藥	NP	V	NP	醫生	病人	藥物
藥 v3	服藥	NP	V	（Conj.）　VP	病人	X	藥物
藥 v4	治療	NP	V	NP	醫生	疾患處	X
藥 v5	用藥治療	NP	Adv.	V	醫生	X	藥物

　　觀察表 5.8 中動詞「藥」出現的語法結構，如果單從動詞前後參與者來說，動詞「藥」大致上可分為兩類，一種是及物動詞，如「藥 v1」、「藥 v4」前後分別是參與者「醫生」和「疾患處」，而「藥 v2」前後參與者分別是「醫生」和「病人」；另一種不及物動詞，即以「醫生」或「病人」為主語，後接動詞「藥」描述醫生用藥治療或病人服藥的概念，如「藥 v3」、「藥 v5」，動詞前後沒有其他名詞作為受詞。

　　此外，我們還可以觀察到名詞「藥」作為「藥物」的具體概念雖然包含在事件關係中，卻沒有呈現在表層結構上。根據本文中所討論的例句，多數情況下「藥」原本具有的名詞概念不會就此消失，其作為「藥物」的具體概念可能是醫療事件中的「工具」（instrument），也可能是醫療事件中的「受事對象」（theme），包含在「用藥治療」、「用藥敷塗」、「服用藥物」等事件關係中，受到句中其他參與者的誘發而一併被動詞「藥」凸顯，成為一個併入到動詞中的名詞論元（incorporated NP argument），也就是隱藏在事件框架中的參與者

（Peirsman & Geeraerts 2006：292）。

　　承第三章和第四章的分析所述，事件框架可以具體呈現所有參與者的互動關係，包含併入到動詞中的具體概念「藥物」。我們認為「藥」的具體概念可以作為隱藏在醫療框架中的參與者，相當於動詞「藥」帶了一個論元在動詞裡，因此從表層結構看不出來，必須藉由動詞「藥」的事件框架進一步呈現出來。因此我們將嘗試建立名詞「藥」轉變為動詞所呈現的醫療框架。

　　根據本文語料中動詞「藥」所描述的醫療事件，以及我們認知背景中對古漢語醫療框架的理解，「藥」（藥物）是醫療事件中用以治療疾病的物質（具有治療的功效），在醫治疾病、處理傷口的過程中「藥物」可以成為被病人「處置、操作的對象」，或者是醫生進行治療動作時「所憑藉的工具」。和「藥物」相關的典型事件關係，可能包含醫生以藥物為工具的動作方式或目的，如用藥物敷塗（疾患處）、用藥治療等等；或者病人處置藥物的動作方式，如服用、飲用、吞服（藥物）等等。框架的概念可以幫助建構動詞的意義，同時該詞彙也誘發了相關的認知框架（Fillmore 1982：116）。因此當我們看到「藥」這個詞彙，與之相關的參與者如「醫生」、「病人」、「疾患處」等具體形象都會一併在醫療框架中被誘發（activated）出來，形成一個包含參與者「藥」的典型醫療框架。下圖 5.2 為名詞「藥」轉變為動詞後所呈現的醫療框架：

圖 5.2：動詞「藥」的典型治病框架

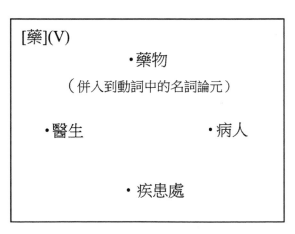

　　如圖 5.2 所示，其中「藥」代表「藥物」的具體概念，可視為隱藏在框架中的參與者（併入到動詞中的名詞論元），在表面結構上看不到，但仍能藉由動詞「藥」的典型醫療框架呈現出來。若能將名詞「藥」視為醫療框架中隱藏的

必要參與者，便能確切掌握動詞「藥」所描述的事件關係，分析動詞「藥」的語意轉變現象。觀察圖 5.2 中出現的其他參與者可知，動詞「藥」最常選擇的典型參與者是「醫生」、「病人」和「疾患處」，田臻（2014：68）將動詞所凸顯的這些主要參與者稱之為基本框架元素。

以事件框架的概念重新觀察表 5.8，動詞「藥」所凸顯的必要參與者除了動詞前後的論元（即主詞、受詞），還包括最右邊欄位中動詞所包含的具體概念，我們視之為併入到動詞中的論元（即隱藏在框架中的必要參與者）。本文將動詞「藥」所描述的事件關係分為兩種類型：一類動詞凸顯了三個參與者，如「藥 v1」凸顯「醫生、疾患處、藥」，而「藥 v2」凸顯「醫生、病人、藥」；另一類動詞只凸顯了二個參與者，如「藥 v3」凸顯「病人、藥」，「藥 v4」凸顯「醫生、疾患處」，而「藥 v5」凸顯「醫生、藥」。

此外，參與者出現的位置也有特定限制，這五類動詞前面的參與者只能是「醫生」或「病人」，且「醫生」出現的頻率多於「病人」；動詞後面如果有參與者，大多是「病人」或「疾患處」，並且經常以代詞「之」來指稱參與者。當「醫生」作為主語及施動者，所涉及的動作或狀態描述和「治療」、「處理傷口、疾病」或「命令、要求病人」相關，然而當「病人」作為主語及施動者，所涉及的動作或狀態描述和「服用藥物」、「治療自己」相關。

換言之，動詞「藥」對於參與者的選擇並非零散而隨意的，「藥」之所以能夠產生五種不同的動詞意義，和動詞所凸顯的參與者，以及參與者所出現的位置有很大的關係，誠如 Langaker（1991：22）藉由凸顯原則來解釋動詞名詞化現象一樣，我們認為動詞「藥」在不同結構中也有其各自凸顯、聚焦的「框架視角」，或可稱之為「事件觀察視角」（Perspective of medical event frame evoked by verb 藥）（Fillmore 1977：87, Ungerer & Schmid 2006：207-209, 田臻 2014：69 ）。接下來我們將逐一討論「藥」的五種動詞意義所誘發的框架視角或事件觀察視角。

5.3.2 包含三個參與者的事件框架

此部分所討論的是包含三個參與者的事件關係，以下分別就動詞「藥 v1」和「藥 v2」所描述的事件框架進行討論。

首先是敘述者使用動詞「藥 v1」（用藥敷塗）所呈現的事件框架。對照下

表 5.9 和圖 5.3 的框架圖可知，敘述者使用動詞「藥 v1」描述的醫療事件包含「醫生」、「疾患處」和「藥物」等參與者，而這些參與者又會進一步誘發出隱含在醫療事件框架中的其他參與者如「病人」，使之一併浮現在閱讀者的認知框架中，構成當下的「醫療事件框架」（Fillmore 1982；Radden & Dirven 2007；江曉紅 2009；張榮興 2012：3；田臻 2014）。

表 5.9：動詞「藥 v1（用藥敷塗）」在句法結構中選擇的參與者

NP	V	NP
醫生	藥 v1（用藥敷塗）	疾患處

圖 5.3：動詞「藥 v1」的框架視角分析圖

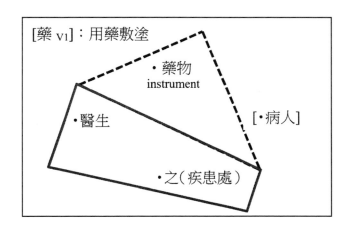

如上圖 5.3 的框架視角分析圖所示，梯形的實線方框為「藥 v1」所凸顯的框架視角，「藥物」的具體概念包含在動詞所描述的事件關係中，但並沒有在表層結構呈現出來，因此以虛框線和實線方框相連。敘述者不僅藉由動詞「藥 v1」凸顯必要參與者「醫生」和「疾患處」的關係，也同時將併入到動詞中的參與者「藥」凸顯出來，將具體的藥物視為處理傷口的工具（instrument），進一步讓人聯想到用以處理傷口的「藥物質地」以及用藥物治療傷口的「動作方式」。表面上是描述「醫生」和「疾患處」的事件關係，但進一步將藥物作為使用工具的概念結合進來，因此產生了「用藥敷塗」的意義（Clark & Clark 1979；Liu 1991：161；Tai & Chan 1995；Radden & Kövecses 1998, 1999；Ruiz & Lorena 2001）。至於像「病人」這樣的參與者則被隱含在框架中，沒有藉由單句語言形式表現出來，但卻可以從前文的「獸」進一步被誘發出來，說明接受治療的參與者是野獸或牲畜，因此以括號[　]的方式呈現（Ungerer &

Schmid 2006：211）。

　　歸結上述，動詞「藥 v1」在此框架視角中主要描述的是醫生用藥物處理疾患處的事件關係，動詞前面所凸顯的必要參與者必爲「醫生」，動詞後面也必定是「疾患處」，才能構成「醫生用藥物敷塗傷口」的事件關係。

　　再來要討論的是敘述者使用動詞「藥 v2」（使～服藥）所呈現的事件框架。對照下表 5.10 和圖 5.4 的框架圖可知，敘述者使用動詞「藥 v2」描述的醫療事件包含「醫生」、「病人」和「藥物」等參與者，而這些參與者又會進一步誘發出隱含在醫療事件框架中的其他參與者如「疾患處」，使之一併浮現在閱讀者的認知框架中，構成當下的「醫療事件框架」。

表 5.10：動詞「藥 v2（使～服藥）」在句法結構中選擇的參與者

NP	V	NP
醫生	藥 v2（使～服藥）	病人

圖 5.4：動詞「藥 v2」的框架視角分析圖

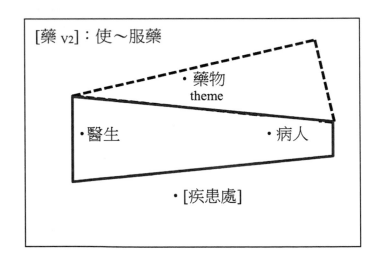

　　如上圖 5.4 的框架視角分析圖所示，梯形的實線方框爲「藥 v2」所凸顯的框架視角，「藥物」的具體概念包含在動詞所描述的事件關係中，但並沒有在表層結構呈現出來，因此以虛框線和實線方框相連。敘述者首先藉由動詞「藥 v2」凸顯必要參與者「醫生」和「病人」的關係，描述醫生對病人的治療動作，此外動詞「藥 v2」也進一步將併入到動詞中的參與者「藥」凸顯出來，此具體藥物被視爲病人的受事對象（theme），並藉由後文「萬人食此」的進一步闡述，讓人聯想到藥物的「質地」是可服用的，以及病人服藥的「動

作方式」〔註7〕。由於前文已提及醫生製作藥物的過程，在這個情境下「（醫）藥之」一句描述醫生對病人的治療動作，必定是醫生要求、命令病人服用藥物，動詞「藥」將醫生命令病人和病人服用藥物的概念結合在一起，於是產生了「使～服藥」的動詞意義。至於像參與者「疾患處」則被隱含在框架中，沒有藉由單句的語言形式表現出來，但卻可以從前文的「病」進一步被誘發出來，說明病人服用藥物是因爲患病（**天下之有病者**），因此以括號[　]的方式呈現。

歸結上述，動詞「藥 v2」在此框架視角中主要描述的是醫生要求病人根據藥物質地採取特定的動作方式，動詞前面所凸顯的必要參與者必爲「醫生」，動詞後面也必定是參與者「病人」，才能構成「醫生使病人服藥」的事件關係。

5.3.3 包含兩個參與者的事件框架

接下來這個部分所討論的是包含二個參與者的事件關係，以下分別就動詞「藥 v3」、「藥 v4」和「藥 v5」所描述的事件框架進行討論。

首先是敘述者使用動詞「藥 v3」（服藥）所呈現的事件框架。對照下表 5.11 和圖 5.5 的框架圖可知，敘述者使用動詞「藥 v3」描述的醫療事件包含「病人」和「藥物」等參與者，而這些參與者又會進一步誘發出隱含在醫療事件框架中的其他參與者如「醫生」或「疾患處」，使之一併浮現在閱讀者的認知框架中，構成當下的「醫療事件框架」。

表 5.11：動詞「藥 v3（服藥）」在句法結構中選擇的參與者

NP	V	（Conj.）	VP（V-Adv.）
病人	藥 v3（服藥）	（而）	有喜、癒（病癒） 生（復活） 息（平治）

〔註7〕藉由例（4）中的「和合其祝藥」及下文的「萬人食此」可得知藥物本身的質地是可食用的，亦可得知病人服用藥物的動作方式爲「食」，而非「飲」、「吞」、「嚼」等其他動作方式。

圖 5.5：動詞「藥 v3」的框架視角分析圖

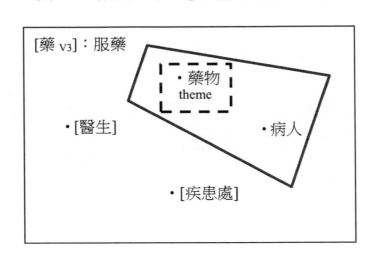

如上圖 5.5 的框架視角分析圖所示，梯形的實線方框為「藥 v3」所凸顯的框架視角，「藥物」的具體概念包含在動詞所描述的事件關係中，但並沒有在表層結構呈現出來，因此以虛線方框呈現。敘述者不僅藉由動詞「藥 v3」凸顯必要參與者「病人」，也同時將隱藏於動詞中的參與者「藥」凸顯出來，將具體的藥物視為病人操作的受事對象（theme），進一步讓人聯想到病人操作藥物的典型「動作方式」，以及藥物的「質地」可能是可以服用的。因此動詞「藥 v3」描述「病人」和「藥物」的事件關係時，必須將藥物作為操作對象的概念結合進來，才能構成「服用藥物」的動詞意義。至於參與者「醫生」或「疾患處」則被隱含在框架中，沒有藉由單句語言形式表現出來，但卻可以從例（8）前文的無妄之疾或例（9）的治病者扁鵲進一步被誘發出來，因此以括號[ ]的方式呈現，說明病人服用藥物是因為患病，或者神醫扁鵲說明服藥救命的限制。

由此可知，動詞「藥 v4」在此框架視角中主要描述的是病人根據藥物質地採取典型的動作方式（通常即為服藥或受藥，包含食藥、飲藥、嚐藥等動作方式），動詞前面所凸顯的必要參與者必為「病人」，動詞本身則結合參與者「藥」的概念，進而構成「病人服藥」的事件關係。

進一步討論動詞「藥 v4」（治療）所呈現的事件框架。根據第三章對動詞「軍」的意義轉變分析可知，在某些情境下，名詞轉變成動詞後不一定會帶有原本的具體意義，可能原本的具體概念在表面結構中已經獨立出來，例如「軍 v2」（駐紮）、「軍 v4」（攻打）和「軍 v5」（組編、陳列）所描述的事件關

係，其中「軍隊」的具體概念已經從動詞「軍」中獨立出來，由位於主語的名詞「軍隊」所承接，動詞單純描述「駐紮」、「攻打」或「組編、陳列」等動作方式或動作結果。承接上述的分析脈絡，我們發現除了這一類的名動轉變現象外，敘述者也可能直接用該名詞來描述與之相關的典型動作（Radden & Kövecses 1999：38；Fillmore 2003：259），但實際情境中並不指涉該具體事物，例如「鎚打車窗」不一定要使用鐵鎚來敲打，而是取用和鐵鎚相關的典型動作「敲打」；「釘扣子」並非用釘子把扣子和衣服縫在一起，而是取用釘子能夠固定東西、連綴事物的典型動作功能；「鐵了心」也並非使心變成鐵，而是取用鐵所具有的堅硬特質，使意念、想法變得像鐵一般堅定；「自刃於廟」意指在太廟中自我了斷，所使用的武器不一定是刀刃，而是取用刀刃能夠殺人的動作功能。接下來要討論動詞「藥 v4」所描述的事件關係，便具有這樣的特質。

　　對照下表 5.12 和圖 5.6 的框架圖可知，敘述者使用動詞「藥 v4」描述的醫療事件包含「醫生」和「疾患處」等參與者，而這些參與者又會進一步誘發出隱含在醫療事件框架中的其他參與者如「病人」或「藥」，使之一併浮現在閱讀者的認知框架中，構成當下的「醫療事件框架」。

表 5.12：動詞「藥 v4（治療）」在句法結構中選擇的參與者

NP	V	NP
醫生	藥 v4（治療）	疾患處

圖 5.6：動詞「藥 v4」的框架視角分析圖

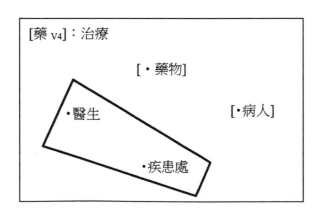

　　如上圖 5.6 的框架視角分析圖所示，梯形的實線方框為「藥 v4」所凸顯的框架視角。乍看之下動詞「藥 v4」所呈現的框架視角和圖 5.3 動詞「藥 v1」相似，但仔細區別這兩個圖可以發現，動詞「藥 v4」所凸顯的參與者只有「醫生」

和「疾患處」，並未將參與者「藥物」的具體概念包含進來。觀察表 5.12 中所提到參與者亦可發現，動詞「藥 v4」所凸顯的必要參與者爲「醫生」和「疾患處」，且上下文並未提及「藥物」的具體概念，或是用藥物處置疾患處的任何動作方式。由此可知，動詞「藥 v4」在描述「醫生」和「疾患處」的事件關係時，並未將藥物的具體概念結合進來，而是取用醫生操作藥物的典型動作目的「治療」，構成「治療」的動詞意義。至於參與者「病人」或「藥物」則被隱含在框架中，沒有藉由單句語言形式表現出來，因此以括號[ ]的方式呈現，說明二者爲相關的背景概念。

換言之，動詞「藥 v4」在此框架視角中主要描述的是「醫生治療疾患處」的事件關係，取用和「藥」相關的典型動作功能「治療」，動詞前面所凸顯的必要參與者必爲「醫生」，且「藥物」的具體概念或操作藥物的動作方式並未出現在前後文，此時動詞意義便不會與操作藥物的方式（如敷、塗、擦、服、受、食、飲等人對物的操作細節）產生繫聯。

最後要討論的是敘述者使用動詞「藥 v5」（用藥治療）所呈現的事件框架。對照下表 5.13 和圖 5.7 的框架圖可知，敘述者使用動詞「藥 v5」描述的醫療事件包含「醫生」和「藥物」等參與者，而這些參與者又會進一步誘發出隱含在醫療事件框架中的其他參與者如「病人」或「疾患處」，使之一併浮現在閱讀者的認知框架中，構成當下的「醫療事件框架」。

表 5.13：動詞「藥 v5（用藥治療）」在句法結構中選擇的參與者

NP	Adv.	V
醫生	可	藥 v5（用藥治療）

圖 5.7：動詞「藥 v5」的框架視角分析圖

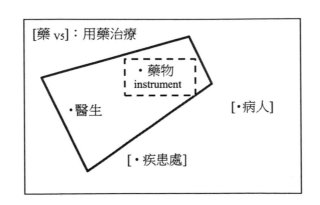

如上圖 5.7 的框架視角分析圖所示，梯形的實線方框為「藥 v5」所凸顯的框架視角，「藥物」的具體概念包含在動詞所描述的事件關係中，但並沒有在表層結構呈現出來，因此以虛線方框呈現。敘述者不僅藉由動詞「藥 v5」凸顯必要參與者「醫生」，也同時將隱藏於動詞中的參與者「藥」凸顯出來，將具體的藥物視為醫生治療的工具（instrument），進一步讓人聯想到醫生操作藥物的「動作方式」，以及藥物可達到的「功效、目的」。然而根據例（14）和（15），文中並未提及醫生操作藥物的細節，因此動詞「藥 v5」描述「醫生」和「藥物」的事件關係時主要取用和藥物功能相關的典型動作「治療」，並將藥物作為治療工具的概念結合進來，構成「用藥治療」的動詞意義（Clark & Clark 1979；Liu 1991：161；Tai & Chan 1995；Radden & Kövecses 1998, 1999；Ruiz & Lorena 2001）。至於參與者「病人」或「疾患處」則被隱含在框架中，沒有藉由單句語言形式表現出來，參與者「疾患處」還可以從例（14）和（15）前文所提到的症狀和病名脾風、癒進一步被誘發出來，但「病人」的概念並沒有出現在上下文中，因此以括號[　]的方式呈現。

換言之，動詞「藥 v5」在此框架視角中主要描述的是醫生根據藥物功能採取典型的動作方式（治療），動詞前面所凸顯的必要參與者必為「醫生」，動詞本身則結合參與者「藥」的概念，進而構成「醫生用藥治療」的事件關係。再進一步比較動詞「藥 v3」和「藥 v5」所描述的事件關係，一個是描述病人操作藥物的典型動作方式，一個是描述醫生操作藥物的典型動作目的，由此可知動詞前的參與者不同（醫生／病人），和名詞「藥」產生的互動關係也不一樣，因此會改變動詞「藥」所描述的事件關係。

5.3.4 小　結

從上述分析我們可以看到參與者「藥」在不同框架視角下的語意轉變現象，動詞的意義或用法會根據事件框架中所凸顯的參與者而有所改變。下表 5.14 進一步比較了動詞「藥」在不同框架視角中所凸顯的前後參與者，以及隱藏在動詞中的參與者「藥」在不同事件框架中所扮演的角色。當框架視角包含三個參與者時，動詞前的參與者通常是「醫生」，動詞後的參與者如果是「疾患處」，則參與者「藥」會以工具角色結合到動詞中，構成「用藥敷塗」的意義，如「藥 v1」；若動詞後的參與者是「病人」，則參與者「藥」會以受事

角色結合到動詞中，構成「使～服藥」的意義，如「藥 v2」。

當框架視角僅包含兩個參與者時，動詞前的參與者可能是「醫生」或「病人」：和「醫生」產生互動關係的參與者可能是「疾患處」或「藥」（如「藥 v4」、「藥 v5」，和「病人」產生互動關係的參與者則必定是「藥」（如「藥 v3」）。在凸顯「醫生」和「疾患處」的事件框架中，從語境可以判斷出「藥」不是必要參與者，強調的只是和藥物相關的「治療」事件，如「藥 v4」；然而在凸顯「醫生」和「藥物」，或「病人」和「藥物」的事件框架中，參與者「藥」會以工具或受事角色結合到動詞中，分別構成「用藥治療」或「服藥」的意義，此時在表層結構上看不到動詞後面的參與者，如「藥 v3」和「藥 v5」。請參照表 5.14：

表 5.14：古漢語動詞「藥」在不同框架視角中所凸顯的參與者

| 動詞 | 動詞意義 | 必要參與者 | | 隱藏在框架中的必要參與者 | 上　下　文　語　境 |
		動前名詞	動後名詞	名詞論元併入動詞	
藥 V1	用藥敷塗	醫生	疾患處	藥－工具	前文提及傷口的具體概念，或以並列結構描述處置傷口的方式
藥 V2	使～服藥	醫生	病人	藥－受事者	前文描述醫生製作藥劑的動作，後文描述病人食用藥物的動作
藥 V3	吃藥／服藥	病人	X	藥－受事者	描述病人對藥物的操作，後接結果動詞描述服用藥物的效果
藥 V4	治療	醫生	疾患處	X	用治療疾患處說明其他道理
藥 V5	用藥治療	醫生	X	藥－工具	針對前文提及的病症，以並列結構描述其他治療的方式

根據表 5.14 總結上述分析，我們發現每一類動詞描述的事件情境都和醫療事件相關，但細節上仍略有不同。必須強調的是，我們並非單憑動詞「藥」在每個例句中所凸顯的參與者來決定動詞的意義，因為動詞所在的事件情境，也會影響動詞意義的解讀。反之，上述分析是我們在已知動詞語意的前提下，進一步去探討動詞在特定的事件情境中，傾向於選擇哪些參與者來描述他們的互動關係，構成不同的動詞意義。

因此，要掌握動詞的語意轉變現象，還必須進一步根據事件關係中參與者的位置，也就是作為主詞、受詞的參與者，來判斷動詞帶有的語法特點，以及

可能描述的事件關係（Fillmore 1982）。再觀察隱藏在框架中的參與者「藥」，藉由事件框架的分析，我們發現代表「藥物」的名詞論元大多仍與動詞「藥」建立特定的語法關係，因此可以「工具」、「受事者」的語意角色結合到動詞的意義中（Clark & Clark 1979；Liu 1991；Tai & Chan 1995），如同小孩學習新動詞的過程，認知概念中會將特定事物（如施事者或受事者）和特定動作連結在一起，構成他所認為的動詞意義（Imai et al 2008），我們認為古漢語中原本代表具體事物的名詞「藥」一開始作動詞使用時，所描述的事件關係也會將「藥物」和特定的動作連結在一起，如「藥 $_{v1}$」（用藥敷塗）、「藥 $_{v3}$」（服藥）等，描述特定且具體的事件細節。當這些和藥物相關的特定動作（如治療）在我們的認知概念中已經成為普遍且典型的意義（Xing 2003），此時「藥物」的具體概念就會從動詞中消失，動詞只單純描述「治療」的事件關係，如「藥 $_{v4}$」（治療）。

5.4 名動轉變語意延伸的認知策略

本節所要討論的是詞彙語義延伸的機制，主要闡述名詞為何可以在特定情境下延伸出動詞的用法和意義，呈現出詞彙多義的樣貌。根據上述的推論可知，動詞「藥」之所以具有不同的意義，是因為敘述者從特定的框架視角切入，決定了動詞前後所凸顯的必要參與者，用以描述不同的事件關係。誠如第三、四章中對詞彙「軍」、「兵」名動轉變現象的推論，我們認為不同的框架視角決定動詞所描述的事件關係，但名詞能夠產生動詞的意義，還是要回歸詞彙本身，從我們對詞彙的認知框架討論意義建構與組合的過程。接下來這一小節將以張榮興（2015）所設計的「事物屬性結構」作為分析基礎，進一步討論名詞如何從參與者的具體概念延伸出描述抽象事件關係的動詞意義。

如下圖 5.8 所示，我們根據「事物屬性結構」模組來建立詞彙「藥」所隱含的概念框架，可用以呈現古人腦海中和「藥」相關的認知結構，並反應敘述者如何將詞彙「藥」不同面向的意義概念組織在一起。當然，真正和詞彙「藥」相關的概念框架可能更為龐大繁雜，我們只能盡可能將重要且典型的概念面向呈現出來。此圖歸納了古漢語語料中詞彙「藥」可能呈現的屬性結構，由「藥」所組成的複合詞即根據所強調的面向不同而構成了不同的詞彙。舉例說明如下：

　　例如以詞彙「藥」強調其「外在形式」：如丹藥、藥餅、藥末、白藥、紅藥等，所強調的面向是藥物的形狀或顏色。

　　又如以詞彙「藥」強調其內在「組成成分」：如藥草、生藥（源自動植物的天然藥品）、湯藥、膏藥、涼藥（氣性寒涼的藥）、狼虎藥（藥性較爲刺激的藥）、藥氣、藥味等，所強調的面向在製藥的原料、藥物的性質和氣味。

　　若強調的是和藥物相關的事件關係，則涉及屬性結構中的「動作」面向，如敷藥、飲藥、熬藥、服藥、撮藥（抓藥）等詞彙著重描述人對藥物的操作，可泛稱爲「藥法」；而藥效、良藥、解藥、劣藥、猛藥、風藥（吃了使人瘋癲的藥）、金瘡藥則著重描述藥物的功效或治療目的，也就是中醫所謂的「藥力」。

　　此外，屬性結構中也包含「和動作相關的事物」，也就是能和詞彙「藥」的動作產生關連性的人、事、物，事實上就是醫療框架中的典型參與者，如「醫生」、「病人」、「疾患處」等，藉由這些參與者的互動，才能進一步誘發和藥物相關的事件關係。

圖 5.8：詞彙「藥」的屬性結構

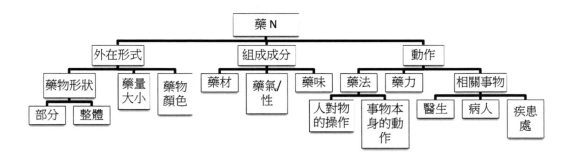

　　事實上，再參照本章節中提到的例子，古代漢語和「藥」相關的典型詞彙除了可以藉由複合詞形式強調其屬性結構中的意義面向（張榮興 2015：19-20），也可直接以單一詞彙「藥」將不同面向的複合概念包含進來，用以描述特定的事件關係，如前述動詞「藥」的五種意義與用法。從詞彙的構詞動機來說，同一個詞彙出現了不同的用法和意義，可能是因爲事件情境與角度不同，敘述者所選用的框架視角誘發詞彙屬性結構中不同的意義面向所致，我們視之爲運用轉喻策略（metonymy）所創造的詞彙。被選擇用來描述特定事件關係的動詞通常不是隨機決定的，而是爲了強調某種特定意義和面向（張榮興 2015：20）。

特別是該詞彙原本是名詞，取「外在形式」或「組成成分」的面向作爲其典型意義，但因受到不同框架視角的誘發，藉由轉喻策略的運用，在同一屬性結構的範疇下，轉而兼取「動作」面向來描述非典型的動作關係，使名詞產生動詞的意義和用法。

換言之，名詞不是在任何情況下都能轉類爲動詞，詞彙能夠取用屬性結構中和動作相關的面向，還必須配合事件框架中能與之產生意義繫聯的參與者，以及條件適合的句法結構。如同 Tai（1997）從名詞內部動態語意成分的誘發來討論名動轉變現象一樣，語言使用者會根據事件情境在詞彙內部先處理好語意合併的問題（MaCawley 1971），再搭配適當的句法結構來表達。接下來我們要進行的討論，便是藉由屬性結構的概念更具體地呈現名詞產生動詞意義的構詞動機與造詞策略，也就是名詞轉變爲動詞的過程。當詞彙「藥」出現在語法結構中動詞的位置，動詞所指派的前後參與者會誘發我們喚起背景知識中對「藥」整體屬性結構的連結，特別是屬性結構中和「動作」面向相繫聯的部分，這些被誘發的意義面向超越了原本「藥」單純作爲名詞的概念而成爲整個屬性結構中的顯著成分（salient element），進而使名詞「藥」藉由「部分代表整體」的轉喻策略用以代表整個和藥物相關的事件關係，產生動詞的用法和意義。

圖 5.9 到 5.13 所呈現的便是詞彙「藥」分別在不同框架視角下所取用的詞彙屬性面向，詞彙所取用的面向不同，表示詞彙意義組成的來源不同，我們嘗試結合前面關於事件框架的分析，進一步來討論詞彙意義的形成。每一個動詞類型都反映了「藥」屬性結構中的部分語意面向，這些動詞與屬性結構中各種面向的關連，在圖 5.9 到 5.13 中分別以實線連結顯示，代表動詞凸顯的語義面向。

首先以前文的例子說明動詞「藥 v1」在屬性結構取用的面向。動詞「藥 v1」取用的是屬性結構中「組成成分」、「動作方式」（藥法），和「動作相關事物」三個面向。如例（16）和圖 5.9 所示：

（16）凡療獸瘍，灌而劀之，以發其惡，然後**藥**之，養之，食之。〈周禮·天官冢宰下〉（同例（1））

　　譯文：凡是治療畜獸瘍病，需用湯藥灌洗患處，及用砭石刮去其腐肉，使惡毒盡淨，然後**敷藥**、調養、再行餵食。（杜祖貽、關志雄 2004：6；林尹 1997：49）

圖 5.9：動詞「藥 v1」在屬性結構取用的面向

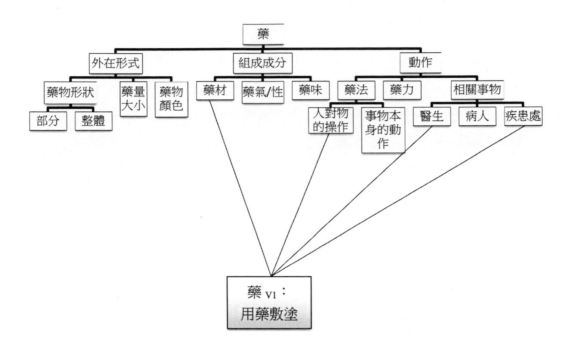

例（16）的事件情境發生在醫生治療傷口的過程，前後文提及疾患處，並具體描述醫生處理疾患處的事件細節。動詞「藥 v1」主要描述「醫生」、「藥物」和「疾患處」的事件關係。觀察圖 5.9 右側「動作相關的語意面向」可知，在動詞「藥 v1」描述的事件關係中，參與者「醫生」用藥敷塗「疾患處」，醫生對疾患處的動作方式和隱藏在事件框架中的參與者「藥」產生繫聯，使敘述者進一步取用藥物屬性結構中「藥材」（膏狀質地）和「藥法」（敷、塗、擦）兩個面向，加上「醫生」、「疾患處」兩個和事件相關的參與者，這些受到凸顯的面向一同構成「用藥敷塗」的動詞意義。

再以前文的例子說明動詞「藥 v2」在屬性結構取用的面向。動詞「藥 v2」取用的也是屬性結構中「組成成分」、「動作方式」（藥法），和「動作相關事物」三個面向，但是動詞所凸顯的主要參與者和「藥 v1」不同。如例（17）和圖 5.10所示：

（17）今有醫於此，和合其祝藥之于天下之有病者而*藥*之，萬人食此，若醫四五人得利焉，猶謂之非行藥也。〈墨子‧非攻中第十八〉（同例（4））

譯文：假如現在有個醫生在這里，他拌好他的藥劑**給**天下有病的人**服藥**。一萬個人服了藥，若其中有四、五個人的病治好了，還不能說這是可通

用的藥。（李生龍 1996：120-121）

圖 5.10：動詞「藥 v2」在屬性結構取用的面向

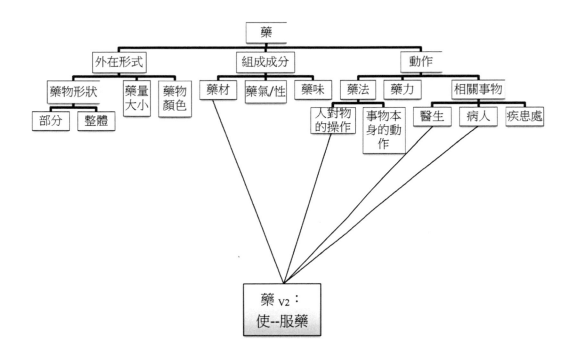

　　例（17）描述的情境發生在醫生治療病人的過程中，前文提及醫生製作藥劑的動作，後文描述病人服用藥物的動作。動詞「藥 v2」主要描述「醫生」、「藥物」和「病人」的事件關係。觀察圖 5.10 右側「動作相關的語意面向」可知，在動詞「藥 v2」描述的事件關係中，「醫生」命令「病人」採取服藥的動作，病人的動作方式和隱藏在事件框架中的參與者「藥」產生繫聯，使敘述者進一步取用藥物屬性結構中的「藥材」（可食用物質）結合「藥法」（服用），加上外力致使者「醫生」，以及施動者「病人」兩個相關的參與者，這些受到凸顯的面向一同構成了「使～服藥」的動詞意義。

　　接著以例（18）和圖 5.11 來說明動詞「藥 v3」在屬性結構取用的面向。動詞「藥 v3」雖然也取用了屬性結構中「組成成分」、「動作方式」（藥法），和「動作相關事物」三個面向，但是動詞所凸顯的主要參與者和「藥 v1」、「藥 v2」都不一樣：

（18）無妄之疾，勿 **藥**有喜。〈易經・無妄〉（同例（8））

　　譯文：不妄爲而得病，不**服藥**即可疹愈。（朱張 2008：169）

圖 5.11：動詞「藥 v3」在屬性結構取用的面向

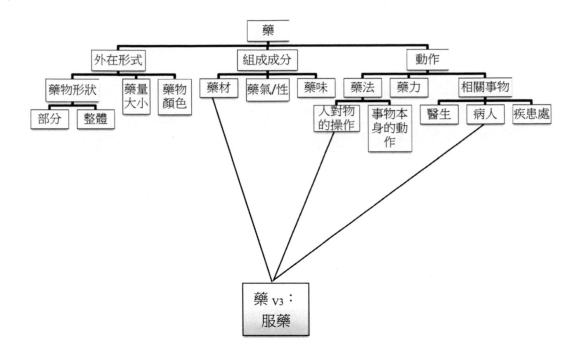

　　例（18）的事件情境主要發生在病人服用藥物的過程，前文大多先提及病人的情況，後文描述病人服用藥物的結果，有人死亡，也有人病癒、復活。觀察圖 5.11 右側「動作相關的語意面向」可知，在動詞「藥 v3」描述的事件關係中，「病人」為了求取病癒或復活，所採取的動作方式和隱藏在事件框架中的參與者「藥」產生繫聯，在古文中病人處置藥物的最典型方式就是「食、飲、受、嘗」等服用藥物的動作，因此敘述者進一步取用藥物屬性結構中的「藥材」（可食用物質）和「藥法」（服用）兩個面向，加上事件相關的參與者「病人」，這三個受到凸顯的面向一同構成「服用藥物」的動詞意義。

　　至於動詞「藥 v4」，如例（19）和圖 5.12 所示，取用了屬性結構中「動作目的」（藥力）和「動作相關事物」兩個面向：

（19）門無鬼曰：「天下均治而有虞氏治之邪？其亂而後治之與？」赤張滿稽曰：「天下均治之為願，而何計以有虞氏為！有虞氏之**藥**瘍也，禿而施髢，病而求醫。……」〈莊子・天地〉（同例（11））

譯文：門無鬼說：「天下太平無事而後有虞氏才去治理呢，還是天下動亂才去治理呢？」 赤張滿稽說：「天下太平無事是人們的心願，又為什麼還要考慮有虞氏的盛德而推舉他為國君呢！有虞氏替人**治療**頭瘡，毛

髮脫落而成禿子方才戴假髮，正如人生病了才去尋求醫生。……」（陳鼓應 1987：360-361；張耿光 1991：212-213）

圖 5.12：動詞「藥 v4」在屬性結構取用的面向

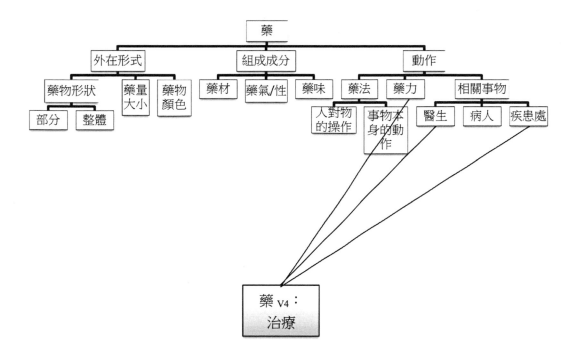

例（19）的事件情境主要發生在醫生治療病人的過程，但前後通常不涉及治療細節，而是以醫生治病的事件說明其他道理。觀察圖 5.12 右側「動作相關的語意面向」可知，動詞「藥 v4」主要描述「醫生」和「疾患處」的事件關係，參與者「醫生」治療「疾患處」（傷、瘍、病），但治療過程中並未提及具體的藥物，只保留和藥物相關的治療動作。換言之，參與者「藥物」在事件框架中並未被凸顯，但醫生所採取的治療動作仍和作為醫療框架背景的「藥物」產生繫聯，此時敘述者只取用藥物屬性結構中和「藥力」（治療）相關的面向（Radden & Kövecses 1999：38；Fillmore 2003：259），加上「醫生」、「疾患處」兩個和事件相關的參與者，這三個受到凸顯的面向一同構成「治療」的動詞意義。

最後如例（20）和圖 5.13 所示，動詞「藥 v5」取用的是屬性結構中「組成成分」、「動作方式」（藥法）、「動作目的」（藥力），和「動作相關事物」四個面向：

（20）弗治，肝傳之脾，病名曰脾風，發癉，腹中熱，煩心出黃，當此之時，可按、可藥、可浴。〈黃帝內經·素問·玉機眞藏論篇第十

九第二章第三節〉（同例（14））

譯文：如果不即時治療，就會傳行到脾，叫做脾風，發生黃疸、腹中熱、煩
　　心、小便黃色等症狀，在這個時候，可用按摩治療、可**用藥物治療**，
　　也可用熱湯沐浴治療。（孟景春、王新華　1994：127-128，劉小沙 2011：
　　47）

圖 5.13：動詞「藥 v5」在屬性結構取用的面向

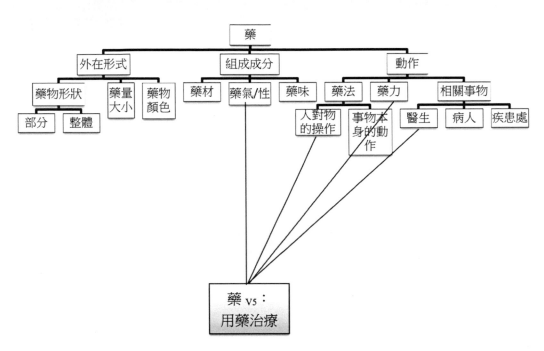

例（20）的事件情境主要描述醫生針對病症，以不同方式進行治療的過
程，前文提及病症和徵兆，後文以並列結構列舉各種可行的治療方式。動詞
「藥 v5」主要描述「醫生」和「藥物」的事件關係。觀察圖 5.13 右側「動作
相關的語意面向」可知，在動詞「藥 v5」描述的事件關係中，參與者「醫生」
在治療疾病的過程中採用各種方式進行治療，而使用不同藥性的「藥物」治
療是其中一種方式。因此，醫生為達到治療目的所採取的動作和隱藏是事件
框架中的參與者「藥」產生繫聯，使敘述者進一步取用藥物屬性結構中「藥
性」（藥物的性質）、「藥法」（泛指各種使用藥物的方式）和「藥力」（治療）
兩個面向，加上和事件相關的參與者「醫生」，這些受到凸顯的面向一同構成
「用藥治療」的動詞意義。

　上述動詞藉由「藥」的幾個典型特質來描述與之相關的事件關係，所凸

顯的語義面向不同，所描述的事件關係自然有所差異，因而構成不同的動詞意義。下圖 5.14 可以更清楚地觀察到動詞「藥 v1」、「藥 v2」、「藥 v3」、「藥 v4」和「藥 v5」分別反映了「藥」屬性結構中的部分語意面向，在圖 5.14 中分別以實線連結顯示，代表動詞主要凸顯的語義面向。

圖 5.14：動詞「藥」在屬性結構取用的面向

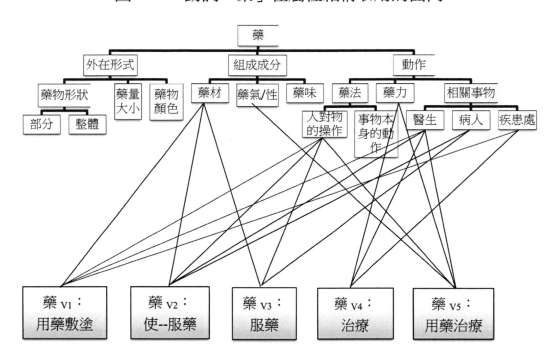

圖 5.14 總合了動詞「藥 v1」、「藥 v2」、「藥 v3」、「藥 v4」和「藥 v5」所取用的語意面向。分析名詞「藥」語意延伸的認知策略，可以發現「藥」的動詞意義雖然延伸自名詞，但受到不同事件框架的影響，敘述者會根據框架中所凸顯的參與者，取用名詞「藥」屬性結構中和該事件相關的語意面向，藉由「部分代表整體」的轉喻策略用以代表整個和藥物相關的事件關係，產生動詞的用法和意義，是屬於同一屬性結構中的概念映攝（Radden & Kövecses 1998; Radden & Dirven, 2007）。其中最常被取用的是藥物的「組成材質」、和藥物相關的「動作方式」（特別是人對物的操作方式），以及使用藥物的「動作目的」等語意面向。

依據事件框架中參與者的互動，我們可以從屬性結構中歸納出動詞意義組成的規則。在動詞「藥 v1」、「藥 v2」和「藥 v3」所凸顯的事件框架中，描述醫生憑藉藥物治療疾患處，或病人本身服藥的「動作方式」（藥法）。當施動者是

醫生時，而受動者是疾患處或病人時，藥物的組成質地會被凸顯，其具體概念會併入到動詞中，使「藥 v1」、「藥 v2」選取「組成成分」、「動作方式」和「動作相關事物」三個語意面向，並藉由參與者「疾患處」或「病人」的區別，使兩個動詞分別構成「用藥敷塗」和「使～服藥」的意義，前者是醫生操作藥物的動作方式，後者是醫生致使病人操作藥物的動作方式；當施動者是病人時，藥物的具體概念也會併入到動詞中，雖然「藥 v3」一樣選取「組成成分」、「動作方式」和「動作相關事物」三個語意面向，當是因為施動者不同，所構成的意義「服藥」和病人本身操作藥物的動作方式有關。

而在動詞「藥 v5」所凸顯的事件框架中，主要描述醫生治療的「方式」和「目的」，藥物治療為其中一種。當事件參與者只有醫生，沒有其他參與者作為受事者時，醫生對藥物的處理方式或使用藥物的動作目的凸顯了藥物的組成性質（寒、熱、溫、涼），其具體概念會併入到動詞中，使「藥 v5」選取「組成成分」、「動作方式」和「動作目的」三個語意面向，構成「用藥治療」的意義。

此外，有時我們還必須考量到整體事件情境對動詞意義的選取產生影響，例如動詞「藥 v4」。在動詞「藥 v4」所凸顯的事件框架中，主要描述醫生治療病人的「動作目的」（藥力）。當施動者本身是醫生，而受動者是疾患處時，如果在語境中沒有提到藥物的具體概念和具體治療的細節，此時「藥 v4」只需選取「動作結果」和「動作相關事物」兩個面向，構成「治療」的意義即可，因為整個事件情境是以「治療疾病」的事件來說明其他事物的道理，不需要涉及具體的藥物和治療細節。

5.5 古漢語「醫」的名動轉變現象

本節主要分析古漢語醫療框架中名詞「醫」的名動轉變現象。分析過程主要分為兩個部分：一是動詞在不同事件框架中的語意轉變現象，二是討論名動轉變所運用的語意認知策略。承接前文對詞彙「藥」的分析，本文從動詞「醫」所出現的句型結構和前後參與者歸納其意義類型，再進一步根據動詞「醫」所凸顯的框架視角討論動詞的語意轉變現象，最後回到「醫」的詞彙屬性結構，藉由事件參與者誘發屬性結構中和事件相關的語意面向，探討詞彙「醫」動詞語意的構成以及語意延伸背後所運用的認知策略。

5.5.1 動詞「醫」的句法和語意轉變分析

在本節的討論裡，我們將根據動詞「醫」在不同結構中所描述的事件關係掌握其意義類型，並觀察動詞選用論元（參與者）的限制，然後進一步探討動詞「醫」所呈現的框架視角和語意轉變現象。

首先說明我們如何根據動詞出現的句法結構和論元的類型決定「醫_{v1}」的意義。觀察下面的兩個例子，可以發現名詞「醫」當動詞時（粗斜體字），可能出現在「名詞組　名詞組　動詞」或「動詞　名詞組」的結構中，描述「擔任醫生」的醫療事件。先以例（21）來說明：

（21）父世**醫**也，護少隨父**爲醫**長安，出入貴戚家。〈漢書・游俠傳第六十二〉

　　譯文：（樓護）祖輩世代**行醫**，樓護年輕時隨父親在長安行醫，出入於貴戚之家。（張舜徽 1999：343）

例（21）出自漢書游俠傳，描述主人公樓護家族世代行醫，其父親也是醫生，樓護年少的時候曾經跟隨父親在長安行醫，因此經常出沒在皇親貴戚家之間，而後這些人勸樓護棄醫從仕，樓護聽從了他們的意見。觀察動詞的句法特徵和所帶的論元，例（21）中父世**醫**也一句意思是樓護的祖、父輩世代以來都擔任醫生。這個句子包含了主語（父），指父親一輩或父親輩的整個家族。在後文的動詞「醫」出現之前我們並不知道樓護的父親是一個醫生，而是根據動詞「醫」判斷他是具備醫術的人。動詞前面以時間名詞（世）描述累代擔任醫生的事件狀態，動詞後是語尾助詞（也）。下文再以**爲醫**長安具體說明爲何主角樓護小時候跟隨父親在長安從事的醫生職業，其中**爲醫**意指擔任醫生或執行醫生的業務，「爲」是擔任，「醫」指的是醫生。此外，「醫_{v1}」在不同的情境中也可省略動詞前的主語，請看下面的例（22）：

（22）君有疾飲藥，臣先嘗之。親有疾飲藥，子先嘗之。**醫**不三世，不服其藥。〈禮記・曲禮下第二〉

　　譯文：國君患病服藥時，侍臣要先嘗一嘗。父母患病服藥時，兒子要先嘗一嘗。**行醫**如果沒有持續三世，不得服用他所開列的藥物。（江義華、黃俊郎 1997：60）

例（22）中醫**不三世**一句意指「（具備醫術的人）擔任醫生沒有超過三代以

上的時間」，觀察動詞的句法特徵和所帶的論元，動詞前面原本的主語消失了，原指某個行醫者，動詞後接否定詞（不）和時間名詞（三世），否定事件狀態所持續的時間。和例（21）一樣，我們必須藉由後面的動詞「醫」才能推知前面主語所具備的外在形象、內在能力或技術。在古文中「三」可以代表「多」的意思，表示這個人擔任醫生的時間若不夠久，就沒有足夠的實力治療病人，取信於病人。後句**不服其藥**才是此例句的核心，由後句主語是「病人」可知例（22）中「**醫不三世，不服其藥**」一句，主要是從病人的角度出發，敘述病人以醫生任職時間的長短作為接受治療與否的標準，因此上句主語不如下句重要，可以結合在動詞中。

歸納上述例句中出現在動詞前後的名詞論元，我們發現文中的主語如樓護父親、行醫者，皆必須仰賴後面動詞「醫 v1」的出現才能確定他們是具備醫術的人，因此通常直接置於句首或動詞前，如例（21）的**父世醫也**。此外，「時間名詞」則可置於動詞「醫 v1」前後，補述事件狀態所持續的時間，如例（21）、（22）的「世」和「三世」。如表 5.15 所示：

表 5.15：動詞「醫 v1（擔任醫生）」的典型語法結構

（NP）	NP	V	（Neg.）	NP
父（具備醫術的樓護之父）	世	醫（擔任醫生）	X	X
（行醫者）	X		不	三世

我們進一步參考 Fillmore（1982）建構商業事件框架的邏輯，從論元的表現形式歸納動詞「醫」所凸顯的參與者類型，發現動詞「醫」在古代戰爭事件中所選擇的參與者有其典型性：如語料中的「父」（樓護之父）等具備醫術的人可視為參與者「具醫術者」，而「世」、「三世」等行醫的時間範圍可視為參與者「時間」，這些參與者又會進一步誘發出隱含在醫療事件框架中的其他參與者，如例（22）中的「君」、「親」是醫療事件中的「病人」，此外還有「疾」（疾患處）、「藥」（藥物）等，都會一併浮現在閱讀者的認知框架中，構成當下的「醫療事件框架」（Fillmore 1982；江曉紅 2009；張榮興 2012）。下表 3.1 是語料中動詞所帶論元的表現形式與參與者類型的對應，在本文以下的框架分析圖中，將以「具醫術者」、「時間」、「病人」、「疾患處」和「藥」來代表語料中相對應的動詞論元：

表 5.16：動詞「醫」選擇的參與者類型

動詞「軍」所凸顯的參與者類型	論元的表現形式
具醫術者	父（樓護之父）、行醫者
病人	君、親
疾患處	疾
藥物	藥
時間	世、三世

此外，在某些情況下詞彙「醫」原本的概念不會就此消失，其作爲「醫生」的具體概念仍然可能結合在特定醫療事件中，受到句中其他參與者的誘發而一併被動詞「醫」凸顯，成爲一個併入到動詞中的名詞論元（incorporated NP argument），也就是隱藏在事件框架中的參與者（Peirsman & Geeraerts 2006：292）。下圖 5.15 爲名詞「醫」轉喻爲動詞後所呈現的醫療框架：

圖 5.15：動詞「醫 v1」的框架視角分析圖

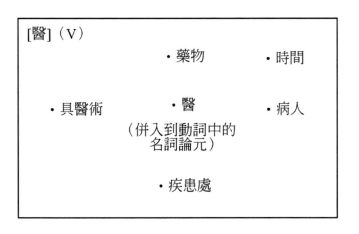

如圖 5.15 所示，其中參與者「醫」代表「醫生」的具體概念，它可能是呈現在表面結構上的必要參與者，也可能是隱藏在事件框架中的參與者（併入到動詞中的名詞論元），在表面結構上看不到，但仍能藉由動詞「醫」的典型醫療框架呈現出來。若能將「醫」作「醫生」的具體概念視爲醫療框架中的必要參與者，便能確切掌握動詞「醫」所描述的事件關係，分析動詞「醫」的語意轉變現象。觀察圖 5.15 中出現的參與者可知，動詞「醫」最常選擇的參與者和動詞「藥」不太一樣，除了出現在「藥」的醫療框架中那些典型參與者「醫生」、「藥物」、「病人」、「疾患處」之外，還多了非典型參與者「時間」和「具醫術者」，田臻（2014：68）以基本框架元素和外圍框架元素來區

別上述經常出現在事件框架中的典型和不常出現在事件框架中的非典型參與者。

如同前文對動詞「藥」的分析，動詞「醫」對於參與者的選擇並非零散而隨意的，之所以能夠產生不同的動詞意義，和動詞所凸顯的參與者，以及參與者所出現的位置有很大的關係。接下來我們將討論敘述者使用動詞「醫 v1」（擔任醫生）所誘發的框架視角或事件觀察視角。請看下圖 5.16：

圖 5.16：動詞「醫 v1」的框架視角分析圖

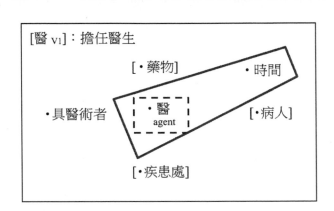

如上圖 5.16 的框架視角分析圖所示，梯形的實線方框為「醫 v1」所凸顯的框架視角，「醫生」的具體概念包含在動詞所描述的事件關係中，但並沒有在表層結構呈現出來，因此以虛線方框呈現。動詞「醫」將隱藏於事件框架中的參與者「醫生」凸顯出來，以施動者（agent）的身份併入到動詞中，和與之相關的動作「擔任醫生」產生意義繫聯（Clark & Clark 1979；Liu 1991；Tai & Chan 1995），並聚焦在「行醫時間」上，串起參與者「醫生」和「行醫時間」的事件關係。而「具醫術者」則屬於事件中被提及但非必要的參與者，因此雖然置於動詞前當主語，但亦可選擇省略，如例（22）中的「醫不三世」。至於「病人」、「疾患處」、「藥物」等參與者則被隱含在框架中，沒有藉由單句形式表現出來，但卻也可能節由上下文進一步被誘發出來，因此以括號[　]的方式呈現（Ungerer & Schmid 2006：211），如例（22）可藉由前文的「君子」、「親」、「疾」、「藥」得知參與者「病人」、「疾患處」、「藥」隱藏在框架背景中。

重要的是，敘述者在這裡不會將動詞「醫」解讀為「治療」而是「擔任醫生」，是因為「醫」凸顯了併入到動詞中的參與者「醫生」，將醫生作為醫療事件施動者的概念結合進來，並加入描述持續狀態的「時間」，因此而構成了「（具

醫術者）擔任醫生多久」的事件關係。

　　當然，誠如第三章對動詞「軍 v2」（駐紮）和「軍 v4」（組編）的分析，名詞轉變成動詞後不一定會帶有原本的具體意義，可能原本的具體概念在表面結構中已經獨立出來，敘述者只取和該名詞相關的典型動作（Dirven 1999：284），動詞意義在實際情境中並不指涉該具體事物。接下來要討論動詞「醫 v2」（治療）所描述的事件關係，也具有上述特質。在某些情境下，「醫生」已經是文中的必要參與者，因此名詞「醫」轉變成動詞後不再帶有原本的具體意義，反而主要用以描述和該名詞最相關的典型動作。先從動詞出現的句法結構和論元的類型說明我們如何決定動詞「醫 v2」的意義。觀察下面的五個例子，可以發現名詞「醫」當動詞時（粗斜體字），可能出現在「名詞組　動詞　名詞組」或「名詞組　介詞組　動詞」的結構中，描述「治療」的醫療事件。先以例（23）和例（24）來說明：

（23）方伎所長，及所能治病者？有其書無有？皆安受學？受學幾何歲？嘗有所驗，何縣里人也？何病？**醫藥**已，其病之狀皆何如？具悉而對。〈史記・扁鵲倉公列傳〉

　　譯文：醫術有什麼專長及能治癒什麼病？有沒有醫書？都向誰學醫的？學了幾年？曾治好哪些人？他們是什麼地方的人？得的什麼病？**治療**用藥後，病情怎樣？全部詳細回答。（郝志達、楊鍾賢 1995e.：13）

（24）見其老幼，奉歸勿傷。雖遇壯者，不校勿敵。敵若傷之，**醫藥**歸之。〈司馬法・仁本〉

　　譯文：遇到罪人國的老人、幼童，勸他們各自回家，不要傷害他們。就是遇到罪人國的壯年人，不從事抵抗的也不和他為敵。倘若為敵作戰傷了他，也要為他**裹傷**敷藥送他回家去。（劉仲平 1986：18）

　　例（23）描述皇帝下召問太醫淳于意治療病人的過程，將其中醫藥已一句展開應為「（汝）醫（以）藥已」的省略。觀察動詞「醫」的句法特徵和所帶的論元，動詞前是省略的主語「汝」（你），意指醫生淳于意，動詞後是受詞「藥」，結合了介詞「以」（用）描述「用藥物～」的概念[註8]，補述用藥

_____

〔註 8〕下面例子中的「藥」皆為名詞，並結合了「以」（用）來描述「用藥物」進行具體

物治療的細節。類似的結構可見例（24），描述戰爭時軍隊進入敵國所應遵守的軍事禮儀。其中醫藥歸之一句應為兩個連續動作「醫（以）藥，使之歸」的省略，意指醫生用藥物治療疾患處，再要求病人返家。動詞前是省略的主語，即我方軍隊中具備醫術的人，動詞「醫」後同樣是受詞「藥」結合了「以」（用）的概念，補述用藥物治療的細節，緊接著以動詞詞組「歸之」描述使之返家的後續處理動作。相較於例（23）、（24）中的動詞「醫」後接受詞「藥」描述用藥治療的細節，例（25）的動詞「醫」則出現在另一種句法結構中，並未選擇「藥」作為其論元：

（25）扁鵲名聞天下。過邯鄲，聞貴婦人，即為帶下**醫**；過雒陽，聞周人愛老人，即為耳目痹**醫**；來入咸陽，聞秦人愛小兒，即為小兒**醫**：隨俗為變。〈史記・扁鵲倉公列傳〉

譯文：扁鵲的名聲傳遍天下。路過邯鄲，聽說當地人重視婦女，就替她們**治婦女病**；路過雒陽，聽聞周人敬愛老人，就替老人**治眼耳疾病**；來到咸陽，聽聞秦國人愛護小兒，就替小孩**看病**。隨俗而變。（郝志達、楊鍾賢 2007e.：11）

例（25）中為帶下醫、為耳目痹醫、為小兒醫三句分別指神醫扁鵲根據不同國情治療不同疾病或病人。觀察動詞「醫」的句法特徵和所帶的論元，這三個句子皆省略了主語，即醫生「扁鵲」，動詞後雖然沒有受事者，但動詞前卻分別以介詞詞組帶入名詞論元「帶下」、「耳目痹」、「小兒」等描述疾病或病人的具體概念。然而，再觀察例（26）、（27）中動詞「醫」出現的句法結構和論元的類型，其表現形式又不同：

治療動作的事件關係：

（a）病在肉，調之分肉。病在筋，調之筋。病在骨，調之骨。燔鍼劫刺其下，及與急者。病在骨，焠鍼**藥熨**。〈黃帝內經・素問・調經論第六十二〉

譯文：病在肉，從分肉間調治；病在筋，就從筋調治；病在骨，就從骨調治。用燔針劫刺其疼痛處，要刺到有拘急感的筋脈。病在骨，就用焠針刺治或用藥物溫熨病處。（孟景春、王新華 1994：353）

（b）巫馬掌養疾馬而乘治之，相醫而**藥攻**馬疾，受財于校人。〈周禮・夏官司馬〉

譯文：巫馬掌養有病的馬匹，觀察他們駕車的情形，知道疾病所在，加以治療。幫助醫者以藥治療馬的疾病，向校人領取所需的費用。（林尹 1987：342）

（26）今有醫此，和合其祝藥之于天下之有病者而藥之，萬人食此，若
　　　醫四五人得利焉，猶謂之非行藥也。〈墨子‧非攻中第十八〉（同
　　　例（4））

　　譯文：假如現在有個醫生在這里，他拌好他的藥劑給天下有病的人服藥。一
　　　　　萬個人服了藥，若其中有四、五個人的病治好了，還不能說這是可通
　　　　　用的藥。（李生龍 1996：120-121）

（27）二月賣新絲，五月糶新穀。醫得眼前瘡，剜卻心頭肉。〈聶夷中‧
　　　詠田家詩〉

　　譯文：二月裡蠶兒剛剛出子，就早早賣掉了一年的新絲，五月裡秧苗還在地
　　　　　裡，又早早賣去了一年的新穀。只顧（爲了）醫治眼下的毒瘡，也只
　　　　　有剜去自己心上的肉。（自譯）

　　例（26）中墨子舉醫生用藥物治病的例子說明戰爭爲不可行之道，文中
假設醫生調和祝藥給天下有病者食用，其中若醫四五人得利焉一句是假設醫
生如果只能治好一萬人中的四五個病人，那這種藥物就不能算是可通行的藥
物。動詞前省略前文提過及的主語「醫」（醫生），動詞後是受詞「四五人」，意
指被治好的病人，後面再以動詞詞組得利描述治療病人的結果。至於例（27）
是以治療疾病的例子說明人民用有害的方法救急，雖然解決了眼前的問題，
卻逃脫不了高利借貸的壓榨。其中醫得眼前瘡一句意指醫生治療好眼前的疾
患處，動詞前省略主語「醫」（醫生），動詞後是受詞「眼前瘡」，意指被治好
的疾患處，「得」是副詞，補述醫治眼瘡傷的結果是好的。這兩個例子說明動
詞「醫」後面可以直接帶入描述表「病人」或「疾患處」的論元作爲受詞，
和例（23）、（24）、（25）中動詞「醫」所呈現的句法特徵並不相同。

　　歸納上述例子中動詞「醫」所帶論元的表現形式與參與者類型的對應，
可知例句中的「扁鵲」、「醫」等具備醫術的人可視爲參與者「醫生」；「帶下」、
「耳目痹」、「眼前瘡」等描述疾病或傷口的名稱可視爲參與者「疾患處」；而
「小兒」、「天下之有病者」等罹患疾病的人則可視爲參與者「病人」。因此，
我們推論動詞「醫 v2」傾向於選擇代表「醫生」一類的論元置於動詞前，視
語境決定主語是否省略；在同一句中如果「病人」、「疾患處」或「藥物」等
參與者被提及，可以藉由介詞詞組帶入置於動詞前，如例（25）中的「爲帶

下醫」、「爲耳目痹醫」、「爲小兒醫」，或者直接置於動詞後，如例（23）、（24）、（26）、（27）中的「醫藥已」、「醫藥歸之」、「*醫*四五人」、「*醫*得眼前瘡」。如表 5.17 所示：

表 5.17：動詞「醫 v2」（治療）在句法結構中選擇的參與者

NP	（Prep.－NP）	V	（NP）	（VP）
醫生	X	醫（治療）	（病人） （疾患處） （藥物）	（治療結果）
	（爲－疾患處） （爲－病人）		X	X

圖 5.17：動詞「醫 v2」的框架視角分析圖

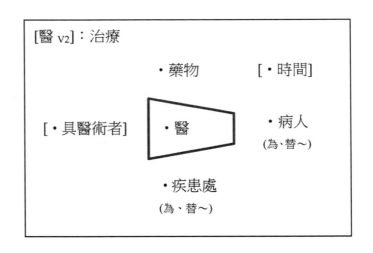

接著討論敘述者使用動詞「醫 v2」（治療）所呈現的事件框架，如上圖 5.17 所示，梯形的實線方框爲「醫 v2」所凸顯的框架視角。對照框架圖 5.16 和 5.17 可知，動詞「醫 v2」所呈現的框架視角和圖 5.16 動詞「醫 v1」的並不相同，仔細區別這兩個圖可以發現，動詞「醫 v2」只凸顯動詞前的參與者「醫生」，而「病人」、「疾患處」、「藥物」則屬於事件中被提及但非必要的參與者，可藉由介詞詞組帶入並置於動詞之前，或者直接置於動詞之後。觀察上述例子，動詞前必定有參與者「醫生」，可能因上文提及而在形式上省略，但的確存在於底層結構中。由於事件框架中已經凸顯了「醫生」這個具體概念，因此動詞「醫 v2」在描述「醫生」所產生的事件關係時，不需要將醫生的概念結合進來，而是取用醫生面對病人或疾患處的典型動作目的「治療」，構成「醫生（用

藥）治療（病人）／（疾病）」或「醫生（爲疾病）／（爲病人）治療」的事件關係。換言之，敘述者在這裡不會將動詞「醫」解讀爲「擔任醫生」而是「治療」，是因爲動詞「醫」只凸顯醫生治療的動作目的（Dirven 1999：284），動詞前通常已經有「醫生」存在，且不會帶入描述狀態持續的「時間」。

　　歸納上述分析，我們可以看到詞彙「醫」在不同框架視角下的語意轉變現象，其動詞的意義或用法會根據事件框架中所凸顯的參與者而有所改變。下表5.18 進一步比較了動詞「醫」在不同框架視角中所凸顯的前後參與者，以及隱藏在動詞中的參與者「醫」在不同事件框架中所扮演的角色。當框架視角包含二個參與者時，動詞所凸顯的是「醫生」和「時間」的事件關係，此參與者「醫生」以施動者（agent）的角色被併入到動詞中，構成「擔任醫生（多久）」的事件關係，如「醫 v1」；當框架視角只包含一個參與者時，動詞所凸顯的是框架中已經存在的「醫生」，而動詞「醫」強調的只是醫生的動作目的「治療」，進而構成和醫生有關的「治療」事件，如「醫 v2」。至於「藥物」、「病人」和「疾患處」則是此事件中非必要存在的參與者，可出現在框架中和「醫生」構成「醫生爲疾病、病人治療」、「醫生用藥治療」或「醫生治療病人、疾病」等事件關係。

表 5.18：古漢語動詞「醫」在不同框架視角中所凸顯的參與者

動詞	動詞意義	必要參與者		隱藏在框架中的必要參與者	框架邊緣的參與者	上 下 文 語 境
		動前名詞	動後名詞	名詞論元併入動詞	（介詞）－名詞組	
醫 V1	擔任醫生		時間	醫－施動者（agent）	（具醫術者）	以時間名詞強調行醫年限
		時間				
醫 V2	治療	醫生	（病人）	X	（藥物）（疾患處）（病人）	主要描述醫生施動的目的，可加入藥物、病人、疾患處等參與者描述治療細節

　　藉由表 5.18 總結分析，從表格右側的上下文語境可知動詞描述的事件情境都和醫療事件相關，但事件細節仍略有不同。因此，我們還必須進一步根據事件關係中參與者的位置，也就是主詞、受詞或置於介詞詞組中的地點、時間等，來判斷動詞帶有的語法特點，以及可能描述的事件關係。再觀察隱

藏在框架中的參與者「醫」，我們發現代表「醫生」的名詞論元實際上仍與動詞「醫」建立特定的語法關係，可以「施動者」的語意角色結合到動詞的意義中（Clark & Clark 1979；Liu 1991；Tai & Chan 1995），我們推測古漢語中原本代表具體事物的名詞「醫」一開始作動詞使用時，所描述的事件關係也會將「醫生」和特定的動作連結在一起，描述特定且具體的事件細節，如「醫 v1」（擔任醫生）。當和醫生相關的特定動作（如治療）在我們的認知概念中已經成為普遍且典型的意義（Xing 2003），或者醫生的概念已經在語境中重複出現，此時「醫生」的具體概念就會從動詞中消失，使動詞單純描述「治療」的事件關係（Dirven 1999：284），如「醫 v2」（治療）。

5.5.2 名動轉變語意延伸的認知策略

　　本小節進一步討論名詞如何從事件框架中的參與者延伸出描述抽象事件關係的動詞意義。誠如本章節中對詞彙「藥」名動轉變現象的推論，我們認為不同的框架視角決定動詞所描述的事件關係，但名詞為何能產生動詞意義，還是要回歸詞彙本身，從我們對詞彙的認知框架討論意義建構與組合的過程。

　　如下圖 5.18 所示，我們根據「事物屬性結構」模組來建立詞彙「醫」所隱含的概念框架，可用以呈現古人腦海中和「醫」相關的認知結構，並反應敘述者如何將詞彙「醫」不同面向的意義概念組織在一起。此圖歸納了古漢語語料中詞彙「醫」可能呈現的屬性結構，由「醫」所組成的複合詞即根據所強調的面向不同，構成了不同的詞彙。如「官醫」、「醫官」、「太醫」、「御醫」、「校醫」、「軍醫」、「醫家」、「世醫」、「名醫」、「儒醫」、「老醫」、「醫婆」、「密醫」、「草澤醫」、「赤腳醫生」等詞彙強調醫生的外型、職位身份或性別年齡等「外在形式」；「牙醫」、「瘍醫」、「疾醫」、「獸醫」、「食醫」、「巫醫」、「法醫」、「醫事」、「醫學」、「醫理」、「醫道」、「醫德」、「良醫」、「上醫」、「神醫」、「庸醫」、「醫術」等詞彙則強調醫學知識、專業技術、或醫療道德等和醫生相關的「內在能力」；又如「就醫」、「求醫」、「行醫」、「施醫」、「投醫」、「醫療」、「醫治」、「醫囑」、「醫護」、「醫務」、「醫藥」等詞彙強調的是和求醫、治療相關的「動作方式」或「動作目的」。

　　此外，屬性結構中也包含「和動作相關的事物」，也就是能和詞彙「醫」的動作產生關連性的人、事、物，事實上就是醫療框架中的參與者，如「具醫術

者」、「醫生」、「病人」、「疾患處」、「藥物」甚至是「時間」等，藉由這些參與者的互動，才能進一步誘發和醫生相關的事件關係。

圖 5.18：動詞「醫 v1」在屬性結構取用的面向

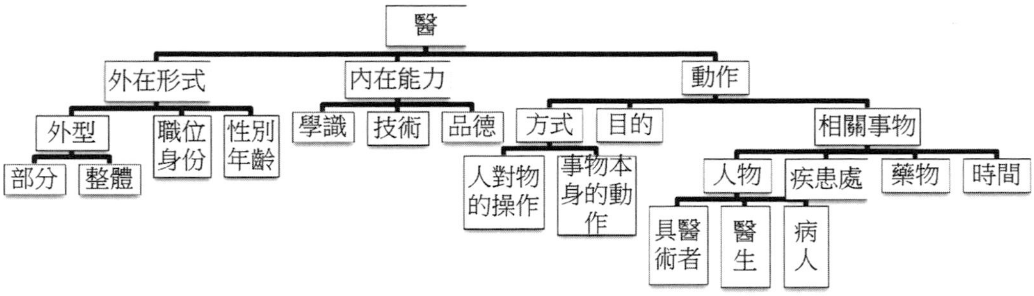

從詞彙的構詞動機來說，同一個詞彙出現了不同的用法和意義，可能是因為事件情境與角度不同，敘述者所選用的框架視角誘發詞彙屬性結構中不同的意義面向所致，我們視之為運用轉喻策略所創造的詞彙。被選擇用來描述特定事件關係的動詞通常不是隨機決定的，而是為了強調某種特定意義和面向（張榮興 2015：20）。承接本章對詞彙「藥」的分析，當詞彙「醫」出現在語法結構中動詞的位置，動詞所指派的前後參與者會誘發我們喚起背景知識中對「醫」整體屬性結構的連結，特別是屬性結構中和「動作」面向相繫聯的部分，這些被誘發的意義面向超越了原本「醫」單純作為名詞的概念而成為整個屬性結構中的顯著成分（salient element），進而使名詞「醫」藉由「部分代表整體」的轉喻策略來代表整個和醫生相關的事件關係，產生動詞的用法和意義。換言之，名詞不是在任何情況下都能轉類為動詞，詞彙能夠取用屬性結構中和動作相關的面向，還必須配合事件框架中能與之產生意義繫聯的參與者，以及條件適合的句法結構。

下圖 5.19 和 5.20 所呈現的便是詞彙「醫」分別在不同框架視角下所取用的詞彙屬性面向，詞彙所取用的面向不同，表示詞彙意義組成的來源不同，我們嘗試結合前面關於事件框架的分析，進一步來討論詞彙意義的形成。兩類動詞類型都反映了「醫」屬性結構中的部分語意面向，這些動詞與屬性結構中各種面向的關連，在圖 5.19 和 5.20 中分別以實線連結顯示，代表動詞所凸顯的語義面向。

首先以小節 5.6.1 的例子說明動詞「醫 v1」在屬性結構取用的面向。動詞

「醫 v1」取用的是屬性結構中「外在形式」、「內在能力」、「動作方式」,和「動作相關事物」四個面向。如例(28)和圖 5.19 所示:

(28) 君子疾飲藥,臣先嘗之。親有疾飲藥,子先嘗之。*醫*不三世,不服其藥。〈禮記‧曲禮下第二〉(同例(22))

譯文:國君患病服藥時,侍臣要先嘗一嘗。父母患病服藥時,兒子要先嘗一嘗。**行醫**如果沒有持續三世,不得服用他所開列的藥物。(江義華、黃俊郎,1997:60)

圖 5.19:動詞「醫 v1」在屬性結構取用的面向

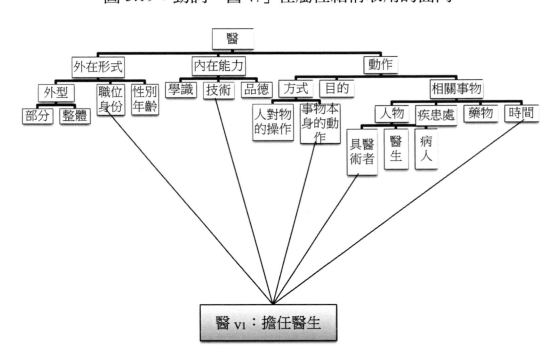

例(28)的事件情境主要描述某人(具醫術者)擔任醫生所持續的時間狀態,後文以時間名詞強調行醫年限。動詞「醫 v1」主要凸顯的參與者是「醫生」和「行醫時間」,進而搭配次要參與者「具醫術者」描述「擔任醫生」的事件關係,其中「醫生」的具體概念來自於屬性結構中的「外在形式」和「內在能力」。觀察圖 5.19 右側「動作相關的語意面向」可知,「具醫術者」和「行醫時間」會誘發屬性結構中醫生的「外在職位身份」、「內在技術」和「本身的動作方式」等面向,構成「擔任醫生」的動詞意義。

再以前文的例子說明動詞「醫 v2」在屬性結構取用的面向。動詞「醫 v2」取用的是屬性結構中「動作目的」和「動作相關事物」兩個面向。如例(29)

和圖 5.20 所示：

（29）扁鵲名聞天下。過邯鄲，聞貴婦人，即爲帶下**醫**；過雒陽，聞周
　　　人愛老人，即爲耳目痹**醫**；來入咸陽，聞秦人愛小兒，即爲小兒
　　　醫：隨俗爲變。〈史記・扁鵲倉公列傳〉（同例（25））

　　譯文：扁鵲的名聲傳遍天下。路過邯鄲，聽說當地人重視婦女，就替她們**治
　　　　　婦女病**；路過雒陽，聽聞周人敬愛老人，就替老人**治眼耳疾病**；來到
　　　　　咸陽，聽聞秦國人愛護小兒，就替小孩**看病**。隨俗而變。（郝志達、楊
　　　　　鍾賢　2007：11）

圖 5.20：動詞「醫 v2」在屬性結構取用的面向

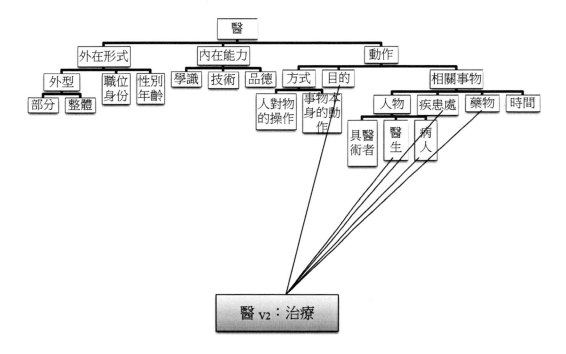

　　　例（29）的事件情境主要描述具醫術者進行治療的動作，藉由後文的病
人、疾患處或藥物等參與者進一步說明治療細節。觀察圖 5.20 右側「動作相
關的語意面向」可知，動詞「醫 v2」描述「醫生」本身進行治療的事件關係，
主要凸顯的參與者是「醫生」，進而搭配「病人」、「疾患處」或「藥物」等次
要參與者描述「治療」的事件關係。此事件關係強調醫生的動作目的「治療」，
事件框架中只有「醫生」一個必要參與者，其中醫生和治療的動作目的在意
義上相互繫聯，使敘述者進一步取用醫生屬性結構中的「動作目的」面向，
結合「疾病」、「藥物」、「病人」等相關事物，構成「治療」的動詞意義。此

外，由於出現在事件關係中的「醫生」是具體存在的參與者，因此詞彙「醫」在屬性結構中主要取用的面向是「醫生的動作目的」，強調「治療」的動作但不包含「醫生」的具體概念。

分析名詞「醫」語意延伸的認知策略，我們發現「醫」的動詞意義雖然延伸自名詞，但受到不同事件框架的影響，敘述者會根據框架中所凸顯的參與者，取用名詞「醫」屬性結構中和該事件相關的語意面向，藉由「部分代表整體」（PART FOR WHOLE）的轉喻策略（metonymy）用以描述整個和藥物相關的事件關係，產生動詞的用法和意義，是屬於同一屬性結構中的概念映攝（Radden & Kövecses 1998; Radden & Dirven, 2007）。其中常被取用的語意面向包含醫生的「身份職位」、「技術」、醫生本身的「動作方式」和「動作目的」。此外，和醫生動作相關的事物如「具醫術者」、「病人」、「疾患處」、「藥物」和「行醫時間」等參與者也會在屬性結構中一併受到誘發。

依據事件框架中參與者的互動，我們嘗試在屬性結構中歸納出動詞意義組成的規則。在動詞「醫 v1」所凸顯的事件框架中，描述具醫術者本身擔任醫生的「動作方式」當施動者是以其他名稱呈現的具醫術者，加上參與者「時間」的加入，醫生的職位身份和專業能力被凸顯，其具體概念會併入到動詞中，使「醫 v1」選取「外在形式」、「內在能力」、「動作方式」和「動作相關事物」四個語意面向構成「擔任醫生」的意義。

至於在動詞「醫 v2」所凸顯的事件框架中，主要描述醫生進行治療的「動作目的」。施動者本身即為醫生，動詞「醫 v2」只需選取「動作目的」和「動作相關事物」兩個面向（Dirven 1999：284），並藉由次要參與者「病人」、「疾患處」或「藥物」的加入，構成「治療」的動詞意義。

5.6 語意延伸的脈絡

本章節以古漢語醫療事件中經常使用的詞彙「藥」和「醫」為例，探討這詞彙轉類在不同框架視角下所產生的語意轉變現象，以及名動轉變過程中語意延伸的認知策略。文中首要議題是藉由語料的呈現，掌握名詞「藥」、「醫」轉變成動詞時的意義類型，以及動詞在句法結構中所選擇的論元。然而，要瞭解動詞所選擇的論元如何影響動詞意義的轉變，則必須進一步闡述論元結構與事件框架的關係，此為分析過程的第二個議題。我們先根據動詞所帶的

論元類型歸納動詞「藥」、「醫」在事件框架中所選擇的參與者，並據此建立和動詞「藥」、「醫」相關的醫療框架。再從動詞所凸顯的框架視角探討不同參與者所構成的事件關係，藉此區別動詞「藥」、「醫」在相似結構中的語意轉變現象。

我們發現當名詞「藥」、「醫」轉類爲動詞時，可以從下列三種類型來討論。第一種類型是動詞意義中併入「藥物」或「醫生」的具體概念，本文視之爲併入到動詞中的論元（參與者）。例如動詞「藥 v1」和「藥 v5」所描述的事件關係中，受到施動者「醫生」的影響，藥物的具體概念以工具角色併入到動詞中，若動詞後面有受事者「疾患處」，則構成「用藥敷塗」的意義，若動詞後面沒有其他受事者加入，則構成「用藥治療」的意義。又如動詞「藥 v2」和「藥 v3」所描述的事件關係中，受到操作藥物的施動者「病人」影響，藥物的具體概念以受事角色併入到動詞中，構成「使～服藥」或「服藥」的意義。此外像是「醫 v1」所描述的事件關係中，受到參與者「具醫術者」和「時間」的影響，醫生的具體概念以施事角色（施動者）併入到動詞中，構成「擔任醫生」的動詞意義。

第二種類型是「醫生」的具體概念在表面結構中已經獨立出來，敘述者直接用該名詞來描述與之相關的典型動作（Dirven 1999：284）。如動詞「醫 v2」所描述的事件關係中，施動者「醫生」已經出現在框架中，加上其他參與者「病人」、「疾患處」、「藥物」的影響，敘述者直接取用和名詞「醫」相關的典型動作，構成「治療」的意義。

第三種類型是名詞的具體概念完全消失，敘述者直接用該名詞來描述與之相關的典型動作。例如名詞「藥」轉類爲動詞「藥 v4」時，藥物的具體概念完全消失，敘述者以醫療事件來說明其他道理，不涉及用藥治療的細節（Radden & Kövecses 1999：38；Fillmore 2003：259）。此時詞彙「藥」受到施動者「醫生」和受動者「疾患處」的影響，只取和名詞「藥」相關的典型動作，和「醫 v2」一樣構成「治療」的意義。

由此可知，在限定的語義框架〔註 9〕中討論參與者之間的互動，有助於理

〔註 9〕本文主要討論出現在「醫療框架」中的詞彙「藥」。我們認爲詞彙「藥」是治病框架中典型的參與者。當然，詞彙「藥」在其他框架中也可能延伸出動詞的用法，如「藥殺」、「藥死」（下毒、用毒物殺害）等，因不在本文的醫療框架中，故暫時不

解動詞的語意轉變現象。我們固然可以從詞彙「藥」、「醫」所出現的結構位置判斷其詞性的轉變，但卻必須從動詞所凸顯的框架視角討論參與者間的互動關係，才能進一步掌握「藥」所描述的五種事件關係或者「醫」所描述的兩種事件關係：分別是用藥敷塗（藥 $v1$）、使～服藥（藥 $v2$）、服藥（藥 $v3$）、治療（藥 $v4$）、用藥治療（藥 $v5$），以及擔任醫生（醫 $v1$）和治療（醫 $v2$）。

　　然而，並不是所有出現在醫療框架的名詞「藥」、「醫」都可以轉類為動詞，我們還必須進一步考量組成詞彙「藥」、「醫」的屬性結構是否能與事件框架中的參與者產生緊密的意義繫聯。因此我們面臨分析上的第三個議題，也就是名詞如何根據所凸顯的事件框架產生不同動詞意義。事實上，無論是名詞或動詞，詞彙意義並不會因此脫離與之相關的概念框架，也就是詞彙本身的屬性結構。詞彙意義的形成可能來自於具體事物的外在形式、組成成分或與之相關的抽象動作所複合而成。換言之，我們亦可將名詞轉變成動詞視為一種詞彙意義的延伸與重新組構，也就是敘述者根據當下的框架視角分別取用詞彙屬性結構中相關的意義面向，藉由「部分－整體」的轉喻策略構成動詞意義。因此文中嘗試從「藥」和「醫」的詞彙屬性結構探討名詞轉變為動詞後所取用的意義面向，進一步歸納詞類轉變在語意延伸上的共性。

　　在討論過程中，我們也觀察到名動轉變所產生的意義類型，事實上有其語意延伸的先後順序，或者典型與較不典型的用法。根據第三章和第四章的推論，我們認為名詞動詞化的語意轉變過程可參照 Xing（2003）討論古漢語動詞語法化時所提出的語意轉變過程。就語意延伸的先後順序而言，詞彙「藥」、「醫」在古漢語中原本是描述具體概念的名詞，當名詞轉類為動詞時，所描述的事件關係首先會將作為參與者的「藥物」、「醫生」等具體概念結合進來（如藥 $v1$、藥 $v2$、藥 $v3$、藥 $v5$、醫 $v1$），下一步則發展成只凸顯與參與者相關的動作目的，用以描述抽象事件關係的動詞（如藥 $v4$、醫 $v2$）。換言之，詞彙「藥」、「醫」在轉變為動詞的過程中藉由轉喻的延伸，或者是語用需要等各種原因，使其產生不同程度的意義延伸。我們甚至認為，其中所謂語用推論（pragmatic inferencing）一環，可以更進一步從動詞所凸顯的框架視角加以分析詮釋。請看圖 5.21：

　　予以討論。

圖 5.21：古漢語「藥」、「醫」名詞到動詞的語意延伸脈絡

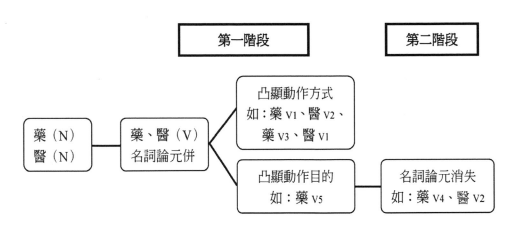

如圖 5.21 所示，以本章節中分析詞彙「藥」、「醫」名動轉變現象的語料為例，我們嘗試歸納動詞意義轉變的二個階段。在第一個階段中，「藥」、「醫」作為名詞的典型意義是分別是「藥物」、「醫生」，當名詞轉變為動詞時，一部分的動詞「藥」、「醫」強調結合參與者在內的「具體動作方式」，如用藥敷塗（藥 v1）、服用藥物（藥 v3）、擔任醫生（醫 v1），這一類描述明確動作細節的事件關係，最容易與參與者「藥」本身產生意義繫聯。而要求病人吃藥（藥 v2）的事件關係除了明確描述服藥的動作方式外，又加入醫生要求病人的外力，和參與者「藥」本身的意義繫聯較不直接。

至於另一部分的動詞則強調結合參與者在內的「動作目的」，如用藥治療（藥 v5），這一類泛指動作目的的事件關係不涉及明確的動作細節，因此較不容易和參與者本身產生絕對的意義搭配關係，如「醫生」的動作目的是「治療」，「藥物」的動作目的也可以是「治療」，意義繫聯上不如「強調動作方式」的動詞類型緊密。在第一階段中，我們觀察到「藥物」、「醫生」的具體概念雖然沒有出現在表面結構，但作為事件中被凸顯的必要參與者，我們仍然可以從動詞「藥」、「醫」的選用察覺到「藥物」或「醫生」的具體概念已經被隱藏到動詞中，成為併入到動詞中的參與者（incorporated NP argument），而詞彙「藥」、「醫」則以動詞的語法功能出現在句法結構中。

到了語意發展的第二個階段，我們可以觀察到動詞「藥 v4」和「醫 v2」所描述的事件關係都是「治療」。由於事件描述的語用需求，例如必須以「醫生」作為主語描述醫生本身的動作目的，「醫生」的具體概念因此被獨立出來呈現在表面結構上，或者單純藉由強調「藥物」的動作目的來說明其他抽象道理，動

詞中原本結合的參與者「醫生」或「藥物」則完全消失，反而是和參與者相關的動作目的「治療」得到強化，藉由轉喻過程取用詞彙屬性結構中和動作相關語意面向，使詞彙「藥」、「醫」轉變爲單純的動詞。由於這一類動詞所描述的事件關係不需結合參與者「藥」或「醫」，所搭配的參與者相較於前面的藥 v1、藥 v2、藥 v3、藥 v5、醫 v1 顯得更有彈性，且使用上已有其他動詞可以取代，如「治」、「療」、「疾」等，因此在名動轉變的意義延伸過程中應屬於較晚期的用法，但可以使用的語境也更爲廣泛，反而可能因此成爲較典型的用法，甚至可藉由隱喻機制類比其他事件關係，進一步用以說理〔註10〕。

　　總結上述，透過醫療事件框架和詞彙「藥」、「醫」屬性結構的分析，可以幫助我們瞭解名詞轉變成不同意義類型的動詞，背後可能經歷的認知歷程。在閱讀古文的過程中，學習者亦可嘗試透過篇章來建立事件框架，進一步從動詞前後參與者的互動關係，掌握動詞在屬性結構中可能被誘發的語意面向，協助建構動詞的意義。此外，我們也可以藉由文中語料所呈現的共性，

〔註10〕如例（a）和（b）中「上醫醫國」、「伊尹醫殷」、「百里醫秦」等這一類句子涉及「醫療框架」與「治國框架」的相互映攝。在治國框架中，主語原指賢臣（伊尹、太公、百里、申麃、原季、范蠡、管仲），動詞後的參與者是「國家」（殷、秦、晉、越、齊）、「都城」（郢）或者「君王」（周武王），然而敘述者卻藉由主語「上醫」或者動詞「醫」（治療）開啓了另一個醫療框架，此時原本的「賢臣」對應到醫療框架中的「醫生」，「國家」、「都城」對應「疾患處」，「君王」對應「病人」，顯而易見敘述者在此是藉由「醫生治療疾患處或病人」的事件關係比喻「賢臣治理國家、輔佐國君」的事件關係。

　　（a）文子曰：「醫及國家乎？」對曰：「上醫醫國，其次疾人，固醫官也。」〈國語·晉語八〉

　　譯文：趙文子反問：「醫生怎麼能涉及國政？」和醫生回答：「上等的醫生醫治國家（的病），其次才是醫治病人。我這個國醫本來也是官職之一呀！」（自譯）

　　（b）王其忘乎？昔伊尹醫殷，太公醫周武王，百里醫秦，申麃醫郢，原季醫晉，范蠡醫越，管仲醫齊，而五國霸。其善一也，然道不同數。〈鶡冠子·世賢第十六〉

　　譯文：您難道忘了嗎？從前伊尹醫治商朝，姜太公醫治周武王，百里奚醫治秦國，申麃醫治楚國，原季醫治晉國，范蠡醫治越國，管仲醫治齊國，而使五國稱霸。他們的技能一樣，但是方法不同。（自譯）

嘗試推論名詞「藥」、「醫」意義發展的脈絡，我們認為名詞最初產生動詞化的用法，主要是用以強調結合具體參與者的典型事件關係，這一類描述明確動作細節的事件關係，最容易與參與者本身產生意義繫聯（Imai et al 2008）。因此，名詞動詞化的意義轉變仍然依循著從特指到典型，從具體到抽象的主要路徑，而詞類轉變所遵循的機制，則需要憑藉轉喻和語用推論的過程。所謂語用推論，可能包含動詞在事件框架中所凸顯的必要參與者，以及事件發生的前後語境。

第六章　結　語

6.1 議題與研究發現

　　本論文主要從認知的角度來探討名動的詞類轉變，內容分析了古漢語「軍」、「兵」、「藥」、「醫」的名動轉換過程，討論主要從以下三方面著手：（一）從句法結構探討動詞選擇的論元和名動轉變的語意類型，（二）從事件框架和參與者的互動分析動詞的語意轉變現象，以及（三）從語意認知策略推論名詞如何產生動詞意義。透過事件框架和屬性結構的分析，我們得以更具體呈現出名動轉變過程中詞彙意義發展的規則與脈絡。

　　一開始，我們嘗試從句法結構來討論古漢語的名動轉變現象。觀察本文的語料現象，我們發現名詞轉變為動詞的句法條件大多出現在二個以上並列的名詞組結構，前後名詞呈現主謂關係或動賓關係，中間可能加入助動詞或副詞補述，此時的名詞容易轉變為動詞，具有動詞的語法功能，可以和其他動詞詞組並列呈現（王力 1989，楊伯峻、何樂士 1992，許威漢 2002，Liu 1991）。如名詞「軍」可和主詞「楚師」、「楚武王」構成主謂關係，產生「駐紮軍隊」的動詞意義；或者和受詞「之」（敵軍）構成動賓關係，產生「以軍隊攻打」的動詞意義。又如名詞「藥」可和主詞「有虞氏」（醫生）構成主謂關係，產生「治療」的動詞意義；或者和受詞「瘍」（疾患處）構成動賓關係，產生「用藥敷塗」的

動詞意義。藉由名詞所出現的句法結構，可以幫助我們判斷名詞作動詞使用的句法環境。

然而，我們同時也發現名動轉變在句法結構和意義描述上呈現不對等的關係。一種情況是同一名詞出現在相同結構中，卻描述完全不同的事件關係。舉例來說，當名詞「軍」轉變為動詞，出現在「名詞組　動詞　名詞組」的結構中時，可以用來描述「駐紮軍隊」、「駐紮」和「以軍隊攻打」的事件關係；而名詞「藥」轉變為動詞，出現在「名詞組　動詞　名詞組」的結構中時，可以用來描述「用藥敷塗」、「使～服藥」和「治療」的事件關係。另一種情況是，同一名詞出現在不同結構中，卻描述相同的事件關係。例如名詞「軍」轉變為動詞，可能出現在「名詞組　動詞　名詞組」、「名詞組　名詞組　動詞　名詞組」或者「名詞組　介詞組　動詞　名詞組」的結構，卻同樣描述「以軍隊攻打」的事件關係；而名詞「兵」轉變為動詞時，可能出現在「名詞組　名詞組　動詞」或者「名詞組　副詞　動詞」的結構中，卻也同樣描述「以軍隊進攻」的事件關係。

這些例子告訴我們，古漢語的名動轉變帶有豐富的語意轉變現象，但我們不能單憑句法結構去決定動詞的意義。在本文中，我們嘗試分析上述名詞在不同結構中所描述的事件關係，單就名詞「軍」做動詞使用，就可用以描述「駐紮軍隊」、「駐紮」、「以軍隊攻打」和「組編、陳列」等事件關係；而名詞「兵」做動詞使用，則可描述「以兵器砍殺」、「拿取兵器」和「以軍隊進攻」等事件關係；名詞「藥」轉變為動詞也可用以描述「用藥敷塗」、「使～服藥」、「服藥」、「治療」和「用藥治療」等事件關係；而名詞「醫」做動詞使用則可描述「擔任醫生」或「治療」的事件關係。這些從名詞轉變而來的動詞，最特別的地方在於動詞意義中經常包含著原本名詞的概念，如「以軍隊攻打」、「用兵器砍殺」、「用藥敷塗」、「擔任醫生」等等，但單從句法結構的呈現無法看出名詞和這些動詞意義的關係。我們無法藉由特定結構來決定名動轉變所描述的事件關係，卻又發現這些事件關係呈現某種意義上的聯繫，因此必須進一步尋求其他的分析方式，能夠有系統地詮釋名詞動詞化所產生的語意轉變現象。

本文的分析主軸，便是企圖將上述動詞所涉及的論元結構，以事件框架的概念加以呈現，根據動詞所凸顯的框架視角進一步解釋詞彙的語意轉變現象。Fillmore 把自己所提出的框架概念定義為能與典型的場景實例建立聯繫的語言

選擇系統。從最簡單的詞的組合、到語法規則或語言範疇的選擇，都可以用框架的概念來呈現（Fillmore 1975：124）。換言之，句法視角不是一個獨立的概念，每個句子都可以藉由動詞和它所管轄的特定句法形式誘發一個場景中的某個認知視角（Ungerer & Schmid, 2006：210-11）。在古漢語中，許多名動轉變現象所呈現的句法結構極為相似，動詞意義的解讀不能僅僅仰賴動詞和它所管轄的句法結構，還必須進一步考量動詞所選擇的論元類型，也就是事件框架中動詞所凸顯的參與者。這些參與者的互動關係藉由特定的框架視角加以呈現，進而輔助我們解讀特定的事件關係，掌握動詞的語意轉變現象。

在本文的第三章、第四章和第五章中，我們的分析建立在戰爭框架和醫療框架的基礎上，探討名詞「軍」、「兵」、「藥」、「醫」轉變為動詞後，在特定框架視角中所凸顯的參與者，藉由參與者的互動進一步掌握動詞所描述的事件關係。例如，戰爭框架中的參與者包含「君／將」（君王和將帥）、「敵軍」、「我方軍隊」、「部屬」、「兵器」、「時間」、「地點」等。當動詞「軍」凸顯框架中的參與者「軍隊」和「地點」時，大多描述軍隊「駐紮」某地的事件關係；當動詞「軍」凸顯框架中的參與者「君／將」、「軍隊」和「敵軍」時，大多描述君王「以軍隊攻打」敵軍的事件關係。當動詞「兵」凸顯框架中的參與者「部屬」、「兵器」和「敵軍（人）」時，則大多描述部屬「用兵器砍殺」敵人的事件關係；當動詞「兵」凸顯的參與者是「君／將」、「軍隊」和「地點」時，所描述的事件關係則可能和「以軍隊進攻」有關。

另一方面，醫療框架中的參與者則包含「醫生」、「病人」、「疾患處」、「藥物」和「時間」等。當動詞「藥」凸顯框架中的參與者「醫生」、「藥物」和「疾患處」時，大多描述醫生「用藥敷塗」疾患處的事件關係；當動詞「藥」凸顯框架中的參與者「病人」和「藥物」時，則大多描述病人「服藥」的事件關係。當動詞「醫」凸顯框架中的參與者「醫生」和「時間」時，則大多描述「擔任醫生」的事件關係。

藉由本文的分析，我們發現動詞意義的轉變在於框架中不同認知視角的選取，當事件框架中相關的參與者被凸顯，動詞所描述的事件關係即隨之改變。其中，動詞所突顯的典型參與者大多能和其原生名詞產生密切的意義繫聯（高航 2009），特別是那些具有施動能力的對象，如「君王、將帥」、「部屬」、「醫生」、「病人」等，當他們置於動詞前，其動作方式或動作目的更容易誘發詞彙

內部的不同語意面向，進而配合動詞後的參與者構成不同的事件關係（Dirven 1999）。而在某些句法結構中我們觀察到動詞藉由介詞詞組或名詞詞組帶入其他框架邊緣的參與者，這些參與者通常是表「地點」、「方位」、「時間點」或「時間長度」的名詞，能夠輔助描述事件關係中的細節。

以框架的概念來分析動詞所描述的事件關係，除了可以呈現動詞所凸顯的明確論元（explicit argument）外，也可以將併入到動詞中的隱含論元（implicit argument）一併呈現出來，幫助我們進一步理解動詞意義包含名詞概念的問題（Clark & Clark 1979；Liu 1991；Tai & Chan 1995；Radden & Kövecses 1998；Ruiz & Lorena 2001）。例如名詞「軍」、「兵」轉變為動詞時，名詞論元經常會以「受事者」或「工具」的身份併入到動詞中來，符合 Calrk & Clark（1979），Chan & Tai（1995）和高航（2009）對不同語言名動轉變現象的普遍性推論。他們的共同特質是能和施動者的動作方式或動作目的產生意義上的繫聯，進而和動詞所突顯的其他參與者一同構成事件關係，如「駐紮軍隊」、「以軍隊攻打」、「以兵器砍殺」、「拿取兵器」等。又例如本文中名詞「醫」轉變為動詞時，名詞論元則以「施動者」（醫生）的身份併入到動詞中來，以自身的動作方式和其他參與者產生意義上的繫聯，進而構成「擔任醫生」的事件關係（Liu 1991）。

然而，從事件框架的概念描述動詞的語意轉變現象，只解決名動轉變的一部分論題，名詞本身為何能轉變成意義不同的動詞，是本文進一步要處理的議題。我們認為，不同的框架視角決定動詞所描述的事件關係，但名詞能夠產生動詞的意義，還是要回歸詞彙本身。因為並不是所有出現在事件框架的名詞都可以轉類為動詞，我們必須進一步考量組成詞彙的屬性結構是否能與事件框架中的參與者產生緊密的意義聯繫。本文提出張榮興（2015）所設計的「事物屬性結構」作為分析基礎，探討名詞如何從參與者的具體概念延伸出描述抽象事件關係的動詞意義，以及背後所運用的認知策略。

所謂「事物的屬性結構」，是指人類腦海中和特定名詞相關的認知結構，可以反應敘述者如何將詞彙不同面向的意義概念組織在一起。雖然真正和該名詞相關的概念框架可能更為龐大繁雜，但我們盡可能將重要且典型的概念面向呈現出來。在這個樹狀結構中包含了組成詞彙語義經常強調的典型面向：「外在形式」、「組成成份」及「動作」屬性。當名詞出現了動詞的用法和意義，是因為敘述者描述事件的框架視角不同，受到凸顯的參與者誘發詞彙

屬性結構中不同的意義面向所致。原本取「外在形式」或「組成成分」面向作爲其典型意義的名詞，因爲受到不同框架視角的誘發，藉由轉喻策略在同一屬性結構的範疇下，轉而兼取「動作」面向來描述非典型的動作關係。換言之，被選擇用來描述特定事件關係的動詞通常不是隨機決定的，而是爲了強調某種特定意義和面向（張榮興 2015：20）。名詞不是在任何情況下都能轉類爲動詞，詞彙能夠取用屬性結構中和動作相關的面向，還必須配合事件框架中能與之產生意義繫聯的參與者，以及條件適合的句法結構。

　　在本文的分析中，我們依據事件框架中參與者的互動，在屬性結構中歸納出動詞意義組成的規則。我們發現，「軍」、「兵」、「藥」、「醫」的動詞意義雖然延伸自名詞，但受到不同事件框架的影響，敘述者會根據框架中所突顯的參與者，取用名詞屬性結構中和該事件相關的語意面向，藉由「部分代表整體」（PART FOR WHOLE）的轉喻策略用以描述整個和軍隊、兵器、藥物或醫生相關的事件關係，產生動詞的用法和意義，是屬於同一屬性結構中的概念映攝（Radden & Kövecses 1999; Radden & Dirven 2007）。

　　以戰爭框架爲例，名詞「軍」受到參與者「君／將」、「軍隊」、「敵軍」、「地點」等的影響，最常取用君王或將帥操作軍隊的「動作方式」（以軍隊攻打），以及軍隊本身可達到的「動作目的」（駐紮、組編陳列），配合軍隊的「外在整體形式」或內在的「攻擊能力」等語意面向來構成動詞的意義；而名詞「兵」則受到參與者「部屬」、「君／將」、「敵方」、「兵器」、「軍隊」等的影響，最常取用人對兵器或軍隊的「動作方式」（砍殺、拿取、攻打），配合兵器或軍隊的「外在整體形式」、兵器或軍隊內在的「攻擊能力」等語意面向來構成動詞意義。

　　再以醫療框架爲例，名詞「藥」受到參與者「醫生」、「藥物」、「疾患處」、「病人」的影響，最常取用和藥物相關的「動作方式」（特別是人對物的操作方式）、使用藥物的「動作目的」，配合藥物的「組成材質」等語意面向來構成動詞的意義；而名詞「醫」受到參與者「醫生」、「具醫術者」、「病人」、「疾患處」、「藥物」和「行醫時間」的影響，最常取用醫生本身的「動作方式」和「動作目的」，配合醫生外在的「身份職位」和內在的「技術」等語意面向來構成動詞意義。

　　當然，除了事件結構中的參與者對動詞意義組成產生影響外，我們也必

須考量到上下文所描述的整體事件情境，協助我們掌握更精確的動詞意義。例如事件情境處於戰爭發生當下，動詞「兵」凸顯參與者「君／將」、「軍隊」和「方位」，此時參與者「方位」置於在動詞前，描述「君王或將帥用軍隊進攻（某方）」的事件關係；如果事件情境處於戰爭前後，動詞「軍」凸顯參與者「君／將」、「軍隊」和「地點」，此時參與者「地點」置於動詞後，則比較可能是描述「君王或將帥駐紮軍隊於某處」的事件關係。

6.2 名詞動詞化的發展過程

研究詞彙意義的發展，主要可以從「形式」和「意義」兩個面向進行討論（Geeraerts 2010：280）：一類是從特定的語意符號出發，討論同一詞彙不同意義間的概念繫聯（qualitative semasiology），或者這些意義在語言使用上的典型性和延伸脈絡（quantitative semasiology）；一類是從特定的語意概念出發，討論同一概念不同詞彙間的繫聯關係（qualitative onomasiology），或者進一步討論看似描述同一概念的詞彙在不同語境中分別突顯的認知範疇（quantitative onomasiology）。本文的研究屬於前者，從既定的詞彙形式討論意義的轉變和繫聯關係，並嘗試推論古文詞彙在名動轉變的過程中語意延伸的脈絡。

誠如第一章所拋出的議題，本文以動詞在不同框架視角中所描述的事件關係來解釋名動轉變所衍生的語意轉變現象，並進一步藉由詞彙屬性結構說明名詞和轉類動詞之間的意義關連性，以及建構動詞語意背後的認知運作過程。在這一小節中，我們希望能從結構和意義層面回答第一章所拋出的最後一個問題，也就是古漢語名詞動詞化的發展過程。

首先討論古漢語名動轉變在句法結構上的發展，本文觀察名詞「軍」、「兵」、「藥」、「醫」所出現的句法結構，發現名詞出現在下面幾個句法結構中時，經常作動詞使用：

　（1）名詞→動詞／ 名詞組 　＿＿＿＿ 　名詞組 （介詞組）
　（2）名詞→動詞／ 名詞組 　＿＿＿＿ （介詞組）
　（3）名詞→動詞／ 　＿＿＿＿ 　名詞組

上述規則並沒有脫離第一章所討論到的名動轉變基本結構，只是更具體地

呈現名詞容易轉變爲動詞的典型環境，其中又以結構（1）和（2）的環境最容易產生名動轉變的現象。這說明了名動轉變在句法上的典型條件，是兩個並列的名詞或名詞詞組。我們推論，當這兩個並列的名詞產生主謂或動賓關係的意義繫聯，此時其中一個名詞成爲描述事件關係的中心詞，產生了動詞的語法功能，同時也失去了名詞的語法功能。誠如 Xing（2003）提出古漢語動詞語法化的過程，句法結構會經過三個階段的調整，亦即從連續動詞到動詞去中心化，進而動詞語法化爲功能詞，本文則認爲名詞轉變爲動詞的過程，句法上可能經過兩個階段的轉變：並列名詞－名詞成爲中心謂語（可以是主謂結構，也可以是動賓或動補結構），同時名詞的功能消失。下面將以例句來說明名動轉變兩階段的變化：

（4）第一階段：結構中存在並列的名詞組。如下面例子：

a. 臣意對曰：自意少時，喜*醫藥*，*醫藥方*試之多不驗者。〈史記．
扁鵲倉公列傳〉

譯文：淳於意回答說：我在年輕時，就喜好醫術藥劑之方，用學到的
醫術方劑試著給人看病大多沒有效驗。（郝志達、楊鍾賢
1995e.：13-14）

b. 其化上鹹寒，中苦熱，下酸熱，所謂*藥食*宜也。〈黃帝内經．
素問．六元正紀大論〉

譯文：其氣化所致之病，司天熱氣所致的宜用鹹寒，中運雨濕之氣所
致的宜用苦熱，在泉燥氣所致的宜用酸熱，這是適宜的藥食性
味。（南京中醫學院 1994：491-492）

c. 樓船將軍率錢唐轅終古斬徇北將軍，爲禦兒侯。*自兵*未往。〈史
記．東越列傳〉

譯文：樓船將軍率領錢唐人轅終斬殺了徇北將軍，被封爲禦兒侯，他
自己的軍隊（本部之軍）卻沒有前往。（郝志達、楊鍾賢 1995e.：
260）

在第一階段中，並列名詞出現的結構有如下特點：第一、句中只有一個主詞管轄並列名詞，或者並列名詞本身即共同可作爲句中主詞。第二、句中有明

確的動詞，描述並列名詞和主詞的關係，或是並列名詞本身的事件關係。第三、並列名詞間沒有連接標記「和」、「與」，也沒有從屬標記「之」。第四、兩個描述具體事物的名詞呈現並列關係或從屬關係。如上述例子（4a.）～（4c.）中，名詞「醫」、「藥」、「兵」分別和其他名詞並列，如「醫藥」、「醫藥方」意指醫學和藥學知識或方法，「藥食」意指藥物和飲食兩種治療方式，「自兵」則以從屬結構（偏正結構）呈現，描述本部或自己的軍隊。然而，當這些並列名詞出現在缺乏動詞的結構中，且並列名詞間可以組成不同的語意關係，就可能產生詞類轉變。如以下第二階段的描述：

（5）第二階段：當句中缺乏其他動詞，且兩個並列名詞能夠產生主謂、動補或動賓關係的連結，其中一個名詞成爲中心謂語，產生動詞的語法功能。

　　a. *醫藥*已，其病之狀皆何如？具悉而對。〈史記‧扁鵲倉公列傳〉

　　譯文：治療用藥後，病情怎樣？全部詳細回答。（郝志達、楊鍾賢1995e.：13）

　　b. 此譬猶醫之*藥萬有餘人*，而四人愈也，則不可謂良醫矣。（墨子非攻上第17）

　　譯文：這譬如醫生給萬多個病人吃藥，而其中只有四個人吃了見效，這就不能算是好醫生了。（李生龍1996：132～133）

　　c. 其生之與樂也，若冰之於炎日，反以*自兵*。此生乎不知樂之情，而以侈爲務故也。〈呂氏春秋‧仲夏紀第五〉

　　譯文：人主之於音樂，有如冰之與炎日，反用以自害，這是由於不知道音樂的眞情，而專力於侈淫的緣故。（林品石1985：130）

在第二階段中，我們從例（5a.）觀察到並列名詞「**醫藥**」置於動詞「已」（結束）前面構成連續動詞組，且名詞「醫」和「藥」構成動補結構，意指「用藥物治療」。在例（5b.）中，並列名詞「**藥萬有餘人**」置於名詞「醫」之後，名詞「醫」和「藥」構成主謂關係，而名詞「藥」和「萬有餘人」構成動賓關係，意指「醫生使上萬人服藥」。在例（5c.）中，並列名詞「**自兵**」出現的結構中沒有動詞，而代名詞「自」和名詞「兵」構成主謂關係，意指「自我傷害」。由此可知，在上述結構中，和名詞「醫」、「藥」和「兵」並列的名

詞必定是能與之產生事件關係的人或物，如「醫生」與「藥」、「君王」與「兵」、「藥」與「病人」等，可以與之構成動補、主謂或動賓關係的名詞，且並列名詞間還可以加入助動詞、副詞或否定副詞加以修飾，使「醫」、「藥」和「兵」產生動詞的用法。換言之，要分析動詞的意義和用法，必須先掌握這些參與者在句法結構中所扮演的語意角色。

此外，在名動轉變的過程中，名詞一旦成為描述事件關係的中心詞，即失去原本的語法功能，但我們並不將此過程視為是一種從實詞到虛詞的語法化（grammaticalization）現象，或是從虛詞到實詞的詞彙化（lexicalization）的現象，本文將名詞轉變為動詞視為兩個對等的實詞範疇間語法功能的轉換（Brinton & Traugott 2005），只是彼此承載著不同的實詞意義。當名詞的語法功能轉變為動詞的語法功能，詞彙在句法結構中的相對關係勢必有所改變。

再進一步討論名動轉變在語意上的發展過程，Brinton & Traugott（2005）認為名詞到動詞的轉類是主要詞類間的派生，詞意的轉變受到原生名詞的用法特徵和語意突顯的制約，甚而必須考量語用因素的影響。換言之，名詞動詞化現象除了考量句法結構的轉變，還必須根據事件框架中和名詞產生互動的參與者，進一步討論名動語意的轉變和發展過程。Xing（2003）提到古漢語動詞轉變為介詞的過程中，動詞意義經過三階段的轉變：第一階段是詞彙從具體而特指的本義（etymological meaning）發展出具備語法功能，且較能廣泛運用於各種事件的詞彙意義（more general grammatical source meaning），在第二階段中詞彙原本所特指的本義可能慢慢削弱或隱藏（source meaning bleached），以虛詞的語法功能出現在句法結構中，到了第三階段時詞彙的本義完全消失，而詞彙所具有的語法功能則得到強化。雖然 Xing（2003）所觀察的是古漢語動詞語法化的語意發展脈絡，但我們進一步對照古漢語名詞動詞化的過程，在詞彙語意的發展上似乎也呈現相似的脈絡。歸納本文對詞彙「軍」、「兵」、「藥」、「醫」名動轉變過程中所進行的語意轉變分析與討論，我們嘗試推論名詞到動詞語意發展的二個階段，如圖 6.1 所示：

圖 6.1：古漢語名詞到動詞的語意延伸脈絡

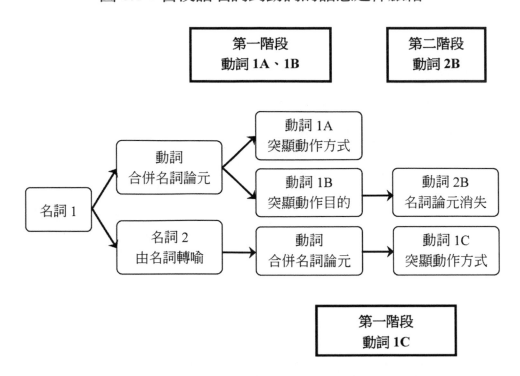

　　根據圖 6.1 的呈現，我們嘗試推論名詞最初產生動詞化的用法，主要是用以強調結合具體參與者的典型事件關係，這一類描述明確動作細節的事件關係，最容易與參與者本身產生意義繫聯（Imai et al 2008）。就語意延伸的先後順序而言，第一階段中詞彙「軍」、「兵」、「藥」、「醫」在古漢語中原本是描述具體概念的名詞，名詞可能會先經過第一層轉喻策略延伸出另一種名詞意義，如「兵」從「兵器」到「軍隊」的意義延伸。當名詞轉類為動詞時，原本的名詞論元合併到動詞中，所描述的事件關係會將作為參與者的「軍隊」、「兵器」、「藥物」、「醫生」等具體而特指的概念結合進來（Peirsman & Geeraerts 2006；Radden & Kövecses 1998；Ruiz & Lorena 2001），根據施動者和這些參與者的互動關係，分別發展成描述動作方式或動作目的的兩類動詞。例如「軍 v3」（以軍隊攻打）、「兵 v1」（以兵器砍殺）、「兵 v2」（拿取兵器）、「兵 v3」（以軍隊進攻）、「藥 v1」（用藥敷塗）、「藥 v2」（使～服藥）、「藥 v3」（服藥）、「醫 v1」（擔任醫生）所描述的是結合參與者的動作方式（如圖 6.1 的 1A、1C），而「軍 v1」（駐紮軍隊）所描述的是結合參與者的動作目的（如圖 6.1 的 1B），其中像「藥 v5」（用藥治療）同時突顯動作方式和動作目的的情況則較為少見。這些動詞描述的是戰爭或醫療過程中和軍隊、兵器、藥物、醫生相關的事件細節，大多為特

定而具體的事件關係（Xing 2003）。

到了動詞語意發展的第二階段，參照圖 6.1 的 2B，基於事件描述的語用需求，例如必須以「軍隊」或「醫生」爲主語描述其本身的動作目的，或是單純藉由強調「藥物」的動作目的來說明其他抽象道理，此時併入到動詞中的「軍隊」、「醫生」、「藥物」或「兵器」本義完全消失，反而是與這些參與者相關的動作目的得到強化，藉由轉喻過程取用詞彙屬性結構中和動作相關語意面向，使名詞轉變爲只突顯參與者動作目的的動詞，如「軍 v2」（駐紮）、「軍 v4」（組編、陳列）、「藥 v4」（治療）、「醫 v2」（治療）（如圖 2B）。相較之下這些動詞所描述的事件關係較爲抽象，所搭配的前後參與者更爲彈性，能用來描述更普遍廣泛的事件關係，而不是描述特定而具體的動作細節（Xing 2003）。

總結上述，名詞動詞化的意義發展過程可能開始於動詞結合名詞概念，描述特定而具體的事件關係，最後發展成爲單純的動詞，藉由凸顯和名詞相關的動作目的來描述普遍、典型的事件關係。而詞類轉變所遵循的機制，則需要憑藉轉喻和語用推論的過程（Xing 2003：121, 129）。詞彙「軍」、「兵」、「藥」、「醫」在轉變爲動詞的過程中藉由「部分代表整體」的轉喻策略，在屬性結構中取用不同的語意面向來建構動詞意義，使其產生不同程度的意義延伸。而 Xing（2003：121, 129）所提及的語用推論（pragmatic inferencing），在本文的分析中也可以從動詞所突顯的框架視角加以分析詮釋。我們認爲要掌握名詞轉變爲動詞的意義，必須先從上下文語境掌握事件的基本框架，然後根據動詞出現的結構和所突顯的框架視角判斷前後參與者的互動關係，再回到名詞本身的屬性結構，判斷事件參與者可能誘發、突顯的語意面向，在腦海中將相關的語意合併整理，最後得出動詞所描述的事件關係。

6.3 貢獻與教學應用

本文的貢獻在於嘗試從人類認知事物的典型事件框架（如戰爭框架、醫療框架）解釋動詞的語意轉變現象。我們發現在同一事件框架中，當不同的參與者被動詞所凸顯，動詞所描述的事件關係即隨之改變。特別是名詞轉變爲動詞時，事件框架能將併入到動詞中的名詞論元一併凸顯出來，幫助我們更清楚地掌握動詞所描述的事件關係。

　　除此之外，本文進一步從詞彙屬性結構分析名詞產生動詞意義的認知運作過程。當我們嘗試從名詞的屬性結構中抓取相關的動詞意義時，受到事件框架中不同參與者的影響，可能選擇凸顯屬性結構中和動作方式、動作目的相關的語意面向，配合名詞原本具有的外在形式或內在組成等語意特質，以「部分代表整體」的轉喻策略描述與之相關的事件關係。這一部分解釋了名詞為何能藉由轉喻策略產生不同的動詞意義，而且這些動詞所描述的事件關係大多極為相似，隨著事件情境與框架視角的改變有所微調，大多不是辭典中已約定俗成的詞條定義。

　　結合事件框架與屬性結構對名動轉變現象的分析，我們可以進一步推論古漢語詞彙「軍」、「兵」、「藥」、「醫」在名動轉變過程中所經歷的語意延伸過程。根據本文的推論，名詞動詞化的意義轉變仍然依循著從特指到典型，從具體到抽象的主要路徑。而詞類轉變所遵循的機制，則需要憑藉轉喻和語用推論等認知策略的運用。所謂語用推論，可能包含動詞在事件框架中所突顯的必要參與者，以及事件發生的前後語境，這些推論因素決定了詞類轉變後的意義。

　　從古文教學的角度來說，我們發現即使古今語言的使用方式有所差異，建構在語言背後的認知框架卻極為相似。我們認為在學習古文的過程中，如果從人類認知事物的角度出發，藉由事件框架的概念輔助理解動詞的語意轉變現象，可以使學習者更有系統地掌握名動轉變所描述的事件關係。以漢語為母語的學習者為例，像「軍」、「兵」、「藥」這些在現代漢語中多數已經不具動詞用法的古文詞彙，勢必造成古文學習者的混淆。教學者可以從知識背景的普遍性著手，多數人所接觸的歷史知識與文化傳承能幫助我們建構和古代中國人較為接近的典型事件框架。此外，教學者亦可以藉由篇章中所提及的人物和事件，幫助學習者建構相關的事件框架，如本文中戰爭事件勢必涉及君王、將帥、軍隊、部屬、敵人、武器、地點和時間等典型參與者；醫療框架則多數包含醫生、病人、疾患處、藥物等典型參與者，教師可根據古文篇章中所出現的典型參與者輔助學生進行歸納與聯想。對於相關背景知識建構得越完整，學習者越能掌握參與者間可能產生的互動關係。瞭解篇章所呈現的事件框架後，再回到名詞轉變為動詞的句法結構，引導學習者比較同一詞彙在不同句法結構中所呈現的差異，以及動詞前後所突顯的參與者，便能更有效率地幫助學習者區分動詞所描述的事件關係。

參考文獻

1. 王力，1979，《古代漢語常識》，北京：人民教育出版社。

2. 王力，1980，《漢語史稿》，北京：中華書局。

3. 王力，1989，《古代漢語》，台北：藍燈文化事業有限公司。

4. 王力，2000，《王力古漢語字典》，北京：中華書局。

5. 王冬梅，2001，《名動互轉的認知研究》，北京：中國社會科學院博士論文。

6. 王忠林，2003，《新譯荀子讀本》，台北：三民出版社。

7. 王雲五，1978，《增修辭源》（下）。台北：台灣商務印書館。

8. 王夢鷗，1974，《禮記今註今譯》，台北：台灣商務印書館。

9. 左民安，2005，《細說漢字——1000 個漢字的起源與演變》，北京：九州出版社。

10. 申小龍，1995，《當代中國語法學》，廣州：廣東教育出版。

11. 白話史記編輯委員會，1985，《白話史記》，台北：聯經出版公司。

12. 江曉紅，2009，《認知語用研究：詞彙轉喻的理解》，北京：中國社會科學出版社。

13. 江義華，黃俊郎，1997，《新譯禮記讀本》，台北：三民書局。

14. 朱張，2008，《易經譯釋》，湖南：湖南人民出版社。

15. 何九盈，蔣紹愚，2010，《古漢語詞匯講話》，北京：中華書局。

16. 宋作豔，2011，〈輕動詞、事件與漢語中的賓語強迫〉，《中國語文》3：205-217。

17. 李林，1996，《古代漢語語法分析》，北京： 中國社會科學出版社。

18. 李生龍，1996，《新譯墨子讀本》，台北：三民書局。

19. 李漁叔，1977，《墨子選注》，台北：正中書局。

20. 李福印，2008，《認知語言學概論》，北京：北京大學出版社。

21. 杜祖貽，關志雄，2004，《中醫學文獻精華：附考證圖錄及索引》，台北：台灣商務印書館。

22. 谷衍奎，2003，《漢字源流字典》，北京：華夏出版社。

23. 林尹，1997，《周禮今註今譯》，台北：台灣商務印書館。

24. 林尹，高明，1985，《中文大辭典》（九）。台北：中國文化大學出版部

25. 林品石，2005，《呂氏春秋今註今譯》，台北：台灣商務印書館。

26. 孟景春，王新華，1994，《黃帝內經素問譯釋》（第三版）。台北：文光圖書有限公司。

27. 姚振武，2015，《上古漢語語法史》，上海：上海古籍出版社。

28. 孫希旦，沈嘯寰，王星賢，1989，《十三經清人注疏：禮記集解》，北京：中華書局。

29. 馬建忠，1961，《馬氏文通校注》，北京：中華書局。

30. 郝志達、楊鍾賢，2007，《史記》（文白對照全譯本）。台北：建宏書局。

31. 徐丹，2014，《漢語句法的類型轉變》，北京：世界圖書出版公司。

32. 徐盛桓，2001，〈名動轉用的語義基礎〉，《外國語》1：15-23。

33. 徐盛桓，2001，〈名動轉用與功能代謝〉，《外語與外語教學》8：2-5。

34. 高芳，徐盛桓，2000，〈名動轉用語用推理的認知策略〉，《外語與外語教學》4：13-16。

35. 高航，2009，《認知語法與漢語轉類問題》，上海：上海交通大學出版社。

36. 張耿光，1991，《莊子全譯》，貴陽：貴州人民出版社。

37. 張高遠，2008，《英漢名詞化對比研究：認知‧功能取向的理論解釋》，北京：中國社會科學出版社。

38. 張榮興，2009，〈語言類型差異與聽障生語言教學之關聯〉，《教育資料與研究雙月刊》90：53-76。

39. 張榮興，2008，〈篇章中的攝取角度〉，《華語文教學研究》5.2：47-67。

40. 張榮興，2012a，〈心理空間理論與《莊子》「用」的隱喻〉，《語言暨語言學》13.5：999-1027。

41. 張榮興，2012b，〈從心理空間理論解讀古代「多重來源單一目標投射」篇章中的隱喻〉，《華語文教學研究》，9.1：1-22。

42. 張榮興，2015，《跨時空手語詞彙認知結構比較》，台北：文鶴出版有限公司。

43. 張輝，盧衛中，2010，《認知轉喻》，上海：上海外語教育出版社。

44. 張舜徽，1999，《文白對照二十四史》，天津：天津古籍出版社。

45. 郭丹，程小青，李彬源，2012，《全本全注全譯叢書——左傳》，北京：中華書局。

46. 曹先擢，蘇培成，1999，《漢字形義分析字典》，北京：北京大學出版社。

47. 許威漢，2002，《古漢語語法精講》，上海：上海大學出版社。

48. 陳鼓應，1987，《莊子今註今譯》，台北：台灣商務印書館。

49. 教育部國語推行委員會，2007，《重編國語辭典（修訂本）》，台北：教育部。
網址：http://dict.revised.moe.edu.tw/index.html

50. 教育部國語推行委員會，2004，《異體字字典》，台北：教育部。
網址：http://dict.revised.moe.edu.tw/index.html

51. 陳橋驛，葉光庭，葉揚，1996，《水經注全譯》，貴陽：貴州人民出版社。

52. 馮勝利，2005，〈輕動詞移位與古今漢語的動賓關係〉，《語言科學》1：3-16。

53. 程杰，2010，《漢語名詞動用中的句法機制研究》，北京：科學出版社。

54. 黃居仁，譚樸森，陳克健，魏培泉，1990，《中研院上古漢語標記語料庫》，台北：中央研究院。網址：http://old_chinese.ling.sinica.edu.tw/

55. 楊伯峻，何樂士，1992，《古漢語語法及其發展》，北京：語文出版社。

56. 楊伯峻，徐提，1993，《白話左傳》，長沙：岳麓書社。

57. 楊昭蔚，孔令達，周國光，1991，《古漢語詞類活用辭典》，湖南：三環出版社、海南出版社。

58. 楊劍橋，2010，《古漢語語法講義》，上海：復旦大學出版社。

59. 漢語大辭典編輯部，2003，《漢語大詞典》（2.0 版光碟）。香港：商務印書館。

60. 趙誠，1999，《甲骨文簡明詞典——卜辭分類讀本》，北京：中華書局。

61. 劉小沙，2011，《黃帝內經》（譯注）。昆明：雲南人民出版社。

62. 劉仲平，1986，《司馬法今註今譯》，台北：台灣商務印書館。

63. 盧元駿，1979，《說苑今註今譯》，台北：台灣商務印書館。

64. 繆文遠，繆偉，羅永蓮，2012，《戰國策》（譯注）。北京：中華書局。

65. 魏培泉，劉承慧，黃居仁，陳克健，2001，《中央研究院近代漢語標記語料庫》，台北：中央研究院。網址：http://db1x.sinica.edu.tw/cgi-bin/kiwi/pkiwi/pkiwi.sh

66. 羅耀華，2013，《詞彙化與語言演變》（中譯本）（Brinton，Laurel J.，and Elizabeth Closs Traugott 著）。北京：商務印書館。

67. Aronoff, Mark. 1976. *Word-Formation in Generative Grammar*. Cambridge: MIT Press.

68. Barsalou, Lawrence W. 1992. Frames, concepts, and conceptual fields. *Frames, Fields, and Contrasts: New Essays in Semantic and Lexical Organization*, ed. by E. Kittay and A. Lehrer, 21-74. Hillsdale, NJ: Lawrence Erlbaum Associates.

69. Brinton, Laurel J., and Elizabeth Closs Traugott. 2005. *Lexicalization and Language Change*. Cambridge: University Press.

70. Chan, Marjorie K.M. and James H-Y. Tai. 1995. From nouns to verbs: verbalization in Chinese dialects and east Asian languages. *NCCL-6*, volume 2, ed. by Jose Camacho and Linda Choueiri, 49-74. Los Angeles: Graduate Students in Linguistics（GSIL）, USC.

71. Chao, Yuen Ren. 1968. *A Grammar of Spoken Chinese*. Berkeley: University of

California Press.

72. Clark, Eve V., and Herbert H. Clark. 1979. When nouns surface as verbs. *Language.* 55: 767-811.

73. Culicover, Peter W., and Ray Jackendoff. 2005. *Simpler Syntax.* Oxford: Oxford University Press.

74. Dirven, René. 1999. Conversion as a conceptual metonymy of event schemata. *Metonymy in Language and Thought,* ed. by Klaus-Uwe Panther and Günter Radden, 275-287. Amsterdam: John Benjamins Publishing Company.

75. Fillmore, Charles. 1975. An alternative to checklist theories of meaning. *Proceedings of the First Annual Meeting of the Berkeley Linguistics Society,* ed. by Cathy Cogen et al, 123-131. Berkeley: Berkeley Linguistics Society, Dept. of Linguistics, U.C. Berkeley.

76. Fillmore, Charles. 1977. Topics in Lexical Semantics. *Current Issues in Linguistic Theory,* ed. by Roger Cole, 76-138. Bloomington: Indiana University Press.

77. Fillmore, Charles. 1982. Frame Semantics. *Linguistics in the Morning Calm.* 111-138. Seoul: Hanshin.

78. Fillmore, Charles. 1985. Frames and the semantics of understanding. *Quaderni di Semantica* 6.2:222-254.

79. Fillmore, Charles. 2003. *Form and Meaning in Language.* Volume 1. Stanford: CSLI Publications.

80. Geeraerts, Dirk. 2010. *Theories of Lexical Semantics.* Oxford: Oxford University Press.

81. Hale, Kenneth Locke and Samuel Jay Keyser. 1991. *On the syntax of argument structure.* Cambridge: MIT Press.

82. Hale, Kenneth Locke and Samuel Jay Keyser. 1993. On Argument Structure and the Lexical Expression of Syntactic Relations. In K. L. Hale and S. J. Keyser（eds.）, *The View from Building 20: Essays in Linguistics in Honor of Sylvain Bromberger.* 53-109. Cambridge: MIT Press.

83. Hale, Kenneth Locke and Samuel Jay Keyser. 2002. *Prolegomenon to a Theory of Argument Structure.*Cambridge: MIT Press.

84. Herforth, Derek D. 1987. A case of radical ambiguity in Old Chinese: Some notes toward a discourse-based grammar. *Suzugamine Joshi Tanki Daigaku Bulletin of Humanities and Social Science Research,* 34: 31-40.

85. Huang, C.-T. James. 1997. On lexical structure and syntactic projection. *Chinese Languages and Linguistics*, 3:45-89.

86. Huang, C.-T. James. 2014. On syntactic analyticity and parametric theory. *Chinese Syntax in Crosslinguistic perspective*, ed. by Audrey Li, Andrew Simpson & Dylan Tai, 1-50. Oxford: Oxford University Press.

87. Imai, Mutsumi, Lianjing L, Haryu E, Okada H, Hirsh-Pasek K, Golinkoff RM and Shigematsu J. 2008. Novel noun and verb learning in Chinese-, English-, and Japanese-speaking children. *Child Development*, 79.4: 979-1000.

88. Kövecses, Zoltán and Günter Radden. 1998. Metonymy: developing a cognitive linguistic view. *Cognitive Linguistics,* 9: 37–77.

89. Kövecses, Zoltán. 2006. *Language, Mind and Culture: a Practical Introduction .* Oxford: Oxford University Press.

90. Langacker, Ronald W. 1987a. *Foundations of Cognitive Grammar: Theoretical Prerequisites*. Volume 1. Stanford: Stanford University Press.

91. Langacker, Ronald W. 1987b. Nouns and verbs. *Language*, 63:1, 53-94

92. Langacker, Ronald W. 1991. *Foundations of Cognitive Grammar ﹕ Descriptive Application*. Volume 2. Stanford: Stanford University Press.

93. Langacker, Ronald W. 2008. Cognitive grammar as a basis for language instruction. *Handbook of Cognitive Linguistics and Second Language Acquisition,*ed. by Robinson, Peter, and Nick C. Ellis, 66-88. New York: Routledge.

94. LaPolla, Randy J. 2015. Sino-Tibetan syntax. *The Oxford Handbook of Chinese Linguistics*, 45-57. Oxford University Press.

95. Li, Charles N. and Thompson, Sandra A. 1981. *Mandarin Chinese: a Functional Reference Grammar*. Berkeley: University of California Press

96. Liu, Cheng-hui. 1991. *Nouns, Nominalization and Denominalization in Classical Chinese: a* Study *Based on Mencius and Zuozhuan*（Ph.D. dissertation）. Ohio State University.

97. Liu, Cheng-hui. 1992. Nominalization and verbalization in ZuoZhuan. Paper represented in First International Symposium on Chinese Languages and Linguistics （ICCL-1）.

98. Lyons, John. 1977. *Semantics*, Volume 2. Cambridge University Press.

99. McCawley, James M. 1971. Prelexical syntax. *Semantic Syntax*, ed. by Pieter A.M. Seuren, 29-42. Oxford: Clarendon.

100. McCawley, J., 1992. Justifying part-of-speech assignments in Mandarin Chinese. *Journal of Chinese Linguistics*, 20:2, 211–246.

101. Mei, TsuLin. 1989. The causative and denominative functions of the *s- prefix in Old Chinese. *Proceedings of the 2nd International Conference on Sinology*, 33–51. Taipei: Academia Sinica.

102. Mei, TsuLin. 2008a. Jiaguwen li de jige fufuyin shengmu [Some consonant cluster in oracle bone inscriptions]. *Zhongguo Yuwen*, 3:195-207.（In Chinese）

103. Mei, TsuLin. 2008b. Shanggu Hanyu dongci zhuo-qing bieyi de laiyuan [The origin of voicing alternation in Old Chinese verbs]. *Minzu Yuwen*, 3:3-20.（In Chinese）

104. Mei, TsuLin. 2012. The causative *s- and nominalizing *-s in Old Chinese and related matters in Proto-Sino-Tibetan. *Language and Linguistics,* 13: 1-28.

105. Peirsman, Yves and Dirk Geeraerts. 2006. Metonymy as a prototypical category. *Cognitive Linguistics,*17: 269-316.

106. Peter Koch. 1999. Frames and contiguity: on the cognitive bases of metonymy and certain types of word formation. *Metonymy in Language and Thought,* ed. by Klaus-Uwe Panther and Günter Radden, 139-159. Amsterdam: John Benjamins Publishing Company.

107. Pustejovsky, James. 1995. *The Generative Lexicon.* Cambridge: MIT Press.

108. Pustejovsky, James and Branimir Boguraev. 1995. Lexical semantics in context. *Journal of Semantics,* ed. by Pustejovsky, James and Branimir Boguraev, 12:1-14.

109. Radden, Günter, and Zotán Kövecses. 1999. Toward a theory of metonymy. *Metonymy in* Language *and Thought,* ed. by Klaus-Uwe Panther and Günter Radden, 17-59. Amsterdam: John Benjamins Publishing Company.

110. Radden and Dirven. 2007. Situation type. *Cognitive English Grammar.* Amsterdam: John Benjamins Publishing Company.

111. Radden, Günter, and Klaus-Uwe Panther. 2004. *Studies in Linguistic Motivation.* Berlin: Mouton de Gruyter.

112. Ruiz de Mendoza, Francisco J. and Lorena Pérez. 2001. Metonymy and the grammar: motivation, constraints and interaction. *Language and Communication,* 21:4, 321- 357.

113. Sanders, Gerald A. 1988. Zero derivation and the overt analogue criterion. *Theoretical Morphology,* ed. by Michael Hammond and Michael Noonan, 155-175, New York: Academic Press.

114. Sturgeon, Donald. 2011. 中國哲學書電子化計劃. 網址：http://ctext.org

115. Tai, James H-Y. 1997. Category shifts and word formation redundancy rules in Chinese. *Chinese Language and Linguistics III: Morphology and Lexicon,* ed. by Feng-fu Tsao and H. Samuel Wang, 435-468.

116. Takashima, Ken-ichi. 1973. *Negatives in the King Wu Ting Bone Inscriptions.* Ph.D. dissertation. Seattle: University of Washington.

117. Talmy, Leonard. 2000. *Toward a Cognitive Semantics.* Volume 2. Cambridge: MIT Press.

118. Tang, Ting-chi. 1979. *Studies in Chinese Syntax.* Taipei: Student Book Co., Ltd.

119. Tang, Ting-chi. 1989. *Studies on Chinese Morphology and Syntax.* Volume 2. Taipei: Student Book Co., Ltd.

120. Taso, Feng-fu. 1990. *Sentence and Clause Structure in Chinese: A Functional Perspective.* Taipei: Student Book.

121. Ungerer, Friedrich, and Hans-Jörg Schmid. 2006. *An Introduction to Cognitive*

Linguistics. London: Longman.

122. Vendler, Zeno. 1967. *Linguistics in Philosophy.* Ithaca: Cornell University Press

123. Wang, Kezhong. 1986. Gu Hanyu dongbingyuyiguanxi de zhiyue yinsu [Factors conditioning the relationship between subjects and objects in Old Chinese]. *Zhongguo Yuwen,* 1：51-57.

124. Wu, Chun-Ming. 2010. Denominalization in Northern Paiwan. *Monumenta Taiwanica*, 1：231-65. Department of Taiwan Culture, Languages, and Literature, NTNU

125. Xing, Janet Zhiqun. 2003. Grammaticalization of verbs in Mandarin Chinese. *Journal of* Chinese *linguistics*, 31：101-144.

126. Xu, Dan. 2006. *Typological change in Chinese syntax*. Oxford: Oxford University Press.